O UNITÁRIO

Miguel Servet – gravura de 1727 © The Granger Colletion

Pedro Puech

O UNITÁRIO

A história de um médico
perseguido pela Inquisição

Rocco

Copyright © 2009 *by* Pedro Puech

Direitos desta edição reservados à
EDITORA ROCCO LTDA.
Av. Presidente Wilson, 231 – 8º andar
20030-021 – Rio de Janeiro, RJ
Tel.: (21) 3525-2000 – Fax: (21) 3525-2001
rocco@rocco.com.br
www.rocco.com.br

Printed in Brazil/Impresso no Brasil

preparação de originais
NATALIE ARAÚJO LIMA

CIP-Brasil. Catalogação na fonte.
Sindicato Nacional dos Editores de Livros, RJ.

P975u Puech, Pedro, 1952-
    O unitário/Pedro Puech. – Rio de Janeiro: Rocco, 2009.
    ISBN 978-85-325-2460-7

    1. Medicina – História – Ficção. 2. Religião e ciência – Ficção. 3. Romance brasileiro. I. Título.

09-2691
    CDD – 869.93
    CDU – 821.134.3(81)-3

Este romance é baseado em uma história real.
Todos os personagens citados pelo nome próprio,
exceto o narrador, existiram no século XVI e
foram contemporâneos. Alguns se relacionaram,
comprovadamente.
Outros, talvez.

I

MARRANO

Muitas coisas se apagaram de minha memória, gasta pelos anos e por tantas recordações. Mas o que vi, vivi e ouvi naqueles meses de viagem ainda está nela gravado, e por isso decidi contar, antes que esvaeça também, embaçado pela senilidade. Foi há quarenta anos, no início da primavera de 1553, que a procura da solução para um enigma da medicina me fez conhecer a verdadeira dimensão da insensatez humana.

Havíamos cavalgado por duas horas, desde nossa partida de Ancona, meu mestre e eu. Amatus Lusitanus era um homem de poucas palavras, e eu sabia que seria preciso revelar a ele meus temores para que, aos poucos, me pusesse a par do que sabia sobre aquela estranha viagem.

– Só tenho medo da fogueira da Inquisição... – comecei.

– Não acho que corremos esse risco, Benjamin – respondeu ele. – Escapamos disso em Portugal, há anos, e não será em Roma que nela cairemos.

– Talvez... Tenho tentado fingir que tudo aquilo já está ultrapassado, mas confesso que às vezes não consigo afastar as lembranças daqueles dias. Que cruel destino, o de meus pais... Não cheguei a vê-los queimar na horrível pira, mas até hoje, tantos anos passados, seus gritos de dor, que não ouvi, me atormentam em sonhos.

A confissão fez o mestre calar-se, baixando os olhos em direção à crina do animal. Assim ficou por um tempo, antes de retomar a conversa, com um suspiro:

— Seu pai foi um judeu valoroso, Benjamin. Negou-se a ser convertido, e morreu por isso. Não há um só dia, desde aquele tempo, em que eu não me pergunte se deveria ter feito o mesmo. Porém, a cada vez que essa questão me assombra o espírito, respiro fundo e penso nos pacientes que tratamos depois disso, nas dores que ajudamos a diminuir, nas vidas que salvamos.

— Por favor, *messere*, eu não quis lembrar...

— Eu sei, Benjamin, eu sei.

Senti-me envergonhado. Amatus Lusitanus era para mim mais do que um mestre. Eu o acompanhava desde Lisboa, quando meus pais foram levados ao tribunal da Inquisição. Meu pai havia pedido a um vizinho que, se chegasse sua hora, entregasse-me à guarda do conhecido médico, seu grande amigo. Ao longo dos muitos anos dessa amizade, havia conhecido o senso de praticidade de *messere* Lusitanus. Sabia que ele escaparia a qualquer custo e que, a seu lado, eu estaria salvo.

Quando os inquisidores vieram, o vizinho correu a buscar-me pela porta dos fundos. Temendo que o houvessem visto entrar, hesitou um pouco antes de sair, e pudemos ouvir os homens que gritavam, na sala, enquanto meu pai gemia pelos golpes e pela indignação.

"Aceita Jesus Cristo como teu Deus", gritavam. Meu pai gemia, nada mais. Foi só quando o levaram, arrastado, que o grito saiu de sua garganta, como se vomitasse as palavras em seus algozes. Naquele único grito coube toda a sua revolta:

"SHEMA YISRAEL! ADONOI ELOHENU! ADONOI EHAD!"

Essas palavras também estiveram nos meus sonhos por muito tempo. "Ouve, ó Israel, o Senhor é nosso Deus, o Senhor é uno..." Eu tinha então apenas treze anos, e não podia imaginar que a ideia de um deus uno viesse a ser causadora de tanto ódio. Mas isso deixo para contar depois.

O mestre recebeu-me como seu discípulo desde então, e com ele aprendi não só a anatomia, a astrologia, o manejo das ervas medicinais e o diagnóstico intuitivo, mas também aprimorei meus conhecimentos de hebraico, grego, latim, espanhol e francês. Não era justo lembrá-lo, naquele momento de tanta incerteza, de que se havia convertido ao catolicismo para escapar da garra dos inquisidores. Ele, entretanto, não se abalou com a lembrança, e acrescentou:

– Espero que você tenha em mente todos os detalhes, que foi um custo lhe ensinar, sobre o ritual católico. Não sei o que vamos encontrar em Roma, mas talvez tenhamos sido chamados para um teste, nada mais.

– Sei tudo, de cor – respondi. E, aproveitando sua disposição para conversar, acrescentei: – Não é bizarro, mestre, que para escapar da fogueira tenha nos bastado decorar o Pai-Nosso e, agora que o senhor é um médico famoso, que prescreve ao próprio papa, precisemos conhecer a fundo todos os ritos católicos?

– Este novo papa não é como o anterior, meu caro. Paulo III não tinha nada contra os judeus; permitiu a presença da Inquisição em Portugal apenas por fraqueza, porque não queria contrariar o imperador. Decerto foi ele mesmo quem orientou seus inquisidores para serem benevolentes conosco, permitindo a conversão sem grandes exigências.

E, segurando um pouco as rédeas, permitiu que meu cavalo emparelhasse com o seu, antes de acrescentar:

– Este, Julio III, não é igual a seu antecessor. É verdade que já mandou buscar-me duas vezes, quando doente, para tratá-lo. Mas isso não significa que goste de nós ou sequer que respeite nossas crenças. Ao contrário, dizem que pretende mandar queimar todos os exemplares do Talmude dentro dos Estados Papais. Por isso, devemos estar prontos para qualquer armadilha. Havia algo de muito estranho naquele emissário.

Referia-se ao homem que batera em sua porta no dia anterior. Segundo o mestre, era jovem, usava uma capa escura e botas de cano longo, e parecia cansado de uma viagem com poucas paradas até Ancona. O próprio mestre lhe abrira a porta ouvindo dele a mensagem: era portador de um convite de Michelangelo Buonarroti, de Roma, para que o médico Lusitanus fosse, o mais depressa possível, até a cidade dos papas. Não disse seu nome, e alegou desconhecer o motivo do convite. Pediu que o encontrássemos junto à terceira coluna do braço direito da praça de São Pedro, a fim de que nos levasse à presença do artista assim que chegássemos.

— Talvez o grande escultor precise de cuidados médicos — arrisquei, tentando tranquilizar o mestre e a mim mesmo.

— Não creio, Benjamin. Fosse esse o caso, teria logo revelado o motivo. Todos sabem que nós, médicos, atendemos mais depressa quando se trata de doença. Além disso, quem nos procura com esse fim geralmente pergunta, pela cidade, onde fica nossa casa. Este veio sabendo onde vivíamos, pois na estalagem e no comércio da praça todos garantiram que ninguém indagou sobre nós.

— Talvez tenha se informado na vila de San Severino Marche antes de chegar à nossa. Também por ali todos conhecem a casa de Amatus Lusitanus em Ancona.

— Isso, também, pretendo descobrir. Logo entraremos na vila. Alguém deve tê-lo visto, e informado.

De fato, os telhados de San Severino já estavam à vista. Os cavalos, pressentindo a proximidade do descanso e do feno, aceleraram o trote.

★ ★ ★

A estalajadeira recebeu-nos com alegria, exibindo um sorriso largo na face gorda e rosada, sem esconder a falta dos dentes da frente. Enxugou as mãos no avental um pouco sujo e tentou alinhar os cabelos grisalhos, vindo em nossa direção.

– Ilustre e abençoado médico! – exclamou, ao ver o mestre.
– Que bom ver Vossa Excelência sem que estejamos doentes!
– Melhor assim, minha cara – foi a resposta. – Espero que desta vez vos encontre com boa saúde. Desde que seu esposo teve a última crise de gota não tenho notícias de sua família.
– Não teve mais dores, depois da dieta. Graças ao bom Deus, às preces das clarissas e, sobretudo, a Vossa Excelência... Vem para aplacar o sofrimento de alguém?
– Não. Estamos a caminho de Roma, para tratar de pacientes – mentiu o mestre – a chamado de conhecidos. Por sorte puderam encontrar-nos esta manhã. Decerto passou por aqui o emissário que nos buscava. Agradeço à senhora por tê-lo orientado para o caminho de minha casa.
– Teria orientado, com prazer – respondeu ela. – Mas aqui, em minha humilde pousada, ninguém perguntou por Vossa Excelência, nesta semana.
– Talvez seu esposo o tenha...

Ela interrompeu:

– Meu esposo? Como poderia alguém falar com ele, se não faz nada além de roncar em seu quarto? Não... Aqui quem serve, lava, cozinha, recebe os hóspedes e fornece informações é sempre esta vossa serva... Asseguro que por esta vila de San Severino ninguém perguntou seu endereço, nem a mim nem a qualquer outro, pois neste vilarejo perdido ninguém ou nada passa sem que eu veja ou saiba. Posso servir agora o ensopado? Devem estar com fome, Vossas Excelências...

Eu estava. Sentamo-nos à mesa e esperamos que nos servisse. Ao fim da refeição, retiramo-nos para o aposento dos hóspedes; por sorte éramos os únicos naquela noite e, assim, antes de repousar, me senti seguro para especular sobre o mensageiro com o mestre:

— Se esse homem não procurou informar-se, como foi direto à sua casa? Teria trazido de Roma um roteiro assim tão exato?

— É pouco provável, Benjamin. Muitos em Roma sabem que moro em Ancona, mas ninguém se preocuparia em fazer um mapa das ruas indicando minha casa. O emissário deve ter feito o usual, que é perguntar. Parece que não foi aos moradores do vilarejo, mas pediu informações a alguém nestas redondezas.

— A quem, então?

— Às clarissas, no convento, acredito.

Pensei em não argumentar com o mestre. Mas o desejo de compreender esse estranho compromisso e o medo do que estivesse por vir me estimularam:

— *Messere*, as irmãs de Santa Clara quase não saem às ruas. Têm por doutrina conversar o mínimo entre si, e evitam falar com estranhos. A ninguém recebem no convento...

— A menos que o visitante traga a insígnia papal sob a capa, ou mesmo a do bispo de Perugia. Amanhã saberemos. Procure dormir.

Não foi fácil pegar no sono. Mensageiro, Michelangelo, Roma, papa, todas essas coisas me assustavam, naquele tempo. Fiquei mais de uma hora deitado, olhando o céu através da vidraça, até que as pálpebras pesaram, cansadas. O mestre, ao contrário, dormiu ao cair na cama.

Nas primeiras horas da manhã já estávamos sobre os cavalos, prontos para prosseguir viagem. Em vez de tomar o caminho de Terni, que levava a Roma, Lusitanus saiu da vila por uma pequena estrada que levava a um monte. Desta vez não precisei interrogá-lo, pois adivinhei que nos dirigíamos ao convento das irmãs de Santa Clara.

Não foi necessário bater à porta. O ruído das patas dos animais na estrada pedregosa anunciou nossa chegada. Quando apeamos, já era levantada parte do pano atrás da pequena grade que separa as irmãs do mundo exterior. Meu mestre identificou-se com respeito:

– Sou Amatus Lusitanus, médico de Ancona. Constrange-me perturbar a paz de vossas orações, mas preciso falar à abadessa.

– Conheço Vossa Excelência, irmão médico – respondeu a clarissa – desde que esteve aqui para prescrever a dieta à nossa abadessa. Ela já vem ter convosco. Por favor, aguarde um momento, na paz de Deus.

O pano caiu por trás da grade, e em poucos minutos era novamente levantado.

A abadessa tinha o rosto muito pálido, e apenas as rugas revelavam sua idade, já que os cabelos eram completamente cobertos pelo hábito. Seus olhos exprimiam candura, com algum toque de preocupação.

– *Messere* Lusitanus! Deus ouviu minhas preces mais uma vez e fez com que viesse até aqui antes de viajar a Roma.

– A irmã está informada, então, de que vou à capital? – perguntou ele, surpreso.

– Sim – respondeu ela –, pois aqui esteve ontem um emissário da Sé, pedindo indicações para encontrar sua casa em Ancona. Estranhei o fato, pois o costume é aprender tais caminhos na estalagem, ou com qualquer cidadão na praça do Povo. Mas o selo papal que trazia costurado na veste, sob a capa, tranquilizou-me. Em princípio, acreditei que procurava auxílio para alguém doente. Expliquei que, por vivermos em clausura, não conhecemos os caminhos de Ancona. Dei-lhe, porém, as referências que conhecia sobre a sua casa, as quais aprendi quando precisamos enviar-lhe um mensageiro no último inverno, por ocasião da enfermidade que me acometeu.

Então a abadessa baixou o olhar e acrescentou em voz mais baixa:

— Nas últimas horas não tenho feito senão rezar, para que São Francisco e Santa Clara intercedam junto a Deus pela vossa pessoa. O arrependimento de mentir teria talvez sido menor do que o que senti, após fornecer a informação, quando se despediu o emissário. É imensa minha gratidão pela sua visita quando estive enferma, e Vossa Senhoria, sem sequer entrar no claustro, ensinou do lado de fora desta grade a dieta que me trouxe de volta a saúde.

— Como se despediu, abadessa, esse emissário?

Ela levantou o olhar e disse, quase sussurrando:

— Suas exatas palavras foram: "Obrigado, encontrarei a casa do médico marrano."

Ao ouvi-la, senti as pernas tremerem. *Marrano* era o termo usado na Espanha e em Portugal para designar judeus convertidos pela Inquisição. Era derivado da palavra espanhola para porco, e se havia difundido pela Europa com sentido pejorativo. A abadessa, embora vivesse afastada do mundo, conhecia o suficiente sobre os costumes para saber que não seríamos chamados assim por quem nos tivesse admiração. Provavelmente tenha sido um deslize involuntário do mensageiro, que nem se deu ao trabalho de remediar, acreditando que a clausura protegeria aquela pequena distração.

— Deus proteja vossos passos até Roma, *messere* Lusitanus — disse a abadessa. — Lembrar-me-ei de vossa pessoa em minhas orações.

E o pano caiu, por trás da grade.

II

O ANATOMISTA

O frio e a preocupação fizeram com que cruzássemos as montanhas falando apenas o necessário. Eu pensava sobre todas as possibilidades que o futuro poderia nos reservar em Roma, mas não tinha o hábito de interrogar Amatus Lusitanus sem que ele consentisse. Após dois dias de percurso, parando apenas para descanso dos animais e algumas poucas horas de sono embaixo de árvores, quis o mestre pernoitar em Terni, onde já havia dispensado cuidados à família Spada, e esperava hospitalidade como pagamento pelos serviços então prestados.

O palácio Spada era uma construção imponente, embora ainda inacabada, no centro da cidade. Apeamos em frente aos três arcos que se destacavam na fachada, e Lusitanus procurou o sino junto à porta principal. Não houve resposta ao primeiro toque, nem ao segundo. Já era noite, e a construção parecia abandonada. Quando, porém, nos preparávamos para tomar os cavalos e procurar uma estalagem, a porta se abriu, e dela saiu a figura de um homem baixo com uma longa barba, tendo na mão uma lanterna. Aproximamo-nos devagar enquanto ele erguia o braço para que a luz revelasse nossos rostos. Ao distinguir Amatus Lusitanus, reconheceu-o e sorriu. Era o mordomo. Explicou que o palácio estava vazio, pois a família se encontrava em Roma, onde o conde Spada agora servia como camareiro do papa; mas assegurou-nos de que o médico da família era sempre bem-vindo e abriu a porta, tomando os cavalos pelas rédeas.

A casa parecia, de fato, desabitada. Os móveis da sala principal estavam cobertos, e sentia-se o cheiro característico dos ambientes que ficam fechados por muito tempo. O mordomo conduziu-nos até uma sala menor, que parecia estar em uso. Montou a mesa sobre dois cavaletes e, em seguida, trouxe pão, vinho, queijo e uvas. Deixou-nos com essa refeição simples, dizendo que ia arrumar o quarto.

Foi à mesa, aproveitando a coragem emprestada pelo vinho, que pude encontrar o momento para argumentar com o mestre:

– Talvez – arrisquei – o grande artista queira apenas que lhe passemos algum conhecimento de anatomia. Ouvi dizer que é aficionado pela estrutura do corpo humano.

– Duvido, Benjamin – respondeu ele. – Michelangelo Buonarroti já está com mais de 70 anos, e provavelmente essa fase de aprendizado já passou. E, se quisesse aprimorar seu conhecimento, não seria conosco. Tem à sua disposição o médico do papa, Realdo Colombo.

– Colombo, de Pádua? O descobridor do clitóris?

– Esse mesmo. Descobridor de coisas já descobertas...

Eu já havia ouvido a história, mas aproveitei para aprender mais:

– *Messere*, acredita que ele se aproveitou da descoberta de outro, como dizem?

– Não sei, meu caro. Mas é possível. Colombo é um homem de grande ambição, do tipo que faz qualquer coisa pela glória. O que você sabe sobre ele?

– Muito pouco...

– Pois é bom que saiba, pois algo me diz que ele está relacionado a este estranho convite. Realdo Colombo e Michelangelo Buonarroti são grandes amigos e colaboradores. Conta-se que dissecavam, juntos, cadáveres conseguidos pelo anatomista, na casa de um dos alunos do artista, em Santa Ágata.

Lusitanus completou o vinho em nossas taças, e depois assumiu o tom de voz que usava sempre que dizia algo para ser ouvido com atenção:

— Realdo Colombo não é de Pádua. É de Cremona. Foi para Pádua aos vinte e cinco anos, para aprender anatomia com Andreas Vesalius. Foi tão bom aluno que sucedeu a seu mestre na cátedra, e tão ingrato que logo começou a contestar o que o antecessor havia escrito e ensinado. Quando Vesalius voltou à cidade para uma demonstração anatômica, ele, que era o novo ocupante da cátedra, não compareceu para assistir; preferiu evitar o constrangimento. Diz ter feito a primeira descrição do clitóris, mas foi acusado por Faloppio de haver, na verdade, plagiado sua descoberta.

— Permanece, ainda, na Universidade de Pádua?

— Não. Deveria, por contrato, ter ficado lá ao menos dois anos, após a saída de Vesalius. Mas, tão logo assumiu, já estava com os olhos voltados para Pisa, onde o príncipe Cosimo de Médici injetava verdadeira fortuna nos estudos de anatomia. Sequer esquentou o lugar em Pádua...

— E vive, hoje, em Pisa?

— Também não. Permaneceu apenas cerca de três anos, e foi para Roma atrás de sua ambição. De lá, escreveu ao príncipe pedindo desculpas, e prometendo voltar para ministrar cursos; mas ingressou na Universidade Sapienza, na capital dos católicos, tornando-se médico do papa.

— Achei que era o senhor, *messere*, o médico do papa...

— Sou, quando ele deseja ser tratado por alguém que não o bajule o tempo todo. Mas o médico oficial é Colombo. Uma vez nos encontramos quando ele saía e eu entrava nos aposentos papais. Seu olhar não me deixou dúvidas: viu-me como concorrente. Se pudesse, acredito que ali mesmo me teria eliminado.

– Acredita que ele lhe faria algum mal, hoje? – perguntei.

– Não. Essa rivalidade, por conta de um cliente importante, é bem conhecida de todos. Ele não exporia sua reputação. Mas, infelizmente, temo por você.

– Por mim? – perguntei. – Quem se preocuparia comigo, se não estou sequer aos pés do conhecimento de meu mestre?

– Não sei. Mas, antes de chegarmos a Roma, acho importante revelar que o emissário de Buonarroti insistiu em que eu o levasse comigo. "Seu discípulo, tão aplicado", foi o que ele disse.

– *Messere*, por que não tomamos o rumo de Veneza, onde podemos pedir proteção ao dodge? Sempre me disseram que os judeus são benquistos por lá...

– Não somos mais judeus, Benjamin, pelo menos oficialmente. Entendo seu receio, mas acho que não há motivo para temer. Se quisessem rever nossos processos da época da Inquisição, poderiam ter-nos feito presos em Ancona, sem necessidade de ardis. Afinal, vivemos nos Estados Papais. Se nos chamam a Roma, é porque precisam de nós para algo. Assim sempre tem sido com nosso povo: toleram nossa presença, desde que rezemos seus ritos ou sejamos úteis para algum de seus objetivos. Foi assim em Portugal, e será assim em Roma.

E, levantando-se, encerrou a conversa:

– Vamos dormir. Tudo isso são apenas conjecturas.

E fomos para as camas macias do palácio Spada; mesmo assim, não consegui pegar no sono até a madrugada, quando por fim o cansaço venceu.

No sonho, ouvi a voz do inquisidor que me chamava, na praça de Ancona. Eu declamava o Pai-Nosso, gritando, de forma que toda a gente pudesse ouvir. Mas ele me batia sem parar, porque eu havia começado a oração com: "Ouve, ó Israel."

Às quatro da tarde do dia sete de março, no ano católico de 1553, entrávamos na cidade dos romanos. Por ironia, cavalgamos pela Via Triumphalis, pois o mestre desejava chegar logo à praça de São Pedro, pela porta Angélica.

A visão das colunas em torno da praça me fez sentir um misto de admiração, respeito e temor. O arquiteto havia projetado a monumental basílica com quatro fileiras de colunas, formando dois arcos que saíam da fachada e se curvavam em torno do amplo espaço aberto, significando os braços da Igreja, que acolhia os que ali entrassem. Para mim, figuravam como os braços da Inquisição, prontos a puxar quem se aventurasse a enfrentá-la, levando a um tribunal onde a sentença nascia antes do julgamento.

Meus olhos acompanharam os do mestre, enquanto apeávamos, procurando a terceira coluna da vertente direita. Cada segmento era, na verdade, composto por quatro delas, orientadas de forma rigorosamente perpendicular ao raio da arcada. Não havia ninguém ao pé de nenhuma, nem no espaço coberto que delimitavam.

Apreensivos, caminhamos lentamente até encostarmo-nos à coluna mais próxima do centro, e ali permanecemos, mudos, por alguns minutos – que pareceram horas. Exatamente quando eu estava prestes a propor que voltássemos na manhã seguinte, ouvimos a voz do homem que surgiu por trás da coluna às nossas costas:

– *Messere* Amatus Lusitanus. Espero que tenha feito boa viagem. Aguardo Vossa Excelência desde as primeiras horas da manhã.

O mestre pareceu reconhecê-lo, e deduzi que se tratava do mensageiro que o visitara em Ancona. Manteve a cabeça erguida, e respondeu:

— Ótima viagem. Lamento tê-lo feito esperar, senhor, mas viajamos sem forçar os animais, pois assim sempre fazemos quando não se trata de socorrer os doentes. Parece não ser esse o caso, se bem entendi.

O mensageiro não se alterou com a tentativa de esclarecer o motivo do chamado, e disse apenas:

— Tenho ordem de conduzi-los a uma das oficinas de *messere* Michelangelo, onde os deixarei na companhia dos artistas. Queiram, por favor, tomar suas montarias. Não é distante.

Ao dizer isso, caminhou alguns passos adentrando a praça, onde um lacaio segurava um cavalo para que ele, por sua vez, montasse, e seguiu rumo à saída da praça, esperando que o seguíssemos.

A oficina era, na verdade, um pouco distante, pois foi necessária uma hora de cavalgada para atingi-la. O mensageiro cavalgou à frente, por todo o percurso, através de vielas pavimentadas seguidas de becos com piso de terra. Parou junto a uma grande porta de madeira envernizada, apeou e abriu-a, fazendo uma mesura para que conduzíssemos as montarias através da entrada.

No pátio interno, um lacaio tomou as rédeas de nossos cavalos, e apeamos. As portas da ala ao fundo do pátio estavam abertas, expondo um salão onde vários homens trabalhavam pequenas peças de mármore. O ruído dos martelos sobre os ciséis era ensurdecedor. Dois homens, vestidos apenas da cintura para baixo, entravam na sala carregando mais um bloco de pedra bruta; a facilidade com que levavam a carga impressionava pela força da musculatura. A certeza de que estávamos em uma oficina de artistas tranquilizou-nos por um momento; afinal, tudo indicava tratar-se realmente de um convite do grande escultor.

O lacaio conduziu-nos a uma entrada na outra face da construção, que dava em um pequeno cômodo mobiliado como escritório. Uma mesa, ao centro, ostentava desenhos de figuras humanas, com detalhes anatômicos. Três poltronas circundavam-na, duas das quais estavam vazias, aparentemente esperando por nós. Da terceira levantou-se um homem alto, abrindo os braços para receber-nos.

Percebi que não se tratava de Michelangelo Buonarroti, embora nunca tivesse conhecido o artista. Ele estaria com mais de setenta anos, enquanto aquele homem aparentava ter cerca de quarenta. Vestia uma túnica simples, mas que denotava riqueza, pois feita de fino veludo vermelho com renda branca sobre os ombros e as mangas. A cabeça descoberta deixava a calvície à vista, contrastando com uma longa barba, um pouco grisalha. Levantou-se à nossa chegada, saudando:

– Amatus Lusitanus! O destino parece unir-nos, mais uma vez!

O ruído dos martelos na outra sala parou, como se os escultores não quisessem incomodar aquela entrevista.

– Matteo Realdo Colombo... – respondeu o mestre, sem entusiasmo. – Ao que parece, desta vez não foi obra do destino o nosso encontro. Não foi motivado pelo desejo de trocar conhecimentos, como em minha visita a Pádua, nem pelo acaso de termos um ilustre paciente em comum, como da última vez, em Roma...

E, olhando em torno, exprimiu sua estranheza:

– Julgava encontrar Michelangelo Buonarroti, pois a seu convite acedemos. Não o vejo, entretanto. Decerto está por chegar.

– Não, Amatus – foi a resposta. – Meu grande amigo e ilustre artista não poderá estar conosco hoje. Na verdade, mandou chamá-lo a meu pedido, pois eu precisava deste encontro entre médicos.

— Teríamos com prazer aceito seu convite, sem necessidade de intermediários. Permita-me apresentar meu assistente, o jovem Marcus...

— Benjamin, pode chamá-lo. Entre médicos, não precisamos esconder as verdadeiras origens...

Fosse outra a situação, eu me sentiria lisonjeado. Um renomado professor de anatomia como Realdo Colombo, conhecer-me pelo nome sem que eu lhe tivesse sido apresentado. Mas a ingenuidade não era uma de minhas virtudes, e fiquei a imaginar o que o levara a obter informação tão exata sobre mim.

— Lamento não lhes ter enviado um chamado pessoal — continuou. — Mas a natureza do assunto que tenho a tratar faz com que eu prefira que este nosso encontro não seja do conhecimento de mais ninguém; por isso meu grande amigo Buonarroti ofereceu-se para enviar um de seus mensageiros, como se estivesse ele interessado em conhecê-los.

Lusitanus começou a olhar em volta e a esfregar a barba com a mão direita. Estava impaciente; não gostava de mistérios quando envolviam sua pessoa ou a minha. Voltou-se para Colombo e desfechou a pergunta direta:

— E o que exatamente tem a tratar conosco, Realdo?

— Sua segurança. A preservação de sua posição como médico, de sua casa em Ancona, de sua vida.

— Minha posição em Ancona é garantida pelo reconhecimento de meus pacientes. Nos Estados Papais, pelo de um paciente, como você bem sabe.

Colombo aproximou-se e pousou a mão sobre o ombro de Lusitanus.

— Se esse paciente é o papa, caro Amatus, você deve ter muito cuidado. Julio III não é como seu antecessor. Pode ter chamado seus serviços em alguma ocasião, mas isso não significa que tenha apreço por judeus.

— Somos católicos, há muitos anos.

— Sei disso. Mas também sei, e todos sabem, que a conversão foi forçada, e que o Talmude ainda ocupa lugar à sua cabeceira, com suas páginas mais gastas pela leitura do que as do Novo Testamento, tão pouco é consultado... Por favor, entenda que, para mim, isso não importa, especialmente quando se trata de alguém como Amatus Lusitanus, que dedica sua vida ao conhecimento das doenças. Mas estou informado de que o papa tenciona mandar queimar todos os exemplares do livro dos judeus, e é certo que tal fogueira não será alimentada apenas com papel... As regras da Inquisição não respeitam decisões anteriores; todos os processos podem ser revistos, ou mesmo refeitos, em qualquer tempo.

Nesse momento, senti vontade de chamar o mestre para uma conversa em particular. Mas o encontro corria com formalidade, e certamente um pedido desse tipo causaria espécie. Estávamos em território estranho e, ao que começava a parecer, hostil. Permaneci calado, ouvindo. Colombo falava com voz calma, apesar de ter no olhar a expressão de quem faz uma advertência. Por dentro, sentia que Lusitanus pensava exatamente o mesmo que eu: Colombo não nos havia feito vir a Roma simplesmente para nos oferecer sua proteção gratuita. Estava pronto para uma negociação, embora eu, naquele momento, nem de longe atinasse com o que ele desejaria em troca.

Meu mestre manteve a postura, sem demonstrar a preocupação que decerto sentia. Notei alguma ironia ao ouvi-lo:

— E, então, Realdo, chamou-nos a Roma para avisar sobre o perigo e oferecer seus préstimos em nossa defesa?

— Sim. Estou em posição de prestígio. Sou hoje professor de anatomia e cirurgia na Sapienza, e ainda mantenho minhas aulas de dissecção em Pisa. Tenho grande influência sobre o príncipe de Florença, entre outros de cidades menores, e principalmente sobre os cardeais que cercam o papa Julio. Por que não usar esse prestígio para proteger alguém que dedica sua vida à anatomia, como eu?

— Sou um médico prático. Não sou anatomista, nem cirurgião.

— De qualquer forma, somos ambos dedicados ao conhecimento da medicina. É meu dever protegê-lo, para que a nobre arte permaneça viva.

Era hora de conhecermos as condições. Certamente havia alguma. Por amor à medicina, apenas, não o estaria fazendo. O tom de sua voz, por trás das palavras amáveis, deixava transparecer uma ameaça. Estava claro que precisava de algo, e sabia que estávamos compreendendo o que queria dizer, sem que precisasse enunciar: sua posição permitia que afastasse de nós qualquer risco de perseguição, mas, da mesma forma, era suficiente para desencadear uma perseguição se não pagássemos o preço que pretendia exigir. Meu mestre decidiu facilitar-lhe o trabalho:

— E o que espera de nós, Realdo, em troca dessa dedicação à segurança de um médico concorrente?

Colombo pareceu assustar-se com tamanha franqueza. Recuou um passo e abriu os braços.

— Em troca? Nada... Faço-o por acreditar que é esta uma das funções de um médico. Mas...

Aí vem, pensei.

— Mas só posso protegê-los enquanto meu prestígio estiver alto. Você sabe, caro Amatus, que o prestígio de qualquer um de nós existe enquanto somos expoentes em nossa profissão. É preciso estar sempre à frente no conhecimento, sempre merecendo o respeito de todos os filósofos e estudiosos das ciências. Não tenho feito outra coisa, durante estes anos todos, senão trabalhar para merecer cada vez mais o renome que tenho. No momento em que deixar de ser uma estrela no campo da anatomia, não mais terei influência sobre os que governam as terras da Europa. Dizendo isso, apontou para a mesa onde havia desenhos anatômicos.

– Estou preparando um tratado sobre anatomia que pretendo dedicar a Cosimo I. O príncipe de Florença compreendeu a grandeza de meu destino, liberando-me do contrato em Pisa, mas sinto que restou uma pequena mágoa. Este livro servirá para que me tenha o apreço de sempre, e assim ajudar a proteger os que eu designar. Além disso, a obra terá repercussão em todos os países, pois pretendo corrigir os erros que existem no clássico livro de Vesalius. Será o tratado definitivo de anatomia. Michelangelo cuidará pessoalmente da ilustração. O livro fará de mim o mais ilustre anatomista de nosso tempo, e tornará meus amigos intocáveis, especialmente aqueles que colaboraram com a execução da obra.

– E entre esses colaboradores... Estarei eu?

– De certa forma, sim, Amatus. Não de forma citada, claro, mas secretamente. Afinal, torná-lo colaborador declarado, em obra tão importante, faria com que seu nome adquirisse grande visibilidade, e mais ainda estaria na mira dos inquisidores. Melhor me parece que você mantenha a forma discreta com que sempre trabalhou, e a minha garantia de que não será molestado.

– Como já disse, não sou anatomista. Não vejo em que possa ajudá-lo num tratado que pretende ser maior do que o texto do grande Vesalius.

– De fato, não creio que possa. Mas seu discípulo Benjamim talvez esteja disposto a uma missão específica, que salve o mestre, e a si mesmo, das garras dos inquisidores. Uma pesquisa que só alguém jovem e desconhecido poderia levar a cabo.

Senti como se o chão estivesse cedendo sob meus pés. O suor começou a escorrer-me pela nuca, apesar do frio que entrava pela fresta da porta. Mais uma vez, Lusitanus disfarçou sua preocupação atrás de um semblante sério e tomou a condução da conversa:

— Viajamos por três dias, Realdo, atravessando as montanhas no lombo de cavalos. Que tal poupar-nos a justificativa e dizer logo o que precisa? Qualquer que seja a solicitação, já fiz concessões maiores no passado para permanecer na profissão. E Benjamim tem um passado de sobrevivência e de amarguras, que lhe trouxe grande maturidade. Vamos logo ao ponto, pois precisamos de descanso.

A face do mestre exprimia cansaço. Não apenas da viagem, mas de uma vida toda de concessões e de sacrifício, marca de nosso povo naquele tempo de dogmas e disputas religiosas. Falava como se, mais uma vez, preparasse o espírito para um ato de sobrevivência. Olhava para mim de quando em quando, com expressão triste; sentia que todo o esforço de proteger-me, desde menino, culminava numa situação em que eu estava, afinal, mais exposto do que ele próprio.

Colombo assumiu uma expressão séria. A cerimônia acabara.

— Sentem-se. Tenham paciência. Preciso antes enunciar o problema para, depois, iniciarmos a solução.

Foi ali, numa oficina de artistas, em Roma, que se delineou minha tarefa dos meses seguintes, os mais marcantes de toda minha vida. Estava prestes a ouvir a exposição dos motivos que levavam Realdo Colombo a me envolver na procura de um homem cuja história viria a confirmar o desprezo, que eu já sentia, por este século insensato.

III

O ESPÍRITO VITAL

— O Criador — começou Colombo —, querendo dar-nos uma vida mais perfeita do que aquela das plantas e outras ervas, houve por bem criar em nosso corpo um órgão especial onde, como numa forja, as virtudes pudessem ser formadas. Para isso proveu-nos do coração, tão necessário à vida que não há animal, por menor que seja, que não tenha tal órgão ou algo que a ele se assemelhe. Galeno ensinou que esse órgão instila no sangue o espírito da vida, por isso chamado de *espírito vital*, que seria trazido para o coração junto ao ar que inspiramos. Muitos anatomistas acreditam que esse espírito passa para o coração através da traqueia, que ao mesmo tempo serve para remover a fuligem do sangue.

Ele adorava discursar. Nós éramos a plateia.

— Mas — continuou — não acredito que o coração seja como uma fornalha, que queima lenha seca produzindo fumaça. Meus estudos de dissecção mostram que o sangue entra no coração quando se dilata, e sai quando se contrai. Porém, há partes do seu funcionamento que não compreendemos.

Escutávamos.

— O coração tem duas câmaras com paredes espessas, os ventrículos. Fico a pensar por que o Criador haveria de tê-lo dividido assim, em dois compartimentos que fazem o mesmo papel. E pude observar que o do lado esquerdo tem a parede mais espessa do que o outro, o que sugere uma função diferente. Por que uma parte do sangue do corpo entra no coração por um lado, e outra pelo lado oposto?

Lusitanus interrompeu:

– O próprio Galeno explicou que o septo entre os dois ventrículos contém poros, de forma que o sangue pode livremente atravessar de um a outro lado.

– Bem, Amatus, vejo que sua modéstia não é fundada, pois diz que pouco sabe de anatomia e, entretanto, conhece a descrição de Galeno. Porém, estamos em um tempo de contestação das verdades antigas, e posso assegurar que ele estava errado. Os poros não existem. Vesalius procurou-os cuidadosamente, e o mesmo fiz depois dele. O septo entre os ventrículos é rugoso, repleto de sulcos e saliências, mas definitivamente não tem poros que possam permitir a passagem do sangue. Assim, permanece o mistério: por que duas câmaras, e ainda com paredes de espessura diferente? E como pode o espírito vital passar da traqueia para dentro dessas cavidades, se têm paredes tão volumosas? Como atravessaria o pericárdio, membrana rígida que envolve todo o coração?

– Talvez o espírito vital não se comporte como os fluidos e possa atravessar pericárdio e paredes espessas... – tentou Lusitanus.

– Não faz sentido. A criação do homem é obra divina; por que a presença de uma membrana, dificultando a passagem do espírito? Por que duas cavidades, e não uma única? Qual a função de cada uma delas, visto que não se comunicam?

Nesse momento, decidi que era hora de participar:

– *Messere* Colombo, o grande Vesalius, em sua obra, admite que o sangue passa de um a outro ventrículo, embora não pudesse ter constatado a presença dos poros...

– Porque não foi corajoso o suficiente para contradizer Galeno. E, ainda mais, porque não tinha outra explicação que substituísse a antiga. Ele próprio sabe que essa comunicação não existe através de um septo tão volumoso. Eu, porém, desejo ir mais longe. Em minha obra pretendo esclarecer a verdadeira forma pela qual o espírito vital chega ao sangue, e como é distribuído para o corpo.

— E qual é essa forma?

Colombo olhou para os lados, perscrutando a sala, e depois se curvou para frente, antes de dizer:

— Tenho a certeza de que o que será dito aqui permanecerá entre estas paredes. Não posso responder pela vossa segurança se alguém fora destes muros vier a saber o que estou preparando para meu grande tratado de anatomia.

A princípio, julguei que ele fosse expor uma ideia sobre a solução do intrincado problema, mas não consegui imaginar por que o faria, se de fato a tivesse. Assim, não me decepcionou a declaração que fez em seguida:

— Não sei. Noites passei, em vão, a pensar, tentando juntar as observações numa teoria que fizesse encaixarem-se as faces do enigma. Porém, parece que existe alguém que talvez tenha a resposta.

— Quem? — perguntamos, ao mesmo tempo.

— Quando fui assistente de Vesalius em Pádua, falou-me sobre um homem que conhecera em Paris. Haviam estudado juntos, e algumas vezes dissecaram lado a lado. Pois esse companheiro de estudos, segundo ele, tinha uma estranha teoria sobre a difusão do espírito vital.

— E... qual era?

— Não consegui saber. Quando perguntei a Vesalius, ele mudou de assunto. Tentei voltar ao tema, mas disse-me que o tal Michel não devia ser levado a sério, e que sua teoria era tão desprovida de sentido que não valia a pena gastar tempo com ela. Porém, não acreditei. Parece-me que ele respeitava as ideias do antigo colega, mas não queria arriscar sua reputação com nada por demais revolucionário. Preferiu o conforto dos textos de Galeno. E, como é homem de grande vaidade, negou-se a fornecer informações sobre algo que ele mesmo não aproveitaria em seus textos. Se não queria arriscar-se em ideias muito novas, também não permitiria que ninguém o fizesse.

– Michel, portanto, se chamava? – perguntei.

– Michel de Villeneuve. Não sabemos de seu paradeiro hoje. Mas, se for encontrado, decerto será mais prestimoso que Andreas Vesalius. Afinal, se dividiu com ele sua ideia, por que não o faria com alguém mais? É preciso, pois, que seja encontrado, e que eu venha a conhecer sua teoria sobre o funcionamento do coração. Minha intuição diz que ele possui a chave do enigma. Pude ler isso nos olhos de Vesalius, há alguns anos. E quero sabê-lo agora, para completar meu tratado definitivo de anatomia.

Lusitanus parecia aflito. Quis certificar-se de que havia compreendido a mensagem:

– Quer que procuremos o tal Michel de Villeneuve, e o interroguemos para fornecer as ideias que completarão sua obra? Faz quinze anos que Vesalius deixou Paris. Como podemos saber se esse outro homem está vivo, e onde? E, se o encontrássemos, quem pode prever se nos contaria sua teoria sobre a anatomia do coração?

– Amatus, não pretendo que *vocês* o procurem – acrescentou Colombo, dando ênfase ao plural. – Você é muito conhecido, e seria arriscado se andasse por aí procurando quem quer que seja. Porém... Seu discípulo Benjamin é jovem e inteligente. Pode viajar por toda a Europa sem ser percebido, pois eu mesmo me encarregarei de prover-lhe um passe com o timbre papal. Claro fica que o passe trará seu nome cristão, Marcus...

– Ibericus – completei.

– Sim. Mas sua dupla formação, judaica e cristã, permite que circule em diversos ambientes intelectuais, se bem souber alternar os papéis. Tem o conhecimento da anatomia, necessário para obter as informações de que preciso, e a sagacidade da juventude, para escapar de armadilhas e alcançar o objetivo. Meu jovem, deve encontrar Michel de Villeneuve e trazer a teoria por ele elaborada sobre a difusão do espírito vital, e do funcionamento das câmaras cardíacas. Este será o preço da paz para você e seu mestre. Se a ele deve sua educação e cuidados, faça sua tarefa com empenho. Lembre-se: *Animum fortuna sequitur*.

A sorte segue a coragem. Precisaria, realmente, de muita sorte para encontrar alguém de quem não se tinha notícia há vinte anos. E eu encontraria a coragem. Mas Amatus Lusitanus ergueu-se subitamente da cadeira. Seu rosto estava rubro, e erguia o dedo na direção de Colombo.

– Nunca! Nenhum de nós pagará este preço, nem aceitaremos...

– *Messere!* – segurei-o delicadamente pelo braço. – É a mim que cabe a decisão. Tenho uma enorme dívida com o senhor, e já não sou aquele menino que acolheu em Lisboa. É chegada minha hora de retribuir. O que *messere* Colombo pede, posso fazer. Não se preocupe. Saberei cumprir a tarefa e retornar para prosseguir aprendendo com Amatus Lusitanus.

Meu mestre transpirava. Ao ouvir-me, sentou como se sentisse a derrota numa exaustiva batalha. Permaneceu em silêncio, ofegante. Colombo, vendo que vencera, continuou:

– Compreendo, Amatus, a falta que fará seu discípulo durante esse tempo. Por isso, farei com que um de meus empregados o acompanhe a Ancona, ficando a seu serviço enquanto Benjamim estiver em viagem. Não é um médico, e não poderá ajudá-lo como tal; mas pode carregar sua mala em visita aos pacientes, e outras funções que forem necessárias.

Um vigia, pensei, para garantir que o mestre não deixasse Ancona. Lusitanus estava mais pálido, mas nada disse. Colombo voltou-se para mim:

— Você deve fazer relatórios a cada progresso feito, e enviá-los a Roma. Quero estar informado.

— Sim — respondi —, desde que o senhor me forneça o endereço onde encontrá-lo.

— Não serão enviados a meu endereço. Quero certeza de sigilo em toda essa diligência.

Foi até a porta que dava acesso ao interior da casa e chamou pelo nome de Juan. Em poucos segundos surgiu um jovem, vestido de forma semelhante à sua.

— Apresento-lhe meu discípulo de confiança, Juan Valverde. É a ele que os relatórios devem ser enviados, pois fará com que cheguem às minhas mãos. O endereço será o desta casa, onde a correspondência será guardada até que ele venha, periodicamente, buscá-la. Inclua sempre nos relatórios a frase que será seu lema de agora em diante, para que possamos saber que a correspondência é autêntica.

— *Animum fortuna sequitur.*

— Sim — e, levantando-se, completou: — Senhores, nada mais temos a tratar. Volto aos meus estudos.

Saiu para o pátio, atravessou-o, e desapareceu por uma das portas que levavam à oficina.

O mensageiro surgiu assim que Colombo saiu, como se tivesse recebido um sinal. Ofereceu-se para acompanhar-nos de volta ao centro de Roma, onde nos mostraria uma boa hospedaria. O mestre recusou, dizendo que conhecia os caminhos e que encontraria onde pernoitar, mas ele insistiu, enquanto chamava o lacaio que segurava nossos cavalos. Agora havia, além das nossas duas montarias e da dele, mais uma.

O homem ajudou-nos a montar quase nos erguendo para cima das selas. Em seguida, subiu no seu cavalo e tomou a dianteira. Quando o seguimos, percebemos que o lacaio vinha atrás de nós. Estávamos sendo, literalmente, escoltados. Assim, fomos conduzidos pelas vielas estreitas até uma estalagem não muito distante e apresentados ao proprietário com a recomendação de que nos providenciasse bons aposentos, por conta de *messere* Colombo, médico de Sua Santidade.

Naquela mesma noite, o mestre ainda tentou demover-me da ideia de aceitar a missão. Podíamos muito bem, disse, desaparecer, como fizéramos antes. Tinha dedicado parte de sua vida a proteger-me, e não conseguia aceitar a ideia de que a situação se invertesse. Insisti, porém, em que eu já não era um menino; estava com vinte e cinco anos e não suportaria vê-lo afastado de Ancona, cidade onde encontrara a paz e o respeito que sempre mereceu. A tarefa não me parecia, naquele momento, tão difícil e, na verdade, começava a me fascinar.

Finalmente, Lusitanus acedeu em consentir que eu partisse:

— Voltaremos a Ancona, para que ninguém desconfie sobre esta maldita viagem. Depois, sob qualquer pretexto você partirá discretamente. Peço a Deus que encontre depressa o tal Villeneuve e volte com a informação que alimente a vaidade dessa serpente cremonense. Creio que você sabe por onde começar.

— Pela Universidade de Paris. O homem já deve tê-la deixado há muito, mas haverá quem saiba seu paradeiro.

— Sim. E não esqueça: o que não se aprende na Sorbonne, procura-se no Collège Royal.

IV

O *STATIONARIUS*

Paris é uma cidade dividida por um rio. Quase todas são, mas ali o rio funciona como um divisor político. Na margem direita do Sena vive o rei com sua corte; na esquerda, a universidade com seu reitor. A ilha de la Cité, uma área em forma de fuso que parece espremida dentro do rio, é a sede da Igreja.

Escolhi uma hospedaria na ilha, próxima à catedral de Notre Dame. Eu teria preferido a margem esquerda, mas na viagem me haviam desaconselhado a procurar acomodação em torno da universidade; a maioria dos alunos morava nas próprias escolas, e os poucos albergues só recebiam estudantes matriculados. Para viajantes como eu, restava a ilha.

No meu primeiro dia em Paris, acordei um pouco tarde, mas recuperado da viagem. O estalajadeiro indicou o caminho para a Escola de Medicina:

— Basta cruzar a ponte Pequena, ao final da praça da Catedral. Depois da ponte, à esquerda, vá até o porto das Toras.

Era dia de feira na praça, que estava repleta. Eu nunca havia visto um mercado tão exuberante; ali se vendia de tudo, desde cavalos até brincos feitos de conchas. Passei pelos parisienses entusiasmado com a vibração da cidade, e cheguei à ponte, uma impressionante passarela de tábuas sobre pilares de pedra. Não precisei caminhar muito, do outro lado do rio, para ver os barcos carregados de madeira cortada. No cais, uma dúzia de homens descarregavam as embarcações, empilhando as toras até a altura que seus braços podiam alcançar. Cinco carroças já formavam uma fila para comprar a lenha que aqueceria os moradores de Paris naquela semana de início de primavera, além de suprir as cozinhas, as fundições, e tudo o que precisasse da energia do fogo.

Os parisienses chamavam esse porto de *port aux Buches*, porto das Toras, e a rua que corria atrás das casas de comércio de lenha era conhecida como *rue de la Bûcherie*; ali ficava a Escola de Medicina, na esquina de uma viela conhecida como *rue des Rats*, rua dos Ratos. Era um casarão relativamente novo, que não se parecia com uma escola. Uns poucos degraus levavam à estreita porta de entrada. Balancei o sino algumas vezes até que surgiu um jovem usando uma túnica preta. Apresentei-me como emissário da Biblioteca Pontifícia, usando a carta de apresentação com o selo papal, que me havia sido provida por Colombo, mas assinada pelo bibliotecário da Santa Sé. Expliquei que procurava o diretor. O moço foi cortês, fez-me entrar para o vestíbulo e disse que ia chamá-lo.

Era um homem idoso, e vestia também uma túnica negra, com um colar de aros metálicos. Recebeu-me com cortesia, mas sem entusiasmo. Depois de me ouvir dizer por que viera, perguntou:

— Vossa Senhoria procura apenas e exclusivamente textos desse Villeneuve? — perguntou. — Temos muitos trabalhos interessantes de...

— Não exatamente dele — respondi. — Mas estamos completando uma compilação de obras da década de trinta, e são poucas as que ainda não temos registradas. Villeneuve está na lista das que faltam. Vossa Excelência deve imaginar que, para os bibliotecários, não importa se um texto é importante, mas sim se sua ficha consta do arquivo.

— Sim... Entretanto...
— Conheceu o tal Villeneuve, professor?
— Não que me recorde... Não estou aqui há tanto tempo. Mas li esse nome em algum lugar... Parece-me que associado ao estudo dos xaropes. Pode esperar alguns minutos, senhor...
— Ibericus — ajudei. — Fique à vontade, professor.

Saiu da sala, deixando-me só e com uma certa apreensão. Teria acreditado na minha justificativa, ou pelo menos aceitado a explicação? Voltaria com mais professores, a fazer mais perguntas? Quinze minutos depois, retornou com um livro empoeirado que pôs sobre a mesa.

— Aí está. Eu sabia que minha memória não me enganava. Xaropes. Infelizmente, não lhe posso emprestar o exemplar, pois é o único que temos. Há muito não é lido, mas faz parte da nossa biblioteca. Se quiser, pode examiná-lo na sala ao lado.

A expressão "nossa biblioteca" foi dita com certa ênfase, provavelmente querendo dizer que aquela universidade era a guardiã de toda a sabedoria médica, não estando disposta a dividir essa tarefa com qualquer outra instituição.

Aceitei a oferta, tomei o livro e fui para a sala vizinha, onde ele apontou a mesa. Ficou em pé, junto à porta, enquanto eu abria o volume. Imaginei a decepção de Realdo Colombo se eu descobrisse, num livro esquecido, mas guardado na Universidade de Paris, a chave do problema que ele tentava elucidar. Qualquer um poderia, como eu, ter acesso à obra, e a primazia da descoberta nunca lhe pertenceria.

Era um texto de 71 páginas em pergaminho. O exemplar estava realmente empoeirado, confirmando que não era aberto há muito tempo. O título já tirou parte da minha esperança de encontrar o que procurava: *Syruporum Universa Ratio ad Galeni Censuram Diligenter Expolita*, ou seja, "Razão universal dos xaropes, exposta segundo o juízo de Galeno". Eu buscava um anatomista contestador de Galeno e parecia estar lendo um farmacólogo galenista. Mais abaixo, lia-se: *Michaele Villanovano authore*. Era ele.

A decepção, porém, não era um luxo que eu me pudesse permitir naquela missão. Assim, passei meia hora debruçado sobre o tratado de xaropes. Meu guardião deixou a sala assim que percebeu minha disposição, e voltava a cada dez minutos, sem ruído, mostrando que estava atento.

Não li o texto todo. Acostumado à leitura de prospecção, corri página por página com atenção, procurando a descrição das câmaras cardíacas. Nada. Começava com uma ode a Galeno, e seguia por seis capítulos sobre a digestão, ressaltando a superioridade do grego sobre os árabes, no que diz respeito às ideias sobre xaropes.

Assim que fechei o livro, o diretor ressurgiu.

– Foi de grande valia, esta visita – disse-lhe. – O bibliotecário de Roma ficará satisfeito com meu trabalho, e sou muito grato a Vossa Excelência.

– Satisfeito fico, também, por ajudar quem atende Sua Santidade. Se houver mais algum préstimo que eu possa...

Decidi arriscar:

– Por acaso vossa memória, tão aguçada, não acusa algum texto sobre anatomia, do mesmo autor?

– Não, definitivamente. Este é o único que existe. Mas, se procura conhecimento anatômico, temos o excelente tratado de nosso antigo professor, Guenther de Andernach.

– Obrigado, mas conheço bem o texto de Andernach. E temos um exemplar.

– Nesse caso...

– Sim. Já vou indo. Mais uma vez, muito obrigado.

★ ★ ★

Deixei a Escola de Medicina às três da tarde, desanimado e faminto. Decidi caminhar até a ilha, onde poderia comer algo na praça da igreja, antes de me recolher à hospedaria e escrever a Juan Valverde, pedindo mais tempo. No caminho, escrevia mentalmente: o homem existiu, mas na universidade não se lembram dele, e o único texto deixado é sobre xaropes. Preciso de mais tempo, ponto. Ao mesmo tempo, pensei na injustiça que eu próprio estaria fazendo a Villeneuve. Dedicou tempo e muito estudo ao seu trabalho com os xaropes e, possivelmente, era um excelente livro. Mas alguém como eu simplesmente não se interessava, porque procurava algo diferente. A importância de uma obra depende da disposição de quem a lê, e não apenas da qualidade das ideias de quem escreve.

Em vez de voltar pela margem do rio, caminhei pela rua dos Ratos para dar a volta no quarteirão, e assim conhecer um pouco mais daquela vizinhança. Alguns metros adiante, chamou minha atenção uma livraria. Na porta, abaixo do nome do proprietário, lia-se: *Stationarius*. Isso indicava que não era apenas um livreiro, mas alguém que tinha autorização da universidade para alugar cópias de livros, de propriedade dela. Uma folha de papel colada na janela, por dentro, dizia: TEMOS LIVROS DE ANATOMIA. Apesar da fome, decidi entrar.

A sala era um pouco escura para uma livraria e cheirava a pó. O homem idoso, atrás de uma escrivaninha, era obviamente o *stationarius*. Usava uma túnica negra com detalhes bordados em branco, e tinha olhos muito pequenos; sua barba branca era tão mal aparada que praticamente não se via sua boca. Na sala vizinha, mais iluminada, a porta deixava ver outro homem, sentado a uma mesa de leitura. Levantou o olhar quando entrei, voltando depois a ler. Tinha aproximadamente a minha idade e usava um gibão surrado; sobre a mesa havia apoiado a capa e a bolsa e, em cima delas, a faca. Deduzi que não vivia ali ou era funcionário, mas sentia-se à vontade. Afinal, a faca sob o gibão começa a incomodar quando se fica sentado por muito tempo, mas ninguém a retira e coloca sobre a mesa onde não se sinta à vontade.

O primeiro levantou-se para me receber.
— Boa-tarde, senhor. Posso ajudá-lo?
— Talvez — respondi. — Estou à procura de textos anatômicos da década de trinta, escritos em Paris.
— Veio ao lugar certo. Tenho um exemplar de *Institutiones Anatomicae*, por Guenhter de Andernach, e, também, se quiser ver, o *Fabrica* de Vesalius, que não foi escrito em Paris mas é o mais completo que existe hoje.
— Ótimo, senhor, mas conheço bem esses tratados. Estou à procura de textos menos difundidos. Talvez o senhor tenha algo de Villeneuve, por exemplo...
— Não... Lamento. — Dizendo isso, examinou-me com cuidado, de alto a baixo, e perguntou: — O senhor, se me permite, vem de onde? Pela fala, parece-me que é da Espanha.
— Portugal. Atualmente vivo em Roma, e estou de passagem por Paris.

O velho *stationarius* sorriu, um sorriso animado.
— Portugal! Talvez então possa ajudar um colega. — Virando-se para a outra sala, chamou: — Ei! Lionês! Parece que hoje é seu dia de sorte. Aqui está um médico que entende o português. — E, para mim: — O senhor é médico, não?
— Sim — respondi, enquanto via o outro se levantar e vir até nós.
— Boa-tarde, colega — disse, estendendo a mão. — Há quanto tempo está em Paris?
— Há poucos dias — respondi. — E você?
— Desde o início do ano. Sou de Lion, e vim para estudar. Sinto muita dificuldade em entender os textos de Pedro Nunes

e, se o colega dispuser de um pouco de tempo apenas, poderia ajudar-me muito.

— Pedro Nunes? Sim, claro. Conheço bem os textos. Qual parte lhe interessa mais, a da medicina ou a da astrologia? Porque as pessoas em geral querem saber sobre esta última, que é pouco importante no trabalho de Nunes, mas há muito de medicina na sua obra.

Ele trocou um olhar com o velho, como se estivesse em dúvida sobre o que dizer. O outro passou a arrumar alguns objetos sobre a mesa, fingindo ser indiferente à nossa conversa. Voltando-se para mim, o lionês respondeu, com a voz um tanto hesitante:

— As duas partes. — E, olhando bem nos meus olhos, perguntou: — O colega se interessa pela astrologia?

— Sim, de fato. Posso ajudá-lo muito nesse assunto, pois tive uma formação especial sobre ele.

Na verdade, Amatus Lusitanus sempre insistira em que eu aprendesse a ciência dos astros. O mestre era profundo conhecedor dessa matéria. Mas nunca fui muito dedicado nesse aprendizado, e de fato minha interpretação nunca coincidia com a dele, estando eu, obviamente, sempre errado. Mas achei que era o momento de fazer uma amizade, sendo amável. O lionês não me parecia ser grande astrólogo, já que ainda procurava textos de Pedro Nunes. Assim, arrisquei:

— Qual o seu signo solar, colega?

— Touro — foi a resposta.

— Não admira que esteja com sorte hoje. Júpiter está em Touro, em conjunção com Urano. Porém, deve ter cuidado, pois a situação será diferente no próximo mês, e a Lua na sexta casa pode trazer-lhe problemas de saúde.

Ao ouvir isso, o *stationarius* levantou-se bruscamente. Percebi que o lionês ficara pálido, e olhava para a porta da frente, fechada. Subitamente, percebi o deslize que cometera. Eu havia tocado em algo que não devia.

Acostumado a discutir com meu mestre a influência dos astros, esqueci que Paris era maior do que sua casa em Ancona. Eu sabia que não deveria fazer predições, e ele havia ressaltado isso ao longo dos anos. Por descuido, acabara de praticar a astrologia judiciária.

A Igreja Católica permitia estudos de astrologia, mas apenas no que dizia respeito aos movimentos dos astros e das suas relações com o clima ou, em alguns casos, fenômenos naturais. Qualquer influência deles sobre o futuro, o comportamento ou o juízo dos seres humanos, a chamada astrologia judiciária, era recusada com veemência, pois o homem tinha livre-arbítrio e só Deus podia dispor de seu destino. A heresia podia até mesmo levar à Inquisição.

Tentei corrigir:

— Mas Deus o protegerá, estou certo.

Esperava ser posto pela porta afora, na melhor hipótese. Mas os dois trocaram um olhar, e começaram a rir. Ainda às gargalhadas, disse o lionês:

— Português, não sei de onde você saiu, nem para onde vai, mas com esses hábitos não irá muito longe. Tente falar com alguém nesses termos, na Sorbonne, e não ficará em Paris por muito tempo... Se viver para sair. Pratica uma arte perigosa e, ainda por cima, mal, pois o que disse não faz sentido, a não ser, talvez, no céu de Lisboa. Sorte a sua, que o dono da casa não tem vocação para denunciante e não se envolve nessas discussões.

— De fato — respondeu o outro —, mas prefiro manter esses problemas longe de minha casa. Não quero perder minha licença por abrigar hereges. — E, aproximando-se de mim, disse: — Por que procura Michel de Villeneuve?

– Não o procuro – respondi timidamente –, mas sim alguns de seus textos. Não o conheço pessoalmente e nem pretendo. Espero que esteja feliz, onde estiver, mas não faz, para mim, a menor diferença.

Ele voltou a sentar-se, atrás da escrivaninha, e fitou-me por alguns momentos, analisando minha figura. Depois, mais calmo, disse:

– Meu caro viajante, das duas uma: ou você é um desavisado, perdido nesta cidade sem saber de nada, ou é um espião arguto. Na primeira hipótese, precisa de ajuda. Na segunda, de uma faca no peito.

– Pode apostar na primeira, senhor – respondi, apavorado.

– Então, diga-me logo: o que sabe sobre Villeneuve?

Há momentos em que as únicas opções são a sinceridade e a fuga. Decidi pela primeira.

– Nada. Além de que escreveu um livro sobre xaropes. Mas em Portugal – nem tanta sinceridade, pensei – meu mestre acredita que ele possa ter informações importantes sobre a anatomia do coração, e por isso o procuro. Sabe onde ele está?

– Se soubesse, não diria. Mas acredito na sua sinceridade, pois ninguém seria tão estúpido a ponto de fazer previsões astrológicas dentro de minha casa se fosse olheiro da Sorbonne. Todos por aqui já me conhecem o suficiente, e sou pouco importante para que se preocupem. Quanto a Villeneuve, não o encontrará e, portanto, pode saber sua história. Ao menos será de serventia para que não ande por aí se arriscando, como ele fez.

Apontou a cadeira à sua frente, dizendo:

– Sente-se, português. Ouça, e depois esqueça que lhe contei.

Obedeci. Mas, antes, passei a alça da bolsa sobre a cabeça, apoiei-a ao lado da cadeira e, sobre ela, minha faca.

V
O ASTRÓLOGO

—Michel de Villeneuve chegou a Paris há dezesseis anos – começou o *stationarius*. – O lionês aqui não o conheceu, mas eu sim. Foi em 1537. Era um jovem tímido, recatado, mas muito inteligente. Já lia em latim, hebraico, espanhol e grego, e falava bem as duas formas do francês. Aparentemente, veio com o fim de estudar na Escola de Medicina, e lá ficou. Foi um aluno aplicado, e devorava os textos gregos. Passava muitas tardes aqui, nos fundos, lendo. Você deve saber que, já naquele tempo, não nos era proibido emprestar ou permitir a leitura do que não fosse aprovado pela reitoria, como foi um dia. Porém, para consulta a cópias de livros de propriedade da universidade, os *stationarii* precisavam exigir prova da matrícula ou permissão do reitor. Mas, por Cristo, se levássemos a rigor essas coisas, como poderiam ler os que não têm dinheiro ou não são aceitos na universidade?

– Villeneuve havia sido aceito, mas tinha poucos recursos – continuou – e, para manter-se, dava aulas de matemática no Collège des Lombards. Não só de matemática, mas também de astrologia. Dizem que seu conhecimento era profundo, tanto que os cursos tinham cada vez mais alunos. No início, a universidade não se incomodou, ou não percebeu. Ele ensinava astrologia judiciária, e fazia até previsões sobre guerras, pestes, sofrimento para a Igreja e morte de príncipes.

– E essas previsões se concretizaram?

— Difícil dizer, meu caro. Guerras sempre ocorrem, assim como as pestes. É mais difícil prever a paz ou a saúde. A Igreja... Bem, não se pode dizer que tenha alegria nestes anos de reformadores. E os príncipes também morrem, com ou sem previsão. Mas ele fez outras mais exatas, como um eclipse de Marte pela Lua, em 1538.

— Ocorreu?

— Sim. Foi confirmado, depois, por outros. De qualquer forma, o prestígio do curso chamou a atenção do decano da Escola de Medicina, Jean Tagault, que obteve do Conselho uma recomendação para que parasse o curso.

— Incrível! Que a Escola de Medicina não desejasse ensinar a matéria, entendo. Afinal, cada um ensina aquilo em que crê. Mas proibir um curso em outro colégio é demais. Espero que ele se tenha conformado.

— Conformado? Ao contrário. Eu mesmo o aconselhei, muitas vezes, a isso. Afinal, a astrologia não é tão importante a ponto de alguém se arriscar por ela. Mas nunca conheci alguém mais obstinado. Mais advertências recebia, mais irritado ficava. Logo em seguida, publicou um texto de dezesseis páginas refutando todas as críticas que Tagault havia feito, em que o chamava de "tonto" e "pueril". Disse-me, na época, que as críticas eram tão fáceis de refutar que não resistia a fazê-lo.

— O senhor leu esse texto?

— Sim, e ainda tenho um exemplar. *In Quendam Medicum Apologetica Disceptatio pro Astrologia*, chama-se. Algumas partes são até divertidas se lidas hoje, quinze anos depois. Por exemplo, Tagault o criticara dizendo que "para que a sinalização do horóscopo fosse correta, seria preciso que o céu permanecesse imóvel", porque achava que o pensamento científico não se aplicava a coisas em mutação. Villeneuve, em sua *Apologia*, respondeu: "Desde o momento em que um médico pensa em um remédio, até o momento em que o emprega, já haverá mudado a doença, porque o céu se terá movido." E acrescentou a frase que foi repetida nas tavernas, pelos estudantes, em baixa voz e altos risos: "Acaso diremos à doença e ao céu que permaneçam estáticos durante esse tempo?"

– O decano deve ter ficado furioso! – exclamei. Nesse ponto, eu percebi que me estava expondo a pessoas que não conhecia; mas, afinal, o *stationarius* se havia exposto antes, e ele estava em sua casa. Devia saber o que fazia, e confiava em mim. Percebi que, se ficasse sempre ocultando o que pensava, jamais conseguiria qualquer informação além da que obtivera do diretor da Escola de Medicina. Não perguntara meu nome, e eu não sabia o seu, nem o do lionês. Isso me dizia que estava entre pessoas para as quais as ideias são importantes, mais do que nomes. Ele continuou:

– Ficou furioso, de fato. Assim que soube do panfleto, foi à procura de Villeneuve. Encontrou-o saindo de uma sala de preparação de xaropes, e ordenou que recolhesse todas as cópias. A resposta não foi um primor de respeito... Ao contrário, ele pagou ao impressor para que mais rapidamente fossem distribuídas. Àquela altura, nenhum dos dois se importava mais com o motivo inicial da discussão, mas estavam numa briga pessoal. Há pessoas assim: gostam tanto de uma polêmica que fazem qualquer coisa para permanecer nela, qualquer que fosse o motivo original.

– Não tinha medo? Muitos já foram queimados pela Inquisição, por conta da astrologia.

– Não naquele tempo, em Paris. A universidade não tinha poder de queimar ninguém, como tinha a Igreja. E esta, aparentemente, estava ocupada com outros assuntos, pois Tagault recorreu ao procurador do rei, além de pedir o apoio de todas as escolas da universidade. Estava obstinado. Reuniu-as em um conselho, que decidiu proibir Villeneuve de professar a astrologia judiciária em Paris e de atacar os médicos parisienses, verbalmente ou por escrito, sob pena de multa ou prisão.

– Parou? Foi multado? Preso?

– Não. O procurador do rei já havia iniciado um processo na Suprema Corte de Paris. A universidade tinha, como hoje tem, autonomia. Mas, uma vez que recorreu àquela corte, perdeu esse privilégio. Foi um erro de Tagault. Quando se pede ajuda ao rei, deve-se esperar sua decisão.

– Francisco I... – acrescentei, para mostrar que conhecia as coisas da França.

– Esse mesmo. Os duzentos membros da suprema corte eram nomeados por ele.

– E tinham, esses sim, poder de enforcar ou levar à fogueira. Villeneuve deve ter ficado apavorado.

– Qualquer um teria. Mas não ele. Ocorre que era muito amigo de Thiebault, outro médico que havia sido atacado pela Escola de Medicina por praticar a astrologia. Uma amizade que, como muitas outras, começou nesta casa de livros. Thiebault havia evitado confrontar a universidade diretamente, e não precisava, pois gozava de grande prestígio profissional. Tinha sido médico e astrólogo de Carlos V, e se mudara para a França alguns anos antes, por solicitação do próprio rei. Naquela ocasião, era o médico pessoal de Francisco I.

– O que significa que o monarca era tratado com a ajuda da astrologia?

– Provavelmente. A universidade, encastelada, nunca compreendeu que existe um mundo dentro de suas salas e outro, fora.

– Villeneuve nunca foi, portanto, à Suprema Corte?

– Foi. Alguns meses depois. Compareceram também o reitor e o decano, pela acusação, e o astrólogo foi defendido por um doutor, como de direito. Ao final, a corte emitiu a sentença.

Os velhos gostam de contar histórias. Aquele estava adorando. Talvez por isso, nesse ponto da narrativa parou para criar suspense, pois percebia minha angústia em conhecer o final. Recostou na poltrona, aproveitando o momento, e continuou:

— Ordenou a Villeneuve que fizesse o possível para retirar e recuperar todas as cópias circulantes da *Apologia*, e entregá-las ao escrivão-mor do rei, para que decidisse o que fazer com elas, sob pena de multa. Recomendou também que reverenciasse e obedecesse a Escola de Medicina e seus doutores, como deve um bom e notável discípulo comportar-se em relação aos seus mestres e preceptores, proibindo-o de dizer ou escrever, contra aqueles, coisas injuriosas. Mas também recomendou à Escola e a seus doutores que tratassem Villeneuve doce e amavelmente, como os pais a seus filhos. Proibiu que ele ensinasse a astrologia judiciária, mas sentenciou que, se quisesse, poderia professar a astrologia para fenômenos climáticos ou naturais. Em suma, trataram as duas partes como se fossem meninos briguentos. Nada de prisão, forca, fogueira. Considerando a força da Universidade de Paris contra a de um de seus alunos, ela sofreu uma de suas piores derrotas. Acredito ter havido nisso o dedo de Francisco I, influenciado por Thiebault.

— E os exemplares, foram recolhidos? O curso continuou?

— Nem uma coisa, nem outra. O texto ficou por aí, circulando. Eu mesmo tinha várias cópias, das quais só guardei uma. Mas Villeneuve, logo depois, desapareceu de Paris. Não sei para onde foi, e recomendo que não procure encontrá-lo. Gente como ele, que não se dobra facilmente, só pode trazer problemas. Só lhe contei a história porque passaram muitos anos. Assim mesmo, não revele a qualquer um que a conhece. Agora, se me dá licença, vou fechar. Já é tarde.

De fato, era. Levantei-me, agradeci, e fui em direção à porta. O lionês me interrompeu:

— Para onde se dirige, colega?

— Para onde possa comer algo. A narrativa me fez esquecer a fome, mas não como desde a manhã.

— Por que não vem comigo? Onde vou, por certo haverá uma garrafa de vinho e algo mastigável. Não espere um banquete, mas ao menos terá companhia.

— Por que não? – respondi – Com prazer. E isso será...

— No Collège Royal – respondeu.

Parecia que as coisas começavam a acontecer. "O que não se aprende na Sorbonne, procura-se no Collège Royal", havia dito meu mestre.

VI

ARRIANO

Quase toda a margem esquerda do Sena, chamada de *Rive Gauche*, já era, naquele tempo, ocupada pelas escolas. As mais antigas e conhecidas eram as de medicina, leis canônicas, artes e teologia. Esta última tinha enorme prestígio em toda a Europa; foi a primeira a abrir as portas a leigos, quando funcionava ainda na catedral de Notre Dame. Mais tarde, Robert de Sorbon instalou-a no prédio que ocupa até hoje, ou pelo menos ocupava quando lá estive, pois nunca mais voltei. O nome do benfeitor consagrou-se no apelido pelo qual a escola de teologia passou a ser conhecida: Sorbonne.

Ao longo dos anos, com o enorme afluxo de estudantes que vinham de toda parte, outras casas passaram a ser usadas para o ensino por diferentes grupos de professores. Cada um que tivesse o que ensinar e contasse com alunos dispostos a pagar aluvaga, comprava ou construía uma casa e instalava um colégio. Alguns eram formados por grupos de conterrâneos vindos de fora, como o Collège des Lombards; outros, por iniciativa de congregações religiosas, como o Collège de Cluny.

A Universidade de Paris nasceu como uma associação de professores de todos esses colégios, e foi, ao longo dos séculos, assumindo funções administrativas sobre todo o ensino e, depois, sobre toda atividade exercida na *Rive Gauche*.

Quase toda.

Francisco I era um monarca devotado à cultura. Frequentava a casa de impressores, e em sua corte sempre estavam literatos e filósofos. Começou a avançar para a margem esquerda quando intermediou algumas discussões entre a Sorbonne e impressores que queriam reproduzir textos em grego; a Escola de Teologia, por orientação da Igreja, não permitia que se ensinasse em Paris o grego ou o hebraico, pois a difusão desses idiomas iniciaria enormes discussões sobre as traduções latinas dos textos sagrados.

Em 1530, ignorando a reitoria, o rei custeou a fundação de um colégio independente da universidade, onde se ensinasse, além do latim, o grego e o hebraico. Chamou-se Collège Royal e era também conhecido como o "Colégio das Três Línguas". Para maior irritação dos catedráticos da Sorbonne, pretendia instalá-lo num magnífico edifício bem próximo à "Casa de Sorbon". Mas não teve tempo; morreu antes de iniciar a construção. Henrique II, seu sucessor, decidiu manter o colégio sonhado pelo pai, mas fez uma opção mais barata: requisitou, para uso da coroa, parte das dependências do Collège de Cambrai e do Collège de Tréguier, que eram vizinhos da Sorbonne, e ali instalou os professores de línguas do Collège Royal.

Com o tempo, outros cursos foram instituídos, como o de medicina e o de matemática. Era este último que o lionês frequentava. Enquanto caminhávamos, tentou convencer-me a assistir a algumas aulas; adorava a matéria e venerava o colégio e seus mestres.

– Imagine, português, a emoção de assistir a um curso dado pelo próprio Guillaume Postel!

Pensei, por um instante, em fingir que conhecia o nome, já que ele o havia pronunciado como se fosse mais famoso que o papa. Mas, àquela altura, já havia descoberto que quando se assume a ignorância aprende-se mais. Ele compreendeu.

– É um homem extraordinário. Voltou a Paris no ano passado, e não sabemos por quanto tempo ficará. Ensina línguas orientais e matemática no Collège Royal.

– Voltou a Paris... De onde?

– Do Oriente. Como conhece o hebraico, o árabe, o siríaco e outras línguas semíticas, além do grego e do latim, o rei enviou-o como intérprete de uma missão diplomática em Constantinopla, para conseguir uma aliança com o sultão Suleiman, há vários anos. Depois disso, fez outras viagens para conseguir textos orientais, que Francisco I colecionava em sua biblioteca pessoal.

Eu estava cada vez mais interessado. Quando chegamos à rua de Saint-Jacques, a fachada imponente do Collège de Cambrai, emoldurada por duas torres, distraiu-me um pouco. O lionês parou para urinar no muro do cemitério vizinho ao colégio, mas era tal a sua empolgação que continuou falando. Irritou-se porque eu, querendo fazer o mesmo, fui alguns metros mais adiante.

– Está me ouvindo, português? Não está interessado?

– Estou, e muito! – gritei, fechando o gibão. – Já estou indo, continue.

Esperou que eu me aproximasse, e continuou:

– O professor Postel publicou um livro em que correlaciona o alfabeto de doze línguas diferentes. Pode imaginar? Doze! Mas sua obra mais incrível é *De Orbis Terrae Concordia*, em que defende a instituição de uma religião universal, baseada nos princípios fundamentais do cristianismo, do judaísmo e do islamismo, que são o amor a Deus, o amor à humanidade e o respeito a ela.

Agora entendia a maneira despreocupada com que há pouco haviam se divertido com meu deslize na astrologia judiciária. Afora o receio inicial de que eu fosse um espião da universidade, e que pusesse em risco a concessão do *stationarius*, essa gente via o trânsito de ideias como algo normal. Nem todos naquela cidade se preocupavam em fiscalizar a mente alheia. Por isso meu mestre tinha dito aquela frase sobre onde procurar.

Paris começava a me emocionar. Nunca imaginara que existisse, a poucos passos da Sorbonne, um colégio onde ideias tão heterodoxas pudessem ser discutidas. Não fosse pela missão imperativa que me guiava, naquele momento já teria tomado a decisão de ficar ali para sempre. Desejei ardentemente conhecer Guillaume Postel; mas precisava encontrar Villeneuve. Além disso, havia outro empecilho: não teria dinheiro para o curso, nem como justificar esse gasto a Colombo e Valverde.

— Se quiser fazer o curso, não se preocupe com o custo — disse o lionês, como se lesse meu pensamento. — Todos os cursos do Collège Royal são gratuitos. Os professores são pagos pelos cofres do rei.

Entramos no colégio por uma porta lateral, pois já eram seis horas da tarde. Depois de passar por um pequeno corredor, demos num amplo cômodo que era, ao mesmo tempo, cozinha e sala de refeições.

Ao redor da mesa estavam sentados cinco homens, todos jovens. Vestiam apenas as meias, o calção e a camisa, por causa do calor provocado pelo fogão; no chão, ao lado, vi uma montanha de capas, gibões e bolsas, cujo cume era formado por facas. Sobre a mesa havia pedaços do que devia ter sido um grande queijo *reblochon*, alguns ossos de frango e uma botija de vinho. Um deles, o mais baixo, que não tinha um fio de cabelo ou barba, saudou o lionês num francês estranho, dizendo algo que me pareceu significar que o queijo havia acabado, mas o vinho não. Apesar de não ser o francês que eu conhecia, podia compreender boa parte do que falava, e deduzi que era do sul. A língua dos franceses tem duas variantes, conhecidas pela forma como dizem a palavra "sim": no sul, dizem "hoc" como no latim "isso", e no norte "ouil"; a primeira chamam de "língua do hoc" (*langue d'Oc*) e, sendo mais parecida com o latim, é um pouco mais compreensível. Mas o lionês veio em meu auxílio:

— Fale latim, marselhês. Meu amigo aqui não entende bem o seu dialeto.

O outro mudou de idioma, e continuou:

— Perdeu a melhor parte, lionês! O *reblochon* acabou, e as aventuras do inglês aqui — apontou para o que sentava a seu lado — já nos fizeram rir até doer.

— Tomaram todo o vinho, e nada mais há para comer! — disse meu anfitrião — Que grandes amigos tenho...

— Ora — respondeu o calvo —, não precisa chorar. Ainda há muito vinho, e a nossa rainha está fazendo a sua famosa omelete com cebolas.

A senhora obesa que estava junto ao fogão voltou-se para ele, com um olhar misto de desprezo e vaidade. Sua figura nada tinha de uma rainha, com os cabelos desalinhados e o avental imundo pelas manchas de ovo e azeite. Fez um gesto indicando que não se abalava com a bajulação e continuou concentrada na frigideira, enquanto o ouvia gritar:

— Majestade, o lionês traz mais um súdito para vosso reino da gastronomia! — e, voltando-se para mim: — Cuidado! Essa omelete pode tornar-se um vício; uma vez experimentada, um homem faz qualquer coisa por mais um prato.

Para mim foi um banquete, pois a fome era imensa. Devorei toda a porção que me coube, enquanto os ouvia conversar.

Havia algo de novo naquela situação. Ninguém perguntou meu nome, o que fazia, de onde vinha, para onde ia. No início, pensei que fosse por falta de educação, ou pelo vinho. Mas depois percebi que estava em Paris. A circulação de pessoas era tão intensa, que gente nova surgia e partia todos os dias, de todos os cantos. Os grupos se formavam e se dissolviam rapidamente, sem que houvesse tempo para conhecer as pessoas mais a fundo. O surgimento de alguém desconhecido do grupo, que numa cidade pequena como Ancona seria motivo de comentário por todos, ali era um fato sem importância. Fiquei ouvindo a conversa daqueles cinco estudantes durante mais de uma hora. Falavam sobre o curso, sobre mulheres, sobre o rei, sobre história, viagens, mesclando os assuntos e alternando-os sem ordem alguma. Alternavam o latim com os dialetos, como se fosse um idioma misto, e aparentemente não se davam conta disso. Às vezes me perguntavam: "Não é mesmo?", ou diziam "Imagine!", como se nos conhecêssemos há muito tempo.

Houve um momento em que o calvo, falando sobre projetos de viagem ao sul da França, disse:

– Se os astros ajudarem, com o clima... – Foi então que o lionês apontou minha pessoa.

– Astros são com o nosso amigo aqui, grande astrólogo judeu.

Uma onda de calor subiu do meu peito até a cabeça. Num segundo, todas as possibilidades me bombardearam o cérebro: Estaria escrito na minha testa? Ele teria sido informado por alguém antes da minha chegada? Encontrou-me por acaso, ou premeditou? Estava arriscando um palpite, testava uma hipótese?

– Não sou judeu. Sou católico. – respondi. Mas a voz saiu um pouco embargada.

– Ei, português! – continuou. – Não precisa esconder. Quem pensa que está enganando? Um estudante sem curso, nascido em Portugal, vivendo em Roma, tão católico que faz previsões astrológicas para estranhos e mija a metros de distância para esconder a circuncisão! Mas fique tranquilo. Isso para nós não tem a menor importância, se é católico, judeu ou maometano.

Na sua voz não havia agressividade, nem sarcasmo. Falava de forma leve, sorrindo, como os que se divertem ao ver uma realidade que lhes parece tão insignificante quanto é, para outros, fundamental. Os demais também não demonstravam qualquer hostilidade. Ouviram-me ser rotulado judeu, como se houvessem descoberto que eu preferia o trabalho de Holbein ao de Ticiano, ou a música de Di Lasso mais que a de Deprès.

As sensações novas sempre causam medo, especialmente em jovens, como era eu. Passara os últimos doze anos escondendo minha origem, recitando pais-nossos e ave-marias, fingindo conhecer o que não conhecia. De repente, a vida me levava a um lugar onde as pessoas não apenas me identificavam facilmente como judeu, mas ainda achavam graça no fato de escondê-lo. Eu ainda não estava preparado para tanta liberdade de pensamento. Afinal, um hábito de doze anos não se perde assim, num momento. Protestei:

– Sou católico. Que o digam o Filho, o Pai e o Espírito Santo.

A frase provocou mais risos.

– Tudo bem, amigo – disse o calvo –, mas pelo menos diga a Trindade na ordem certa...

Para mim chega, pensei. Não estava mais disposto a ser o palhaço daquele grupo de desconhecidos. De tudo o que havia aprendido sobre a religião católica, o mais difícil era essa tal trindade, pessoas que eram diferentes sendo a mesma. Levantei-me, irritado, e tomei a bolsa para sair, dizendo com energia:

– Não me importa a ordem. Já vou embora. Obrigado pelo vinho, pela comida e adeus. Fiquem com o Pai, com o Filho, com cada um deles, com os três, se é que conseguem entender isso, ou com o que escolherem.

O calvo não se intimidou com a minha irritação. Ao contrário, voltou-se para os outros e disse:

— Opa! Um judeu arriano!

A essa altura eu já estava tomado por uma mistura de raiva, vergonha e leve embriaguez. Sabia que tinha, mais uma vez, cometido a covardia de negar a religião de meus pais e, desta vez, sem ter a desculpa de que o fazia para me proteger. Era a primeira oportunidade de ser autêntico, e eu a jogava fora. Talvez por isso, de tão confuso, confundi as palavras e julguei ter sido chamado de marrano. Apoiei as mãos na mesa, olhando o calvo nos olhos, e gritei:

— Não me chame de marrano. Ouviu? Não gosto que me chamem assim. Não sei quem você é, e não sabe quem sou. Não tem esse direito!

Todos ficaram sérios e calados. O lionês levantou-se e pôs a mão no meu ombro, tentando acalmar os ânimos.

— Calma, amigo. Ele não disse marrano. Ninguém está querendo ofender você. Ele disse arriano, e está brincando, é claro.

Fiquei parado, respirei fundo. De fato, não fazia sentido brigar ali. Estava cansado. A pergunta saiu em voz baixa, com o tom dos vencidos:

— Arriano? O que é arriano?

Mas a resposta não saiu da boca de nenhum deles. Veio, sim, de trás, num tom grave, e não foi pronunciada em latim ou numa das línguas francesas. Foi dita apenas para mim, no mais puro hebraico:

— Pratique a religião que quiser, meu jovem. Ou finja praticar. Mas, pelo menos, conheça a fundo o que finge ser.

Na porta que ligava a cozinha ao interior da casa estava um homem de meia-idade, barba longa e olhar sereno. Vestia uma capa de gola alta, e na cabeça um barrete adornado por uma pena. Aparentemente estava ali há algum tempo, ouvindo a conversa sem que ninguém percebesse. Os cinco estudantes puseram-se em pé ao vê-lo.

Era Guillaume Postel.

Percebi estar frente a uma dessas pessoas para as quais não é prudente dissimular qualquer coisa. Só me ocorreu dizer, também em hebraico:

– Desculpe, senhor. Não tenho a intenção de dissimular, embora muitas vezes, em minha vida, tenha sido forçado a fazê-lo. Realmente não sei o que significa arriano.

– Pois devia – disse ele.

– Não saberei se não me ensinarem – respondi.

O professor Postel passou ao latim, para que todos pudessem compreender:

– Procure-me amanhã, depois da aula. Seu amigo lhe mostrará o caminho. – E, dizendo isso, saiu.

Como se houvessem ensaiado, todos se levantaram. A cozinheira retirou tudo o que estava sobre a mesa, e logo o calvo, ajudado por outro, retirou o tampo, encostou-o na parede e dobrou os cavaletes. A noite estava encerrada. O lionês foi comigo até a porta, e me orientou sobre como achá-lo no dia seguinte, para que fizesse o que Postel dissera.

A cama da hospedaria não era macia, mas meu corpo cansado desabou sobre ela como se fosse uma nuvem.

Os sonhos foram tão confusos quanto havia sido o dia. Ainda havia os inquisidores, mas era Villeneuve quem eles levavam, aos gritos: "Astrólogo!", e ele se transformava em meu pai, que dizia, "Ouve, ó Israel! O eclipse virá! O Senhor é uno!", e, quanto mais gritava, mais apanhava de três homens, que de repente se transformavam em um só.

VII

A TRINDADE

A aula de matemática terminou às cinco da tarde. Logo ao sair da sala, o professor Postel me reconheceu. Eu o esperava no corredor. Apesar do frio, ele quis conversar no pátio onde, em meio a canteiros bem tratados, havia alguns bancos. Escolheu um deles, sentou-se numa das pontas e me fez ocupar a outra, o que era totalmente contrário ao costume de os alunos sentarem-se no chão e os mestres se acomodarem numa poltrona ou lecionarem em pé.

— Então, quer saber sobre arrianos? — começou ele, em latim.

— Há muitas coisas que quero aprender, *maître* — respondi, tentando ser amável e usando o termo francês. — Mas, infelizmente, não posso me dar o luxo de viver em Paris durante algum tempo, preenchendo todas as lacunas... Tenho uma tarefa a cumprir, que me obriga a viajar pela Europa. No momento, o que preciso é saber como evitar o erro que cometi ontem, porque a ideia de trindade, três pessoas em uma, sempre foi difícil para mim. Respeito todas as religiões, e não quero ofender ninguém. Mas acabo criando problemas, sem intenção.

A breve biografia de Guillaume Postel, fornecida pelo lionês, permitia que eu revelasse sem receio as angústias que me trazia esse tema. Afinal, alguém que pregava uma religião universal não se espantaria com o que acabara de ouvir. Por outro lado, eu não desejava revelar, sem necessidade, o real motivo da minha viagem. Sabia que ele estivera fora da França por muitos anos e só retornara a Paris recentemente; e que não tinha nenhuma ligação com a Escola de Medicina nem poderia ter conhecido Villeneuve. A hora passada com aquele homem extraordinário não serviu diretamente ao meu propósito, mas foi de imenso valor para que o atingisse, mesmo que eu, então, não tivesse consciência disso. Naquele momento, procurava apenas ferramentas para seguir em frente. Sabia como reagir quando chamado de marrano, mas precisava sabê-lo também quando rotulado de arriano. E sequer conhecia o significado da palavra.

— Entendo sua dificuldade — disse ele. — Não há nada mais estranho e incompreensível para um judeu do que a existência de vários deuses, ou mesmo de um deus com várias formas. Acredite, nem mesmo para os católicos esse conceito é fácil de assimilar. Muito já discutiram sobre a Trindade, no passado; hoje, porém, não é mais assunto que se questione. Os arrianos só são vistos de maneira alegre pelos estudantes do Collège Royal, porque são jovens e ainda não precisam de dogmas para sobreviver na sociedade. Fora daqui, é perigoso ser arriano. E, como você parece nem saber o que é isso, vamos ao princípio. Preste atenção.

Postel era dessas pessoas que adoram ensinar. Em grupo, em particular, em teatro, no pátio, em qualquer tempo ou ocasião. A situação perfeita: eu, louco para aprender, e ele, gostando de transmitir. Foi assim que explicou, naquela tarde, a história do dogma mais complexo de toda a religião católica.

Arrio nasceu na província romana de Cirenaica, no norte da África, no ano 280 da era cristã, e foi sacerdote em Alexandria. Pregava que o Filho não tinha a natureza divina do Pai, mas era o primeiro na hierarquia, depois dele.

A discussão sobre o tema era tão acirrada que, no ano 323, o imperador Constantino convocou um concílio para isso, entre outros assuntos, em Niceia. A assembléia decidiu que a Trindade era um dogma incontestável, e condenou Arrio à excomunhão. Seus textos foram queimados em praça pública e cinco bispos desterrados por arrianismo. Seus seguidores são chamados de arrianos ou de *unitários*, porque insistem na idéia de um só deus. A Trindade nunca deixou, porém, de ser um problema para a Igreja. Admitir três pessoas como deuses a aproxima do politeísmo; considerá-las como uma só pessoa implica assumir que Deus pode ter diversas formas, o que abre a possibilidade de surgirem novas formas a qualquer momento. A ideia de Deus tornado homem traz questões difíceis de explicar, pois Deus é eterno e o homem não. É fácil admitir que o Cristo tenha ressuscitado, e a partir daí vivido para sempre; mas eterno é aquele que sempre existiu. O Cristo, homem, teve um nascimento, um dia em que veio ao mundo. Se é eterno, e sempre existiu, onde estava antes?

A figura do Espírito Santo era ainda mais difícil de compreender. Se fosse assumida como sendo o próprio Deus, em sua manifestação sobre os homens, seria fácil. Mas existir como outra pessoa, distinta daquele, mas sendo ele mesmo, exigia uma explicação muito mais consistente e difícil. A tarefa da Igreja tornava-se ainda mais árdua pelo fato de que, nos evangelhos, não havia uma clara explicação para o mistério da Trindade; era preciso interpretá-los para conhecer a verdade. E a interpretação é tarefa dos homens. Nesse caso, dos homens da Igreja.

O que realmente me confundia, à medida que Postel falava, era esse estranho hábito dos religiosos, fossem rabinos ou padres, de discutir a religião por meio da razão e da argumentação. Faziam assembléias, concílios, reuniões, onde cada um apresentava seus argumentos a favor ou contra uma tese. Tinham escolas criadas para discutir os assuntos da religião, onde produziam textos tentando provar esta ou aquela interpretação. Para mim, uma religião era algo que se sentia, se adotava, se acreditava.

Discutir a explicação para coisas que nunca poderíamos compreender era, simplesmente, uma pretensão maior que aquela que tirou Adão do Paraíso. Mas não quis revelar essa estranheza ao professor, que, de forma tão gentil, me ajudava a compreender o modo de pensar da Igreja.

Não, pensei, definitivamente não quero ser um arriano. Não aceitava bem a ideia da Trindade, mas não estava disposto a pregar contra ela. Para mim, se fosse católico, não faria a menor diferença se eram três pessoas distintas ou uma só em três formas, desde que elas fossem boas e pregassem o bem. Mas era fascinante saber que existia um grupo questionando um dogma, qualquer que fosse. Por isso, quando ele fez uma pausa na exposição, perguntei:

– E ainda existem, hoje, unitários?

Ele pareceu divertir-se com a pergunta:

– Não... Ou, pelo menos, não que eu saiba. O último foi Servet.

– Quem?

– Um jovem espanhol que passou por Paris, há muitos anos. Seu nome era Serveto, mas aqui o chamavam Servet. Lembro-me de ter ouvido falar dele, uns anos antes de minha viagem ao Oriente; portanto, em 1532 ou 33. Havia publicado um livro contestando a aceitação da Trindade como a Igreja a vê.

– Um livro? – Eu já me admirava que alguém pregasse esse tipo de ideia. Mas escrever era, realmente, um ato de extrema coragem.

– Sim. O título já era uma audácia: *De Trinitatis Erroribus*. Dizia que o Cristo era um homem, no qual Deus se havia encarnado. E não era eterno, pois tinha nascido em um determinado momento, embora merecesse toda a adoração por ser o filho de Deus. O Espírito Santo não era, para ele, um ser individual, pois isso poderia conduzir a uma pluralidade de deuses e levar ao politeísmo.

– E... A Igreja... Permitiu?

– É claro que não. A Inquisição espanhola determinou que fosse encontrado e conduzido à Espanha para julgamento. Expediram emissários a toda a Europa para procurá-lo, sem sucesso. Assim mesmo, condenaram o homem e o queimaram na Espanha em efígie, ou seja, de forma simbólica.

– Os protestantes devem ter adorado suas ideias...

– Não, meu caro. Vejo que você entende menos de protestantes que de católicos. Os reformadores são contra a riqueza dos papas e a opulência dos bispos. Querem uma nova Igreja, porque acham que a atual é corrupta. Mas não pretendem mudar os dogmas principais. Na verdade, querem mesmo é que o dinheiro deixe de fluir para Roma, e possa ficar nas comunidades locais, ou seja, com eles. Todo o resto, as discussões teológicas, os conflitos doutrinários, são retórica vazia. Se disser que ouviu isso de mim, direi que está louco. Mas é a verdade. O próprio Servet, aparentemente, achou ingenuamente que encontraria adeptos à sua doutrina entre os protestantes. Mas eles tinham suas próprias verdades, e se achavam donos delas, como toda gente. Viram Servet como alguém querendo ser mais reformador do que os reformadores. Mais do que isso, punha em risco a Reforma, pois a negação do dogma podia fazer com que as pessoas confundissem as mudanças que eles desejavam com uma pregação anticristã.

– Criticaram-no, também?

– Com toda a força. Ecolampadio o considerou um inimigo da Reforma. Chegou a escrever: "Os escritos de Servet devem ser eliminados. Se nós os tolerarmos, as igrejas nos farão responsáveis por tão odiosas blasfêmias." Bucer acrescentou que "era necessário remover as entranhas do espanhol".

Vendo que eu estava fascinado pela história, Postel continuou:

— Mas o espanhol não desistia de encontrar adeptos. Enviou um exemplar a Calvino. O grande protestante, porém, foi mais ortodoxo do que seria o próprio papa; respondeu contestando veementemente as ideias contidas no texto. Tão revoltado ficou, que arriscou vir a Paris, num tempo em que os reformistas eram proibidos de aqui pisarem, só para encontrar Servet e dissuadi-lo de continuar pregando suas ideias.

— E conseguiu?

— Ao que consta, marcou um encontro, mas Servet não compareceu. Dizem que, se houvesse ido, teria sido denunciado ou morto. Não sabemos. Calvino, obviamente, ficou furioso de ter esperado em vão.

— Incrível... O que ocorreu com ele, depois de faltar ao encontro? Não conseguiram encontrá-lo, em Paris?

— Àquela altura, já havia deixado a cidade. Ninguém sabe onde foi, ou se está vivo.

Eu teria feito o mesmo, pensei. Se a Igreja Católica é um inimigo que ninguém quer, pior ainda duas igrejas rivais procurando o mesmo homem.

— E a Inquisição, nunca conseguiu achá-lo? — perguntei.

— Desapareceu. Ninguém mais ouviu falar dele. Portanto, meu jovem, saiba que o unitarismo é uma prática perigosa. Guarde o que lhe ensinei, mas ande pela vida sem discutir dogmas tão importantes. Agora, vou deixá-lo, porque estou cansado. Se quiser, frequente meu curso sobre matemática. Mas não se meta mais com a Trindade.

— É a última coisa que desejo — respondi. — Não tenho como agradecer a Vossa Excelência pelo tempo gasto em me ensinar sobre ela.

— Não precisa — respondeu Postel, levantando-se. — É o que faço na vida. Ensinar.

E desapareceu no interior do colégio, sem mais formalidade. Eu fiquei ali por mais alguns minutos, aproveitando a atmosfera do colégio; depois, lentamente, atravessei o pátio desviando dos grupos de estudantes que passavam apressados e deixei o prédio em direção à hospedaria.

No caminho, pensava sobre meu destino. Pela primeira vez conhecia o verdadeiro mundo intelectual. Essa enorme saladeira de ideias que era Paris, com seus Franciscos, seus Postels, seus Servets, era cativante. E, em vez de permanecer sorvendo essa pluralidade de pensamentos, precisava continuar procurando um detalhe anatômico, porque um vaidoso romano, ou cremonense, pouco importava, queria publicar um livro com conhecimentos inéditos. Tentei convencer-me de que deveria esquecer a vibração acadêmica da cidade e concentrar a mente na minha complicada tarefa.

O trajeto mais curto para a hospedaria era pela rua de Saint Jacques; não sei por que decidi tomar a rua dos Ingleses na direção do porto de Toras. Algo me levava a voltar pelo caminho onde estava a livraria. Apesar de serem sete horas, a cortina estava aberta. Pude ver através da janela a figura do *stationarius*, sentado atrás da escrivaninha. Não me pudera ajudar, pensei, mas era o único, tênue, fio que me ligava a Villeneuve. Decidi entrar.

– O jovem de Portugal! – exclamou, ao ver-me. – Entre. Já deixou de fazer previsões astrológicas?

– Nunca mais – respondi. – Mas continuo interessado em anatomia. E o homem que eu pretendia encontrar, parece que só entendia de xaropes e de astrologia.

O velho deu um suspiro.

– Nisso não posso ajudá-lo, meu caro. Tudo o que sei sobre Villeneuve é o que lhe contei, e continuo aconselhando que esqueça esse indivíduo. Já faz quinze anos ou mais...

Em seguida levantou-se, pôs a mão no meu ombro e perguntou:

– Tem certeza de que não quer dar uma olhada no tratado do Professor Guenther de Andernach? Não precisa me mostrar uma matrícula. A esta hora...

Meu primeiro impulso foi o de repetir o que já havia dito: que conhecia o livro, e que nada me acrescentaria. Mas ele havia sido tão amável... Por cortesia, hesitei. Ele insistiu:

– O exemplar que tenho é uma reimpressão, de 1539. O texto e as figuras talvez sejam mais nítidos do que qualquer um que você tenha visto.

Eu não tinha pressa, ninguém para encontrar, nenhum rumo ou norte para onde ir. Por que não aceitar uma amabilidade? Disse que sim. Folhearia o livro, agradeceria, e iria jantar.

Ele saiu por uma porta que levava a outro cômodo, e retornou em segundos com o exemplar nas mãos. Levou-me à sala ao lado, de leitura, e o pôs sobre a mesa. Foi tão atencioso que abriu o livro, para mim, numa das primeiras páginas. Em seguida, voltou à escrivaninha, deixando-me à vontade.

Sentei-me, já olhando para a página aberta. Era, na verdade, um prólogo, escrito pelo próprio autor. Não me lembrava de tê-lo visto, no exemplar que conhecia. Era, realmente, uma reimpressão.

Subitamente, meus olhos pararam em uma linha, e minha cabeça foi se aproximando do livro, automaticamente, como se quisesse entrar na página. Li uma vez, duas, três, para ter certeza. Guenther de Andernach escrevia, claramente: "...Além de Vesalius, Miguel Villanovanus, que amistosamente foi meu ajudante nas dissecções, uma pessoa que honra qualquer ramo das letras, e não deve nada a ninguém em conhecimento sobre a anatomia de Galeno..."

Levantei os olhos do livro e fitei o teto. Então ele havia sido, de fato, anatomista. Conhecia Galeno e dissecava com Andernach, com Vesalius. O velho *stationarius* tinha encontrado uma maneira sutil e discreta de me ajudar, sem falar.

Fechei o tratado e voltei à sala de recepção. Ele me olhou com um ar paternal de cumplicidade.

— E então, foi proveitosa, a leitura?

— Muito — respondi. — Diga-me, Senhor: o professor Andernach ainda vive?

— Creio que sim. Deixou a cidade logo depois da edição dessas *Institutiones Anatomicae*. Era luterano, e não conseguiu tolerar a pressão na Universidade de Paris. Foi para Estrasburgo, onde passou a lecionar grego no Gymnasium. Você gostaria de conhecê-lo.

Tive vontade de abraçar aquele livreiro. Não o fiz, mas acho que ele percebeu a gratidão no meu olhar. Acompanhou-me até a porta e, quando eu saía, disse:

— Boa sorte, meu jovem.

— Obrigado — respondi. — Nunca o esquecerei. Parto amanhã, pela manhã.

Antes que eu o deixasse, acrescentou:

— Lembre-se, os livros da universidade não podem ser mostrados sem a matrícula ou a permissão da reitoria. Não diga a ninguém que lhe mostrei este.

— Já nem me lembro de tê-lo visto, ou mesmo de ter estado aqui, hoje. Aliás, se puder pedir também mais um pequeno favor...

— Também já me esqueci da sua visita, meu caro — interrompeu ele, adivinhando.

Saí em direção à rua, à hospedaria e a Estrasburgo.

VIII

NÃO TEMOS DOIS RINS?

Em viagens longas eu procurava sempre me juntar a outros, pois, naquele tempo, como hoje, não era prudente viajar só. No início agreguei-me a um grupo de estudantes que voltavam para casa em Cormonstrueil; depois acompanhei uma família que ia de Reims a Nancy para as bodas de um parente. No último trecho da viagem, juntei-me a uma caravana de mercadores que conheciam quase toda a Europa. Foram estes que me descreveram as ruas de Estrasburgo e me indicaram uma hospedaria honesta, próxima à praça da Catedral.

O proprietário falava latim apenas o suficiente para prestar seus serviços numa cidade que ficava, justificando o nome, na encruzilhada da Europa. Como já era noite, pediu veementemente que me deitasse sem ruído, para não incomodar os demais. Cansado como eu estava, após seis dias na estrada, a recomendação não seria necessária. Desabei na cama como se o corpo fosse de chumbo.

Pela manhã, depois de devorar o pão e virar um copo de leite, saí para o primeiro contato com a cidade, já disposto a encontrar o Gymnasium. Não foi difícil; a poucos metros da catedral, o prédio recém-construído se impunha sobre os demais, pelo tamanho e pelas arcadas que ornavam a fachada. Passei pela entrada principal imaginando se ali encontraria alguma informação que fizesse valer a viagem.

Uma vez dentro do átrio, comecei a abordar os grupos de estudantes que encontrava, perguntando pelo professor Andernach. Estudantes são sempre ótimos informantes, porque estão apressados e ao mesmo tempo despreocupados; assim, indicam com precisão sem fazer perguntas. Disseram-me que o mestre de grego tinha uma sala própria, e cada grupo me orientou alguns passos até que cheguei à sua porta, e bati.

Não tinha muita esperança de encontrá-lo, pois as aulas já deviam ter começado. Mas a porta se abriu, mostrando um homem alto, cerca de sessenta anos, usando uma túnica com mangas de pele.

– Professor Guenther de Andernach? – perguntei.

– Sim – foi a resposta –, mas o curso já se encerrou. Teremos outro, iniciando na próxima semana.

– Não vim para o curso, professor. Vim de Roma procurá-lo para uma entrevista. Se puder dispor de alguns minutos...

Sua expressão foi, ao mesmo tempo, de curiosidade e desconfiança. Depois de, rapidamente, examinar-me dos pés à cabeça, convidou, com voz hesitante:

– Entre, por favor.

A sala era ampla, como todos os espaços no Gymnasium. Havia uma mesa com alguns entalhes na madeira, grande o suficiente para que ele houvesse espalhado sobre ela livros e papéis em grande desordem. O professor indicou-me uma das quatro poltronas forradas, que formavam um círculo, e sentou-se em outra. Expliquei que era historiador, trabalhando para a Universidade Sapienza, em Roma. Disse-lhe que tinha a carta de apresentação comigo, mas ele não me pediu que a mostrasse, nem eu a ofereci. Expliquei que meu trabalho era escrever a história da medicina europeia na primeira metade do século, e que, sendo ele um dos mais importantes personagens nesse cenário, sua biografia não poderia faltar numa obra que fosse completa.

Apostei na vaidade humana e acertei em cheio. Ele sorriu, disse que já não era médico, que se dedicava ao ensino do grego, mas concordava com a importância do que fizera pela ciência médica. Estava pronto para, com prazer, contribuir para uma compilação histórica.

Decidi ser paciente, pois não sabia qual a sua disposição para fornecer as informações que realmente me interessavam. Comecei perguntando onde nasceu, e daí em diante não precisei fazer mais perguntas. O homem falou durante duas horas sobre sua vida, sem pausa. A certa altura, insistiu em que eu passasse à sua mesa e aceitasse uma folha de papel e uma pena, para anotar alguns pontos mais importantes, e aceitei. Contou-me sobre sua infância pobre em Andernach, falou sobre seus pais, descreveu cada um de seus primeiros mestres, até chegar a Paris depois de passar por Utrecht, Marburg, Louvain, Liège e Leipzig. Envaidecia-o especialmente ter sido um dos médicos de Francisco I, além de seu *Tratado de Anatomia*, a obra-prima de sua vida. Quando chegou a esse ponto, decidi dirigir a conversa na direção que me interessava:

– Conheço o tratado. É muito admirado em Roma. Os médicos apreciam, especialmente, a descrição do coração.

– Fui fiel aos relatos de Galeno – disse ele. – Descrevi as câmaras cardíacas como estavam no texto grego.

Decidi provocar:

– Muitos questionam a função dessas câmaras, professor. Especialmente os dois ventrículos. Acredita que eles tenham, cada um, uma função diferente da do outro?

Ele ficou mais sério.

– Vejo que, além de história, você se interessa por anatomia – disse. – Os ventrículos estão muito bem descritos nos textos gregos. Os dois servem para enviar o sangue ao corpo.

– No meu trabalho é preciso conhecer um pouco de tudo – expliquei. – Por que seriam dois, se a função é a mesma?
– Ora – respondeu –, porque assim foi feito pelo Criador. Não temos dois rins, dois pulmões? Pois o coração tem dois ventrículos, para impulsionar o sangue com mais eficiência. Não quer saber como cheguei a Estrasburgo, e minhas funções no Gymnasium?

Pensei em argumentar que os dois rins são semelhantes, bem como os pulmões, enquanto os ventrículos têm espessuras diferentes. Mas resolvi que era melhor concordar em deixar a anatomia de lado. Afinal, ele parecia não saber mais sobre isso do que eu, Colombo ou Valverde. Não tinha a informação de que eu precisava.

– Sim, professor, preciso também dessa parte de sua biografia. Mas, se me permite, gostaria de voltar amanhã, pois estou um pouco cansado da viagem e necessito organizar as notas que tomei até agora.

– Claro! – exclamou. – Pode voltar amanhã, à mesma hora. O curso ainda não começou, e terei tempo para atendê-lo.

Despedi-me agradecido, e deixei o Gymnasium.

Na saída, os grupos alegres de estudantes me causaram inveja. Até então eu me considerava privilegiado por ter tido um mestre como Amatus Lusitanus só para mim, mas agora conhecia o ambiente das grandes cidades, e imaginava a riqueza de ideias que deveria vir da convivência com outros alunos.

Passei o resto do dia passeando, melancólico, pela cidade onde as estradas se encontram. Minha cabeça estava se tornando um grande cruzamento de ideias, nomes e pessoas que eu nunca sonhara conhecer. E doía um pouco.

★ ★ ★

No dia seguinte, atrasei-me, propositadamente, poucos minutos. Quando abriu a porta, Andernach tentou esconder a ansiedade.

— Bom-dia, meu jovem. Vamos concluir nossa conversa?

— Com prazer, professor. Falta pouco.

— Bem — recomeçou ele —, não sei em que ponto de minha vida tornei-me luterano. Mas as ideias de Lutero começavam a transparecer nas minhas conversas mais simples, e tornou-se impossível permanecer na Universidade de Paris. Decidi mudar-me para cá, onde, sem dúvida, me sinto muito mais adequado. Aqui encontrei outros que seguem as doutrinas novas, pude conviver com Bucer e reencontrei Calvino.

— João Calvino?

— Sim. O grande reformador. Esteve aqui por muitos anos, antes de ir para Genebra. Um homem interessante, mas muito dogmático. Conhece sua obra?

— Um pouco — menti. — Mas... O senhor disse que o reencontrou. Já o conhecia?

— Sim, claro! Calvino vivia em Paris quando eu era professor na Escola de Medicina. Foi lá que tomou contato com as ideias de Lutero e tornou-se um de seus mais fervorosos defensores.

— E por que veio para Estrasburgo?

— A Corte Suprema da França, influenciada pela Igreja, decidiu expulsar todos os hereges no final de 1533. Calvino fugiu. Voltou clandestinamente, no ano seguinte, durante pouco tempo, mas isso já é outra história...

Eu estaria interessado na história, mas precisava chegar a Villeneuve. Andernach, porém, continuou:

— Foi bom para ele, como para mim, ter deixado Paris. Mudou-se para Basileia, onde escreveu sua obra-prima: *Christianae Religionis Institutio*. Se quiser conhecê-la, temos um exemplar na biblioteca.

"A instituição da religião cristã", pensei. O título era interessante. Mas estava na hora de passar diretamente ao que me trouxera.

– Professor – comecei –, uma biografia completa deve ter o testemunho de outros, além daquela do biografado. É uma norma, hoje, entre os historiadores. Talvez possa me indicar um nome, alguém que tenha trabalhado consigo na Escola de Medicina, que me desse um depoimento sobre sua pessoa, sua obra.

– Mmm... – fez ele, coçando a barba. – Faz tanto tempo... E eram tão poucos... Havia Vesalius, o belga, mas hoje é um grande médico na corte de Carlos V. Você não conseguiria falar com ele...

– Há outro, que o senhor menciona no prólogo do tratado de anatomia. Villeneuve, se bem me lembro. Talvez esse pudesse dar um testemunho... Sabe onde está?

Guenther de Andernach assumiu um ar sério, um pouco desconfiado. Fitou-me com o canto dos olhos, e respondeu:

– Esse, não encontrará. Você disse que é de onde, mesmo? Da Sapienza, em Roma?

– Sim, professor. Mas não sou efetivo da universidade. Faço meus estudos de história, e depois desse trabalho pretendo mudar-me. Talvez para esta cidade, ou para Basileia. – Percebi que a vinculação a Roma poderia não ser uma boa referência, e tratava de amenizá-la. – Não se sabe onde está Villeneuve?

– Está foragido. Decerto falaria bem de mim, pois tanto o aconselhei, orientei e acobertei. Mas sumiu.

Lembrei-me do processo da astrologia. Mas algo estava estranho. Pelo que eu sabia, Villeneuve não havia sido condenado a nenhuma pena, exceto à de interromper o curso. Por que estaria foragido?

– Desculpe, professor – ousei –, o senhor disse que o acobertou? Como assim?

– Permiti que estudasse comigo usando o nome de sua cidade de origem em vez do seu sobrenome de nascença. Assim, podia ocultar sua estada anterior em Paris. Era um excelente auxiliar, e eu não queria perdê-lo.
Eu estava cada vez mais curioso. Continuei:
– Usava o nome de sua cidade? Qual?
–Villanueva, de Sigena. Era espanhol.Vejo que você não sabe nada sobre ele, ou talvez finja não saber. Seu verdadeiro nome era Miguel Servet. Se conseguir descobrir onde está, muitos agradeceriam pela informação.
Larguei subitamente a pena, que fez um borrão no papel. Teria ouvido corretamente? Servet, o arriano, era o mesmo que Villeneuve? Mas a afirmativa de Andernach não deixava dúvidas.
Ele continuou:
– Seu livro sobre a Trindade havia despertado a ira de muitos. Mas, naquele ano, parecia estar disposto a estudar medicina, apenas. Achei que tivesse desistido de provocar as instituições. Mas resolveu ensinar astrologia judiciária! Veja, quando muita gente está contra você, quando vive sob um nome falso, não pode se dar ao luxo de chamar a atenção.Teve sorte no processo da astrologia; mas, em seguida, aconselhei-o a deixar Paris. Iriam descobri-lo logo, e eu também estaria comprometido. Imagine,Vesalius me havia dito queVilleneuve tinha ideias diferentes das de Galeno sobre a função do coração. Não me interessei em saber quais eram. Ser contra a Trindade, a favor da astrologia, não me fazia diferença. Mas contradizer Galeno é um absurdo. Uma carreira brilhante, condenada pelo vício da polêmica. – E, com um ar de resignação, acrescentou: – Se eu soubesse que, em pouco tempo, deixaria Paris por razões semelhantes...
– E onde está ele, hoje?
– Ninguém sabe. Meu conselho foi que procurasse exercer a medicina em alguma pequena cidade. Era um bom médico.

Cheguei até a sugerir um vilarejo. Se aceitou a sugestão, decerto já não deve estar lá.

— Qual vilarejo, professor Andernach? — eu precisava de alguma pista, qualquer uma.

Ele demorou a responder, e a voz era um tanto hesitante. Mas não queria ter sua biografia truncada, ou pior, suprimida por falta de contribuições.

— Charlieu. No vale do Loire.

— Obrigado, professor. Mesmo que não o encontre, creio que sua biografia está muito rica. Será, por certo, uma das mais importantes no meu levantamento sobre a medicina deste século. Mais até que a de Vesalius, pois se não fossem vossos ensinamentos, ele próprio não teria alcançado a projeção que tem hoje. Não pode imaginar o quanto lhe sou grato. Volto para Roma, por enquanto — menti, já pensando no caminho para Charlieu.

Com estas palavras, levantei-me para sair. Ele me acompanhou até a porta, um pouco surpreso por ter sido aquela segunda entrevista tão breve. Ao despedir-se, ainda fez uma recomendação:

— Meu jovem...

— Sim?

— Se porventura for procurar Miguel Servet e o encontrar, não faça alarde de seu paradeiro. Ele tocou a ferida mais profunda do cristianismo. Há muitos querendo fazê-lo calar-se, a qualquer custo.

— Imagino. Mas não se preocupe. Sou apenas historiador, e não investigador, da Igreja Católica.

— Não é só a Igreja — acrescentou ele. — João Calvino já afirmou que Servet, se entrar em Genebra, não sai vivo. Garantiu isso depois de tentar encontrá-lo em Paris.

— E encontrou?

— Não. Marcaram um encontro, mas Servet não apareceu.
— Entendo. Aliás, professor, como só parto amanhã pela manhã, gostaria de aceitar sua oferta, e conhecer a obra de Calvino.
— Claro. Vamos até a biblioteca. Posso apresentá-lo ao bibliotecário e, assim, poderá vir à tarde para estudar.

É mais fácil achar alguém vigiando seus inimigos do que seus amigos. Estes podem passar muitos anos sem contato, e continuam amigos; aqueles sempre estão à espreita, em qualquer oportunidade. Eu não estava disposto, nem poderia, a vigiar João Calvino. Mas precisava conhecê-lo melhor, ou pelo menos suas ideias, para proteger a mim mesmo naquela jornada.

Comecei, naquela tarde, a aprender sobre ele, sem imaginar que nossos caminhos se cruzariam. Com o tempo, anos depois, aprendi tudo o que hoje sei.

Calvino veio de uma família pobre, na França. Estudou leis em Orleans e mudou-se para Paris, onde conheceu as ideias de Lutero. Expulso de Paris, foi para Basileia, conforme me havia contado Andernach, e ali escreveu o texto que conheci naquele dia.

Viveu dois anos em Basileia. Em 1536 fez uma viagem a Noyon, de onde pretendia ir a Estrasburgo; mas a estrada estava bloqueada, e foi obrigado a deter-se em Genebra. O acaso, queira ou não a Igreja, determina muitas vezes o destino das pessoas. Sim, porque me recuso a acreditar que Deus esteja por trás do que se seguiu.

Genebra acabara de aceitar definitivamente a doutrina protestante, a ponto de o conselho da cidade determinar que a missa fosse abolida, todas as imagens retiradas das igrejas e que os cidadãos que não aderissem à doutrina da Reforma fossem banidos.

Foi nesse ambiente que Calvino caiu, por um contratempo de viagem.

Em pouco tempo, conquistou a simpatia do mais popular pregador de Genebra, um homem chamado Guillaume Farel. Este conseguiu convencê-lo a ficar e assumir a pregação numa das igrejas. Ali, os dois começaram a instalar um rígido código moral. Calvino escreveu um "Catecismo", e Farel uma "Profissão de Fé e Disciplina", à qual todos os cidadãos foram obrigados, pelo conselho da cidade, a jurar fidelidade.

Mas as pessoas não se achavam prontas para um código moral tão rígido. Portar um rosário era motivo de punição; mulheres eram postas na prisão por usarem chapéus impróprios, jogadores amarrados a toras de madeira e adúlteros enxotados pelas ruas. A cidade sentiu falta da complacente disciplina moral do catolicismo, e um partido liberal, chamado Libertino, conseguiu eleger maioria no conselho depois de dois anos. Calvino acusou-os de falta de firmeza para impor a moral, com tal força que a palavra *libertino* passou a significar *devasso* para muitos. Mas o novo conselho prevaleceu, e ordenou aos dois pregadores (e a todos os demais) que ficassem fora da política. Revoltados, ambos se recusaram a servir a eucaristia até que a cidade voltasse a jurar fidelidade a suas regras morais. Foram depostos de seus cargos de ministros religiosos, e convidados a sair da cidade. Foi então que Calvino mudou-se para Estrasburgo.

A cidade das estradas era um território livre para pensadores. Ali ele serviu como ministro numa comunidade de protestantes. Foi nessa época que decidiu casar-se, e pediu a Farel e a Bucer que procurassem para ele uma mulher. A especificação era clara: não exigia que fosse bela, mas "casta, prestimosa, econômica, paciente e que zele pela minha saúde". A escolhida foi uma viúva pobre com muitos filhos, que deu a ele também um, mas que morreu na infância.

Enquanto isso, Genebra voltou ao extremo da imoralidade: jogo, alcoolismo, adultério. Nas ruas, os traseuntes tinham que desviar de brigas ou eram molestados por canções pornográficas. A ressaca do rígido código moral mergulhou a cidade em um caos tamanho que o comércio começou a afundar, e os comerciantes passaram a forçar o conselho municipal a tomar uma atitude. Dos quatro conselheiros que haviam chefiado a campanha contra Farel e Calvino, três foram condenados por falsificação, assassínio e traição, e o quarto morreu tentando escapar da prisão. Em algum tempo, os demais conselheiros começaram a achar que os dois desterrados não eram assim tão inúteis. Em 1541, anularam a sentença de desterro e enviaram uma comissão a Estrasburgo a fim de implorar a Calvino que voltasse.

Ele fingiu certa hesitação, mas concordou em retornar apenas para uma visita. Chegando a Genebra, porém, foi recebido com tantas honras que concordou em ficar. E em pouco tempo tornou-se a máxima autoridade local.

Só vim a conhecer essa história anos mais tarde. Naquele dia, eu tinha apenas uma vaga ideia sobre o homem que tanto influenciaria minha vida nos meses seguintes. A leitura de sua obra, naquela tarde, na biblioteca do Gymnasium de Estrasburgo, deixou-me a impressão de que se tratava de um teólogo racional apresentando suas ideias sobre o cristianismo.

Calvino acreditava na predestinação, ou seja, na idéia de que Deus, muito antes da criação, determinou quais os homens que deveriam ser salvos e quais os que seriam condenados. A verdadeira Igreja seria uma congregação desses eleitos, mortos, vivos ou que estivessem por nascer; os filhos desses predestinados seriam automaticamente eleitos. Fora da Igreja não haveria salvação; esta deveria governar o mundo, sendo o Estado apenas o executor de suas determinações. O governo ideal, para ele, era a teocracia. Rejeitava a missa como sendo uma pretensão sacrílega, pois não acreditava em transformação do pão no corpo de Cristo, nem do vinho no Seu sangue. Via a adoração da hóstia como um ato de idolatria, bem como a veneração de imagens; todas elas, incluindo o crucifixo, deveriam ser retiradas das igrejas.

Em algum momento pareceu-me até sensato e flexível, pois o livro era dedicado a Francisco I, ao qual pedia, na dedicatória, que o acolhesse de volta em Paris, suplicando ao rei que conhecesse suas ideias por inteiro antes de julgá-las.

Assim são as pessoas neste século. Para si, toda a justiça. Para os outros, a intransigência.

IX
NÃO PRECISAMOS DE MÉDICOS

A viagem de Estrasburgo a Charlieu durou sete dias. Dessa vez fui em uma caravana de mercadores espanhóis, que levavam peças de tecido de Flandres para vender em Madri.

Como o imperador Carlos V, da Espanha, estava em guerra contra os franceses, procuravam esconder sua nacionalidade. Falavam bem as duas formas do francês, e usavam essa habilidade para disfarçar o acento espanhol: esperavam que o interlocutor falasse primeiro, e usavam a língua oposta; se viesse no idioma do norte, usavam o do sul e vice-versa. Assim eram compreendidos por quase todos, mas não se percebiam pequenos deslizes na pronúncia.

O mais velho deles protestava o tempo todo contra o disfarce. Dizia que eram comerciantes, e não soldados, e que não precisavam ocultar sua origem; que o comércio independe das guerras, e ninguém atacaria mercadores pacíficos. Acreditava que a mentira, se descoberta, seria punida com mais rigor que a verdade. Mas os demais não concordavam, e ele era obrigado a persistir na dissimulação.

Fiquei feliz em despedir-me, em Chauffailles, quando tomei meu caminho. Já me bastava a tarefa de procurar um médico astrólogo que fugia por causa de convicções religiosas, e ainda aguentava os lamentos de um velho mercador que queria por em risco a caravana por causa de suas convicções nacionalistas.

Eu estava ficando farto de convictos. Por que as pessoas não se contentavam em atravessar a vida simplesmente sobrevivendo, por que não se mesclar com o ambiente, como os gafanhotos? Se o tal Villeneuve, ou Servet, não fosse tão obstinado em discutir a Trindade, estaria tranquilo ensinando anatomia em alguma escola da Europa. E eu o encontraria facilmente. Ou talvez nem precisasse, pois suas teorias anatômicas seriam bem conhecidas e Colombo poderia lê-las, sem precisar de mim.

Mas, desta vez, havia esperança. Quem sabe – pensei – decidiu estabelecer-se como médico e sossegar. Vou encontrá-lo calmo, no vilarejo, atendendo pacientes; minha missão está quase terminando.

Entrei em Charlieu a pé, pela estrada que beira o rio Sornin, a sudeste da vila. O cavalo que usara até então pertencia à caravana, e com ela seguira. Uma ponte de pedra ligava um ancoradouro de pesca à vila, e por ali atravessei, seguindo até dar numa praça, onde uma construção, com grandes portais em arco, me pareceu ser uma abadia. Não havia ninguém na praça, embora fossem seis horas da tarde. Continuei a caminhar na direção que me indicava o instinto, por uma rua estreita, e deparei com outra praça; esta estava viva, com pessoas conversando ou simplesmente passando em meio a barracas quase desmontadas, e percebi que terminava uma feira. Uma igreja dominava a paisagem, e em frente a ela uma construção baixa ostentava uma placa: Hospedaria São Filisberto. Entrei.

A entrada da hospedaria era uma taverna, com mesas dispostas de forma a deixar um corredor que levava da porta ao balcão. Não havia uma mesa vazia; sorte, pois eu preferia sentar-me junto a alguém de quem pudesse tirar informações. Escolhi uma com três homens de aparência distinta, no lado esquerdo. Uma mulher de olhos claros, usando um avental, aproximou-se:

– O que vai querer, senhor? Hoje temos um excelente ensopado de cordeiro. Posso servir-lhe o vinho da casa?

Aceitei a sugestão e o vinho. Ela se afastou em direção ao balcão, e eu dirigi a palavra aos homens, que já terminavam sua refeição.

— Boa-tarde.

— Boa-tarde, forasteiro — respondeu o mais velho. — De onde vem?

— De Estrasburgo. Seguia para o sul, mas me encantei pelo vosso vilarejo e penso em passar aqui algum tempo.

— Seja bem-vindo ao nosso "lugar querido". — respondeu ele, fazendo alusão à origem do nome Charlieu. — O que pretende fazer aqui?

— Sou médico — respondi —, vivo de ajudar as pessoas em suas aflições.

O homem assumiu um ar sério, voltando os olhos para cada um dos demais, como se procurasse alguma reação. Percebi que, talvez, não precisassem de médicos. Ou de mais médicos. Decidi jogar logo uma cartada decisiva, e partir para o meu objetivo:

— Na verdade, procuro um médico que aqui vive, o qual, segundo indicação de amigos, pode estar precisando da ajuda de um colega. Algum dos senhores conhece Michel de Villeneuve?

Percebi que lançara a carta errada. Ele respondeu secamente:

— Não — e girou a cadeira, dando-me as costas, no que os demais o acompanharam. A pressa me fizera avançar na procura, sem antes conhecer melhor o ambiente. Agora o melhor era calar-me. Por sorte, a moça veio com o vinho e uma cesta de pães, e pude começar a comer para fugir do constrangimento.

Alguns minutos depois, os três se levantaram, sem se dirigirem a mim, e saíram. Pensei: esse tal Michel ou Miguel ainda vai me causar mais problemas.

Comi um pedaço do pão, um tanto duro, e tomei um gole de vinho, e antes que chegasse o ensopado senti vontade de urinar. Saí pela porta principal e caminhei, ao longo do muro, alguns metros. Começava a me aliviar quando senti um forte empurrão pelas costas, que me jogou a face contra a parede com violência. Em seguida, minha perna direita foi deslocada do chão por um chute, e caí.

Ainda atordoado, olhei para cima e vi três homens, os mesmos com quem há pouco havia compartilhado a mesa. Um deles começou a golpear-me com pontapés, e foi interrompido pelo mais velho.

– Chega. – E para mim: – Levante-se.

Tentei, mas as pernas não me obedeceram. Os dois mais jovens tomaram minhas axilas, levantando-me à força. O velho chegou tão perto do meu rosto que pude sentir o hálito do vinho, quando disse:

– Não precisamos de médicos aqui. Entendeu? Especialmente da sua laia. Desapareça da cidade, ou terá a mesma recepção que teve seu amigo Michel. Parece que gente como vocês não aprende nunca, mesmo depois de tantos anos! Suma!

Dizendo isso virou-se, chamando os outros:

– Vamos.

Os dois me soltaram ao mesmo tempo. A perna doía, e não consegui me apoiar sobre ela. Escorreguei até ficar sentado no piso de terra, apoiando as costas no muro. Curvei-me, pondo o rosto entre as mãos, e assim fiquei por uns momentos, tentando me recompor do susto e dos golpes.

Foi nessa posição que me encontrou a mulher que servia na estalagem. Tendo ouvido a cena, saiu a tempo de assistir ao seu desfecho. Tocou-me na cabeça com leveza, dizendo:

– Coitado... O que fizeram com o senhor... E ainda se dizem médicos... Venha. Vamos cuidar disso.

Começou a levantar-me, e foi ajudada por um homem, também usando avental, que saía da estalagem. Os dois me puseram em pé, orientando meus passos até o interior, que me pareceu o lugar mais aconchegante do mundo. Levaram-me pelo corredor até um cômodo onde havia uma cama, e ajudaram-me a deitar. Retiraram-se, e ela voltou, só, trazendo uma bacia com água morna e uma toalha. Sentou-se na beira da cama e começou a retirar, com cuidado, a terra do meu rosto, um pouco arranhado pelo muro. Em seguida, pôs minha perna direita no colo, cuidadosamente, e aplicou a toalha no local onde havia sido atingida. Ela deveria ter pouco mais de trinta anos, e era muito bonita. Senti-me imediatamente atraído por aquela mulher. Minha excitação aumentou quando, abaixando-se para molhar a toalha na água quente, deixou que eu admirasse os seios firmes. Eu ainda sentia dor no abdome golpeado, mas a excitação era um poderoso analgésico.

– Obrigado – disse, olhando-a com certo espanto.

– Por nada. Peço desculpas pela gente de Charlieu. Nem todos são como aqueles três. Ainda quer o ensopado de cordeiro?

– Não, obrigado. Gostaria de descansar. Se puder me mostrar o aposento dos hóspedes...

– Não é necessário. Pode ocupar este, em que ficará só. É mais seguro. Não tenha medo. Esses valentões não voltam hoje. E a porta será fechada logo mais.

– Por que fizeram isso comigo?

– Porque são médicos e não gostam de concorrência. Nunca gostaram. Mas, especialmente, porque o senhor disse ser amigo de Michel.

– E o que Michel fez a eles?

– Não sabe?

Percebi que estava, mais uma vez, entrando em contradição. Havia me apresentado como amigo de outro médico, e nem sequer sabia o que ocorrera com ele naquela cidade. O olhar da moça passou da candura para a desconfiança. Afastou-se um passo e perguntou, ainda tranquila:

– Quem é o senhor?

Decidi que era melhor voltar à verdade, ou seja, à mentira mais habitual.

– Sou médico aprendiz, e procuro ensinamentos de anatomia. Nunca conheci Michel de Villeneuve, mas disseram-me que ele conhece a fundo a anatomia do coração. Por isso o procuro. Errei em dizer que o conhecia, pois achei que seria mais fácil que me dissessem o seu paradeiro. Sabe onde posso encontrá-lo?

A moça sentou-se em uma cadeira a um metro da cama, e deu um suspiro. Em seguida, disse:

– O senhor é, realmente, muito incompetente em conseguir informações. Mente ao chegar, e depois quer que acreditemos que fala a verdade. Não é o primeiro que aqui procura por ele, nestes anos, e todos os demais ouviram a mesma resposta: nada sabemos.

Fez uma pausa, sem perceber que eu tentava desvendar suas pernas por entre as dobras da saia, e continuou:

– Mas alguma coisa me diz que não lhe deseja mal. Nenhum de seus inimigos seria tão incompetente a ponto de perguntar por ele sem a menor censura. Ou é muito burro, ou está dizendo a verdade. Além disso, os que o procuram são sempre membros da Igreja. E o senhor é judeu.

Levei a mão ao gibão, e vi que estava composto. Mas percebi que, quando fui agredido, estava urinando, com o gibão aberto. Não me lembro quem, e em que momento, o fechou. Mas ela havia tido tempo e perspicácia de identificar minha religião original. Era a segunda vez que me traía a circuncisão. Precisava tomar mais cuidado com isso. Por sorte, não mostrei a apresentação da Igreja com o selo papal; teria causado mais confusão e desconfiança.

– Estou falando a verdade – disse, com o olhar mais sincero de que dispunha.
– Não importa. Não faz diferença. Michel viveu aqui por poucos três anos, e já deixou esta cidade há mais de doze. Ninguém mais se lembra dele a não ser eu, e o velho médico, por causa da cicatriz.
– Cicatriz?
– Sim. Os três atacaram-no pelo mesmo motivo de agredirem o senhor esta noite. Concorrência. Mas Michel não estava em situação tão constrangedora, e conseguiu puxar a faca. Infelizmente, a víbora sobreviveu.
– Foi por isso que ele deixou a cidade?
– Talvez. Três dias na prisão da comuna fazem qualquer um desconsiderar esta vila como um "lugar querido". Mas não foi só por isso. Deixe-o em paz.

A esta altura da conversa eu já havia percebido que a ligação daquela moça com Michel de Villeneuve havia sido mais forte do que aquela que os habitantes de uma vila têm com seu médico. Enquanto eu era tratado por "senhor", Villeneuve era "Michel". O carinho transparecia no tom da voz quando pronunciava seu nome. Até hoje não sei se conhecia sua verdadeira identidade, mas estou certo de que eram muito próximos. Tive vontade de ficar mais tempo na cidade para conhecê-la melhor. Tentei dizer a mim mesmo que precisava saber mais sobre Villeneuve, mas queria, de fato, aproximar-me daquela mulher. Lembrei-me, porém, de *messere* Lusitanus, vigiado em Ancona, arriscado a ser levado à Inquisição se eu fracassasse. Afastei o olhar do decote e fitei-a nos olhos:
– Senhorita, o Doutor Villeneuve foi um dos mais destacados alunos da Faculdade de Medicina de Paris, onde estudei. Seu professor foi Guenther de Andernach, que o respeitava a ponto de dedicar a ele um agradecimento no prefácio de sua obra

sobre anatomia. Todos os anatomistas que conheci me disseram que só ele possui o conhecimento suficiente para ensinar-me o que preciso, a fim de completar meu estudo sobre o coração. Tenho-o procurado desde Paris até Estrasburgo. Foi o próprio professor Andernach quem me aconselhou a procurá-lo aqui. Tudo o que desejo é conhecê-lo, aprender com ele o que preciso e agradecer.

— E acha que sei onde ele está?

— Sinto que sim, mas não quer me revelar. Não a culpo. Apareci do nada, criando confusão e dando trabalho. Eu agiria da mesma forma. Agradeço tudo o que fez por mim nesta noite. Pode deixar-me, senhorita. Já estou melhor. Amanhã deixo Charlieu, e sigo em busca do conhecimento de que preciso.

Ela se levantou, pegou a lamparina e foi em direção à porta. Já com a mão na maçaneta, voltou-se para mim:

— Michel também apareceu do nada, como o senhor. Criou confusão, e se foi. Isso faz com que sejam parecidos. Boa-noite, senhor. A ideia de deixar a cidade pela manhã é a melhor que pode ter, se quer ajudar a si mesmo. Eu gostaria que ficasse, pois me parece boa pessoa e precisamos de médicos melhores do que os que temos. Mas já me acostumei a estas perdas.

E, estendendo o lampião na minha direção, como se quisesse jogar alguma luz no escuro que me cercava, acrescentou:

— Quanto ao seu paradeiro, não é nenhum segredo. Principalmente para quem passa os dias em meio às mesas da taverna, onde se sentam todos os viajantes. Michel de Villeneuve não deixou Charlieu apenas por ter sido agredido; foi embora porque tem o espírito inquieto, e sua alma aspira conhecimento acima do que se pode conseguir num lugar perdido como este. Michel está em Lion, onde trabalha como tradutor. Se o senhor deseja saber mais sobre a ciência, deve realmente seguir seus passos e deixar a vila amanhã pela manhã.

E saiu, fechando a porta.

Deixou-me com alguma raiva daquele médico-teólogo, que conseguia irritar as pessoas por onde passava e suscitar sentimentos nobres nas mulheres. A cada passo da jornada eu compreendia menos sua maneira de ser; por que não estudava, como todo mundo, fazia suas descobertas, e as divulgava? Por que não escolhera simplesmente outra vila e se estabelecera como médico? Quanto faltaria até poder, eu, terminar essa peregrinação e voltar à minha pacata vida em Ancona, desconhecido do mundo, mas feliz por estar vivo e livre? Mas, ao mesmo tempo, percebi que a vila de Charlieu não conhecia sua verdadeira identidade. E, se estava realmente trabalhando em Lion como tradutor, também lá se disfarçava sob o falso nome. Não seria difícil encontrá-lo.

Custei a dormir. A imagem daquele decote não me saía da cabeça.

X
POLÊMICA POR CORRESPONDÊNCIA

A rota comercial entre Charlieu e Lion é bastante movimentada, e assim não tive dificuldade em arranjar transporte. Por alguns trocados, um homem que levava cabras para vender na feira semanal acomodou-me na boleia da sua carroça, a qual, a cada solavanco da estrada, fazia-me lembrar dos médicos de Charlieu. Melhor, entretanto, do que cavalgar, pois a perna doía quando apoiava sobre ela. A viagem levou dois dias e, como o condutor não era dado a muita conversa, pude aproveitar o tempo para pensar naquilo que procurava. No fundo, tinha a esperança de conseguir criar uma boa teoria sobre o funcionamento do coração, que servisse para oferecer a Realdo Colombo como alternativa, no caso de não conseguir obter de Servet a resposta. Àquela altura, eu estava praticamente certo de encontrá-lo em Lion, pois, apesar de ter saído de Charlieu há mais de dez anos, minha intuição dizia que aquela jovem tinha dele notícias frequentes. Mas não tinha a certeza de que estivesse disposto a revelar suas teorias. Aliás, nem estava certo de que ele tivesse uma teoria.

Dois ventrículos. O sangue não passa de um ao outro. Portanto, cada um recebe sangue de uma fonte, e envia para um determinado setor do corpo. Trabalham juntos, como duas bombas em paralelo, cada uma respondendo por uma parte do serviço. Poderiam ter sido assim construídos por segurança; caso um falhasse, teríamos o outro. Não. Se assim fosse, bombeariam os dois para os mesmos órgãos. E não teriam espessura diferente nas suas paredes. E seriam separados, sem formar um mesmo coração, pois, da forma em que estão colados, se um parar o outro também para.

A paisagem do Rhône é verde e calma, excelente para reflexão sobre qualquer problema. Mesmo assim, ao final da viagem eu estava mais confuso do que antes. Tentei desculpar-me: se Colombo, Vesalius e Lusitanus não haviam decifrado a charada imposta pelo criador, era compreensível que eu também não o pudesse fazer. Teria ele, Servet, decifrado?

Cheguei a Lion na manhã de 4 de abril daquele ano de 1553, pouco menos de um mês após minha saída de Ancona. Tendo viajado por três cidades, parecia-me estar longe de casa há décadas. Embora nunca tivesse pisado em Lion, sabia onde procurar: meu amigo lionês, do Collège Royal, falara sobre as livrarias de sua cidade, e dava especial ênfase à de Jean Frellon, livreiro com grande acervo de obras sobre medicina. Dera-me até o endereço, que guardei por educação, já que não imaginava dele precisar. Rua Mercière. Próximo de onde o rio Saône faz uma curva, aproximando-se do Rhône, escrevera. Depois de uma breve parada para devorar um pedaço de pão num albergue próximo ao cais, fui direto para lá.

A livraria era uma pequena casa, com uma antessala um pouco escura. Uma porta, ao fundo, sugeria haver uma sala maior e mais iluminada. Mas fiquei na primeira, vazia, aguardando que alguém me recebesse. O ruído de meus passos no piso de madeira, com as tábuas um pouco soltas, deve ter servido como chamada, pois logo apareceu uma moça com um sorriso e um "bom-dia" efusivo. Tinha os cabelos lisos e bem penteados.

— Bom-dia — respondi. — Venho do Collège Royal de Paris, e procuro pelo Sr. Frellon.

— Sobre qual assunto?

— Sou estudante de medicina, e procuro livros sobre xaropes.

— Acho que podemos ajudá-lo, senhor. Um momento — e saiu rumo à outra sala, antes que eu pudesse dizer qualquer outra coisa.

Achei que viria com livros, mas voltou na companhia de um homem magro, com cabelos grisalhos. Acredito que a referência ao Collège Royal tenha sido a razão para um atendimento especial.

— Bom-dia, senhor — disse o homem. — Sou Jean Frellon. Procura tratados sobre xaropes?

— Sim, senhor. Em latim, não em árabe.

— O que tenho está em latim, por certo. Não há muitos leitores do árabe por aqui. Uma excelente obra é *Syruporum Universa Ratio*, escrito por *monsieur* de Villeneuve, doutor em medicina. Foi escrita em Paris, mas tenho uma edição local, revista pelo próprio autor. Deseja consultá-la? Nossas taxas de consulta são as menores que o senhor pode encontrar em Lion. E, se desejar possuir uma cópia, posso vendê-la por bom preço, além de conseguir uma dedicatória manuscrita do autor.

Touché!

— Ele vive em Lion, portanto, *monsieur* de Villeneuve? — perguntei, para ter certeza.

— Em Vienne, no palácio episcopal. Mas vem aqui quase todos os dias. É grande colaborador nosso. O senhor o conhece?

— Não pessoalmente. Mas seu nome é conhecido em Paris. O senhor tem outras obras suas?

— Sim, mas não sobre medicina. Tenho seu livro sobre a Geografia de Ptolomeu, e a edição da Bíblia de Pagnini, por ele comentada.

Geografia? Bíblia? Eu procurava a anatomia do coração, e o homem parecia escrever sobre tudo, menos anatomia. Xaropes, astrologia, crítica ao conceito da Trindade e, agora, geografia e uma edição comentada da Bíblia. Meu conhecimento sobre a religião cristã limitava-se aos ritos e orações mais comuns, suficientes para minha sobrevivência. Jamais ouvira falar da Bíblia de Pagnini; aliás, nunca soubera que existisse mais de uma Bíblia. O livreiro, porém, a mencionava com um tom de voz respeitoso e ao mesmo tempo entusiástico, como se redigir uma edição comentada fosse algo somente possível para um grande erudito. Decidi não entrar nesse terreno, onde certamente me afundaria, e permanecer nos xaropes.

— Obrigado, senhor, mas meu interesse no momento é sobre a medicina. Já conheço o *Syruporum Universa Ratio*, mas estaria talvez interessado em ter uma cópia, assinada pelo autor na minha presença. Isso é possível?

— Totalmente possível. Basta que o senhor esteja aqui hoje, por volta das cinco da tarde. *Monsieur* de Villeneuve virá para discutir alguns assuntos conosco, e estou certo de que terá prazer em conhecê-lo e assinar a obra.

— Se seu preço for justo — acrescentei.

— Justíssimo! — respondeu, com brilho de ouro no olhar. — Cinco libras de Tours.

— Razoável — respondi. — Mas não tenho essa quantia aqui, comigo. Voltarei às cinco, com ela ou seu equivalente em francos. Só me interessa a obra se o autor assiná-la pessoalmente.

Assim combinados, despedimo-nos.

Saí, caminhando na direção do rio Saône, à procura de uma hospedaria. Cinco libras de Tours eram o equivalente a quatro francos, metade do que tinha na bolsa. Seria difícil explicar a Juan Valverde esse dispêndio numa obra que nada continha sobre a anatomia do coração. Mas eu não estava comprando a obra, e sim a oportunidade de encontrar Servet.

Passei o restante do dia ensaiando esse encontro. De nada me valeria o selo do papa, pois o homem parecia não se importar com seu valor. Alguém que discute a Trindade e pratica a astrologia judiciária decerto não se impressiona com um selo da autoridade máxima dos católicos.

Como me apresentaria a ele? Como conquistaria sua confiança, como faria com que me ensinasse o que precisava? A essa altura, eu já levava alguma vantagem. Enquanto era, para ele, um desconhecido, eu sabia algo sobre sua história. A viagem me ensinara que Servet era um homem letrado e briguento. Alguém que está sempre no meio do furacão, onde quer que seja. Havia discutido com Calvino sobre a Trindade, e com a Sorbonne sobre astrologia. Em nenhuma das vezes parecia ter se mostrado convencido. Segurava suas ideias com força, e quanto mais polêmica criava, mais feliz parecia estar.

Homens desse tipo costumam, em geral, apegar-se a seus inimigos, sem os quais a polêmica não existe, e por isso são preciosos. Precisam de opositores, mais do que de correligionários. Escondem seus pensamentos àqueles que estão próximos, mas revelam tudo em meio a uma discussão com alguém que precisem convencer. Se eu insistisse na veracidade da explicação de Galeno sobre o funcionamento do coração, e o entusiasmasse com a discussão, diria tudo o que pensava sobre o assunto. Mas para isso eu precisava, em primeiro lugar, conhecê-lo pessoalmente. E, em segundo, fazê-lo crer que valeria a pena uma discussão comigo sobre anatomia. A primeira parte parecia já garantida; sobre a segunda, eu não tinha a menor ideia de como levar a cabo.

Decidi usar a intuição. Depois de conhecê-lo, saberia o que fazer. Afinal, ele morava nas redondezas, e eu não precisava ter pressa. Poderia dispor de vários dias até estabelecer um relacionamento adequado, ou, quem sabe, uma amizade.

★ ★ ★

Cheguei à livraria antes das cinco. Não queria correr o risco de perder a oportunidade, caso Servet decidisse passar por ela mais cedo, por qualquer motivo. Mas o livreiro ainda estava só. Esperava-me na antessala, já tendo o livro sobre o balcão. Percebi que estava ávido pela venda, e disse a mim mesmo que deveria ter discutido o preço em vez de tê-lo aceitado de imediato. Depois dos cumprimentos amáveis, Frellon disse que esperava *monsieur* de Villeneuve a qualquer momento, mas que não podia precisar a hora em que viria. Explicou que era um médico muito procurado, e que frequentemente se atrasava aos compromissos, retido pela dedicação aos pacientes. Fez questão de ressaltar, ainda, que o homem era médico particular do arcebispo Palmier, de Vienne, e que morava no palácio episcopal. Sabia valorizar seus produtos.

Ofereceu-me alguma outra obra para leitura, enquanto esperasse. Eu já estava pronto a aceitar quando, porém, pela porta da frente entrou um homem afoito, um pouco ofegante. Devia ter trinta e poucos anos, vestia-se bem e, aparentemente, era conhecido de Frellon, pois foi diretamente a ele, sem cumprimentos. Puxou-o pelo braço, praticamente arrastando-o até a sala vizinha, sem se preocupar com, ou mesmo notar, a minha presença. Pela porta entreaberta pude ouvi-lo dizer algo ao livreiro, que não compreendi bem, talvez porque ainda estivesse ofegante. Mas a resposta de Frellon chegou bem clara:

– Presos? Como assim, presos? O que está dizendo, Guéroult? Presos por quem, onde?

– No palácio Delfinal, por ordem do inquisidor geral da França, Matthieu Ory.

Houve silêncio, por alguns segundos. Em seguida, o livreiro voltou à antessala, e a mim.

– Desculpe, senhor. *Monsieur* de Villeneuve não poderá vir hoje. Houve um contratempo. Vou guardar o livro para que possa comprá-lo noutra oportunidade.

— Posso voltar amanhã, se for conveniente para... — comecei a responder. Mas o homem estava apressado em despedir-me, já recolhia o livro do balcão, dizia que eu não voltasse, que me mandaria procurar na hospedaria quando o encontro fosse possível. Tão afoito estava que nem perguntou onde eu estava hospedado, nem me acompanhou à saída. Partiu para a outra sala, sem mais conversa.

Abri a porta da frente para sair; ao fazê-lo, ela produziu um rangido bastante forte, pois as dobradiças estavam um pouco emperradas. Eu já havia notado isso na primeira vez em que ali estivera, mas dessa vez o ruído chamou-me a atenção, como se fosse um aviso de chegada. Ou de partida. Fechei-a novamente, mas sem sair para a rua. Dei alguns passos contornando o balcão, com cuidado, e pedindo a Deus que meus pés não tocassem as tábuas que estavam soltas. O balcão ficava muito próximo da porta interna, que Frellon havia deixado entreaberta, por pressa e por acreditar que eu tivesse saído.

Precisava ouvir a conversa entre aqueles homens. Meu coração batia rápido, pois eu nunca havia feito isso, escutar pelas frestas. Tranquilizei-me pensando que o livreiro não me conduzira à porta de saída, como manda a boa educação; assim, se fosse descoberto, sempre poderia alegar que decidira esperá-lo voltar, para poder deixar meu endereço. Desculpa fraca, mas que me aplacou a consciência e o medo.

Quem construiu aquela casa não pensava, certamente, em guardar segredos. As paredes da segunda sala refletiam todo o som, de forma que o que ali se dizia era perfeitamente audível na posição em que eu estava. Lembro-me com todos os detalhes daquela conversa:

— Levaram os dois, há pouco, para o palácio Delfinal em Vienne — dizia o tal Guéroult. — Villeneuve visitava um enfermo, e foi procurado sob o pretexto de que havia pessoas muito doentes no palácio, e que precisava retornar. Lá chegando, foi preso. A meu cunhado, Arnoullet, pediram que levasse um exemplar do Novo Testamento ao vigário-geral, e teve o mesmo destino.

— Presos! — respondeu Frellon. — Pela Inquisição... Eu já imaginava... Villeneuve sempre gostou de desafiar dogmas, mas nunca tinha chamado atenção da Igreja Católica, até que decidiu escrever esse último livro. O tal que você imprimiu.

— Pensei que isso já era passado. Há uma semana obrigaram-no a abrir seus aposentos no palácio episcopal e revistaram tudo, sem nada encontrarem. Estiveram também em minha casa, fui detido para interrogatório, mas não sabia nada sobre o livro. Apenas operei a prensa; não li coisa alguma. Depois dessa busca sem sucesso, acreditei que haviam esquecido o assunto.

— Essa gente nunca esquece. São obstinados. Lamento pelo seu cunhado, Guéroult. Quando decidiu editar uma obra dessas, sabia os riscos que corria. Mas não merece estar preso. Quanto a Villeneuve, confesso que estou aliviado. Eu já não aguentava mais servir de intermediário para sua discussão doentia com Calvino.

— Discussão com Calvino?

— É, meu caro Guéroult. Pouco depois de sua chegada a Lion, e assim que o conheci um pouco melhor, deixei escapar que sou amigo de João Calvino, de Genebra. Por razões que não consigo entender, Villeneuve ficou impressionado, e passou a visitar minha livraria com muita frequência. Percebeu que sou simpatizante da Igreja de Genebra, pois é astuto.

Frellon fez uma pausa, e continuou em tom mais calmo:

— Um dia, pediu-me que enviasse uma carta sua a Calvino. Disse que, se a carta chegasse com minha apresentação, seria lida.

— Você concordou?

— Sim. Não achei que havia mal nisso. Todos trocamos cartas, nestes tempos, discutindo as reformas e os dogmas católicos. Ademais, a presença dele na livraria me era lucrativa; acrescentava algum valor à casa, que precisava disso. Você sabe, não sou um dos famosos impressores de Lion, apenas um livreiro. O homem havia ficado conhecido pela versão da Geografia de Ptolomeu, e mais ainda pela edição comentada da Bíblia de Pagnini. Conhece muitos idiomas. Eu esperava que, com o tempo, ele me trouxesse outros eruditos, tornando minha livraria um polo importante da cultura na cidade.

— E trazendo muitos lucros, é claro... — acrescentou o outro.

— O que continha a carta?

— A primeira, nada de mais. Continha algumas perguntas. Calvino é um líder religioso conhecido, sempre consultado sobre assuntos bíblicos. Villeneuve perguntava, entre outras coisas: se o homem Jesus crucificado era filho de Deus e, nesse caso, como se dava essa filiação; se o reino de Jesus Cristo existe entre os homens, como foi instituído e como se regenera; se a interpretação do batismo de Jesus Cristo exige fé, como a ceia, e com que intenção foram ambas incluídas no Novo Testamento.

Minha angústia aumentava. Quanto mais ouvia sobre aquele homem, mais percebia que era dedicado à teologia, e não à anatomia. Começava a duvidar de que tivesse sequer uma ideia sobre o funcionamento do coração. Frellon continuou:

— Calvino respondeu com cortesia e clareza. Mas a resposta não satisfez Villeneuve. Ao contrário, enviou outra carta, dizendo ao líder de Genebra que estava caindo em contradição, que cortava a garganta com a própria espada, ou seja, com seus próprios argumentos. Outra resposta veio, e outra carta foi enviada, e assim por diante. No total, foram trinta. No início, senti que Calvino não estava disposto à polêmica, mas ela foi crescendo, em termos cada vez mais contundentes. Numa das respostas,

Calvino enviou-lhe um exemplar de sua obra, *Institutio Christianae Religionis*, dizendo que não tinha tempo para essa polêmica, e que suas ideias estavam ali contidas. Parece-me que estava incomodado com as cartas sucessivas vindas de Lion. Chegou a escrever a mim, dizendo... Ouça a carta.

Ouvi seus passos e o ruído de uma gaveta sendo aberta. Em seguida, começou a ler trechos da carta que recebera de Genebra:

> Senhor Jean: sobre as últimas cartas que chegaram às minhas mãos, não tenho vontade de responder ao que nelas vem incluído. Desde meu retorno, tenho procurado, sempre que possível, atender vosso pedido, não porque eu tenha alguma esperança de aproveitar qualquer coisa que venha do tal homem, o qual prefiro dispensar, mas por ter esperança de que ele ainda se possa redimir, quem sabe, quando Deus lhe for necessário... Não há lição de que ele mais necessite do que a de humildade... Se esta resposta for a ele satisfatória, fico feliz. Se persistir no mesmo estilo, peço que não perca tempo pedindo que eu trabalhe contra ele, pois não passa de um Satã querendo me distrair de outras leituras mais úteis.

Percebi, pelo ruído de papel, que ele passava a carta às mãos do outro. Géroult exclamou:

— Mas está assinada por um Charles d'Espeville!

— Sim — disse Frellon. — Charles d'Espeville é João Calvino. Homens importantes sempre escrevem sob pseudônimo, para garantir que o destinatário da carta não venha a publicá-las, difundindo suas ideias sem permissão ou censura.

Não pude deixar de pensar quão bizarra era a situação. Dois eruditos trocando cartas, ambos sob falsos nomes. Aparentemente, os dois na sala ao lado não conheciam a verdadeira identidade de Villeneuve, ou seja, Servet. Guéroult pareceu confirmar minha opinião, perguntando ao amigo:

— E Villeneuve?

— Quanto mais polêmica, mais excitado ficava. Tinha ideias reformistas, e se apegava a elas. Provavelmente considerava inútil discuti-las com a Igreja Católica, e não se considerava forte o suficiente para iniciar uma seita. Escolheu João Calvino como uma ponte para difundir suas ideias. Pensava, creio, que Genebra seria um canal precioso para divulgar suas opiniões. Mas na medida em que as via recusadas, tornava-se mais agressivo.

— Como assim?

— Depois de receber a obra de Calvino, desapareceu por um tempo. Mas voltou, devolvendo a obra cheia de anotações nas margens, nas quais corrigia conceitos, discutia, refutava. Pediu-me que enviasse de volta o exemplar, assim, todo corrigido. Eu já estava farto de intermediar a discussão, mas não tive alternativa. O homem é obcecado por suas ideias, e eu temia irritá-lo, pois ele poderia me envolver no assunto, criando-me problemas com a Igreja. Achei que um dia se cansariam, ambos, e que a polêmica morreria por si. Na verdade, acreditei que Calvino poria fim a ela, parando de responder.

Tossiu, e continuou:

— Calvino ficou irritado ao ver sua obra toda rabiscada e corrigida. Mas Villeneuve foi mais longe. Há tempos preparava o livro que seu cunhado Arnoullet veio a publicar, contendo suas ideias de teologia. *Christianismi Restitutio*. Enviou um exemplar a Calvino.

— "A restituição do cristianismo". Vi o título, mas não me ocorreu que poderia ser uma provocação a Calvino, autor de "A instituição da religião cristã".

— Pois é. O texto deve ter causado irritação em Genebra, pois nele foram incluídas as cartas trocadas entre os dois.

— Meu Deus! Bem que eu avisei meu cunhado, tantas vezes, de que publicar um livro desses poderia ser perigoso.

— Você não faz a revisão de todos os livros que seu cunhado edita?

— Faço, mas nesse caso o próprio Villeneuve fez a revisão. Agora que você está me contando, vejo que eu ficaria contente em ler. Você sabe que não gosto de Calvino...

— Sei. Nem você, nem seus amigos em Genebra, do Partido Libertino. Não ia se mudar para lá?

— Todos os meses me convidam. O partido precisa de revisores para seus panfletos. Talvez um dia eu vá ajudá-los.

— Confesso que cheguei a pensar que você estava por trás dessa edição. Por que, então, seu cunhado decidiu correr o risco?

— Havia um bom dinheiro envolvido. Villeneuve pagou pela impressão, e com folga. Arnoullet disse-me que o autor era protegido do arcebispo Palmier, seu médico pessoal, e que morava no palácio episcopal. Teve a ideia de montar uma prensa em Vienne, especialmente para essa edição, longe da arquidiocese de Lion, para contar com a proteção de Palmier no caso de uma tempestade. Risco sério. Agora está preso. E eu, que não li o livro, apenas operei a prensa, estou preocupado. Gosto da ideia de agredir Calvino, mas não quero nada com a Inquisição.

— Se o quisessem também, você não estaria aqui. Lamento pelo seu cunhado, caro Guéroult. Mas a prisão de Villeneuve deixou-me mais tranquilo. Já não aguentava mais essa guerra entre ele e Calvino. Quis o bom Deus que ele fosse preso pelo inquisidor da Igreja Católica, antes que a encrenca aumentasse para o meu lado. Esta prisão nada tem a ver comigo. Enquanto ele atirava em um lado, com minha intermediação, foi atingido pelo outro. Deus cuide dele. Vou descansar. Se procura ajuda para Arnoullet, não é aqui que pode encontrá-la.

— Eu sei... Eu sei... Vim porque não sabia aonde ir, e precisava conversar.

—Venha sempre que quiser. Agora vou ao meu quarto. Estou cansado.

Deixei o balcão rapidamente e fui em direção à porta, que rangeu ao abrir, mas ganhei a rua com velocidade, desaparecendo na primeira esquina. Nunca fiquei sabendo se os dois homens descobriram a espionagem.

Ainda ofegante, cheguei à margem do Rhône e sentei num banco do cais, voltado para o rio, para não ser reconhecido. Mas Frellon e Guéroult estavam assustados demais para se preocuparem comigo. Fiquei ali por um momento, colocando os pensamentos em ordem. O homem que eu procurava, e que supostamente tinha a chave para o funcionamento das câmaras cardíacas, passava o tempo às voltas com polêmicas teológicas. Nunca discutira anatomia com tanto furor, nem com Vesalius, nem com Andernach. Mas estabeleceu uma verdadeira guerra, pelo correio, com João Calvino, de Genebra, sobre religião. Lembrei-me do relato do professor Andernach, sobre a ocasião em que Servet deixou Calvino esperando, em Paris, sem comparecer a um encontro marcado. Mas saberia Calvino, agora, que se tratava da mesma pessoa, Servet e Villeneuve? Pouco provável, pois todas as cartas haviam sido escritas sob pseudônimo.

Compreendi, num relance, por que Realdo Colombo me escolhera para essa missão. Sua alegação havia sido de que eu poderia trafegar em diversos ambientes, pelo fato de ter formação judaica e cristã. Mas, até aquele momento, eu não necessitara andar em ambiente judaico. E parecia que a tarefa não exigiria isso, em nenhuma fase. Agora, porém, tudo ficava claro.

Colombo era um homem bem informado. Assim como sabia da passagem de Villeneuve pela Universidade de Paris, e de sua relação com Vesalius, devia conhecer também sua paixão pela teologia e pela polêmica. Previu que uma pessoa assim estaria sempre no meio de discussões que apaixonavam os eruditos naqueles tempos de reforma religiosa, de heresia e de multiplicação de seitas. Precisava de alguém que pudesse procurar a informação anatômica sem se envolver nas questões relativas aos dogmas cristãos. Alguém que fosse indiferente à discussão teológica cristã e pudesse concentrar a atenção na informação médica. Um judeu. Mas que pudesse frequentar ambiente católico. Nisso estava certa, a raposa de Roma. Eu realmente não compreendia como um médico e anatomista gastava tanto tempo e energia em polêmicas sobre questões como a fé no batismo ou a interpretação da Trindade. Religião, para mim, não era assunto de discussão, mas de fé e aceitação.

Se Servet estava preso pela Inquisição, eu precisava obter a resposta sobre o funcionamento do coração com rapidez; ele poderia ser julgado, condenado e morto. Nesse caso, Colombo não hesitaria em entregar meu mestre a tribunal semelhante. Decidi que estava na hora de começar a me arriscar. Entrar no covil dos leões.

No dia seguinte, o bibliotecário assistente da Biblioteca Papal faria uma visita ao arcebispo Palmier, no palácio episcopal, em Vienne.

XI

TEMOS ALGO EM COMUM

O dia 5 de abril me encontrou desperto, bem cedo. Depois de pagar pela estadia na péssima hospedaria de Lion, fui direto ao cais. Por sorte, um barco de pesca se dirigia a Vienne e seguia vazio, pois o dono era pescador naquela vila e retornava do mercado de Lion, onde fizera boa venda. O vento era favorável e, navegando a favor da correnteza, a viagem não demorou mais que três horas. Cheguei ao cais de Vienne pouco depois das oito. Era uma pequena vila, também conhecida como *Vienne do Delfinado*, para evitar confusão com sua homônima da Áustria. O Delfinado era um estado francês, assim chamado porque seus antigos governantes se chamavam *delfins*, título que depois passou a ser usado para designar o primogênito do rei da França.

O palácio episcopal ficava anexo à catedral, e chamava a atenção pela porta, uma imponente peça de madeira entalhada. Estava aberta e era guardada por dois homens. O porteiro, ouvindo a expressão *Biblioteca Papal*, deixou que eu entrasse, mais pelo *Papal* do que pela *Biblioteca*, instalando-me em uma das antessalas do escritório do arcebispo. Confesso que fiquei surpreso com a recepção. Meu coração batia acelerado, com seus dois ventrículos, qualquer que fosse a função específica de cada um naquele enigma anatômico. Estava mergulhando no núcleo da Igreja Católica, num arcebispado de província, é verdade, mas numa profundidade onde até então nunca nadara.

O arcebispo Palmier, no entanto, estava mais apreensivo ainda. Ter um de seus protegidos preso pela Inquisição, alguém que vivia em sua casa, seu médico particular, era suficiente para deixá-lo apavorado. Por suposto, faria o papel de surpreso, nunca tendo sequer imaginado que tais fatos aconteciam sob seu teto, e assim por diante. Mas o risco de ser envolvido era real. Não havia tempo de recorrer a qualquer amigo em Roma. O bibliotecário assistente era, naquele momento, o elo mais próximo da Santa Sé. Afinal, a carta de apresentação que eu ostentava dizia claramente: *receber com hospitalidade, atender em todo o possível, pois viaja por delegação expressa de Sua Santidade*. Alguém que pesquisava documentos para o papa podia ter grande influência ao relatar, em Roma, os fatos que houvesse presenciado, acrescidos de sua interpretação. Para ele, eu havia chegado em um momento crítico, mas providencial: recebia a visita de Tournon, cardeal de Lion e governador da província, que se fazia acompanhar de Matthieu Ory, inquisidor geral da França. Era a hora de mostrar força, e Palmier soube aproveitá-la. Em vez de fazer-me esperar numa antessala até que terminasse a incômoda visita, preferiu aumentar ao máximo a importância da minha presença ali, mesmo que não fizesse a menor ideia de como ou por que um emissário do papa viria a Vienne naquele dia. Tendo nas mãos a carta de apresentação que o porteiro passara, pelas mãos de um noviço, sorriu e anunciou aos visitantes que, antes de iniciar a conversa, precisava receber alguém cuja visita havia sido anunciada com muita ênfase nos meses anteriores. Fez com que eu entrasse, recebeu-me como se fosse um velho conhecido, e apresentou-me os outros dois:

— Frei Ibericus! Sua visita é esperada e anunciada. Muito nos honra receber alguém que tem a nobilíssima função de coletar documentos para Sua Santidade, e que desfruta da Sua Santíssima companhia. Hoje recebo também a visita de Sua Eminência, o cardeal Tournon, e de Monsenhor Ory, inquisidor geral da França. Permita-me apresentá-los...

Senti um frio tão grande na espinha que demorei a assimilar a saudação. Frei! Aquilo estava indo longe demais. A carta de apresentação não dizia que eu fosse, ou não fosse, clérigo. Ele a dobrou rapidamente, devolvendo-a imediatamente a mim e mantendo o blefe. Os outros dois fizeram uma levíssima flexão da cabeça, parecendo um tanto confusos com a situação. Mas procuraram não demonstrar qualquer surpresa ou preocupação. Estavam em pé, lado a lado e junto ao arcebispo, o que fazia crer que haviam acabado de chegar. Minhas mãos estavam geladas e a garganta completamente seca.

O cardeal Tournon era um homem alto e magro, vestido com a tradicional túnica e barrete vermelhos; a barba, branca e longa, dividia-se em dois cachos abaixo do queixo, como se ele a alisasse ora de um lado, ora de outro; devia ter mais de sessenta anos, e um olhar doce por cima de um nariz fino ocultava seu poder e sua determinação. Matthieu Ory, o inquisidor geral, estava a seu lado direito. Procurei não olhar para ele, para não denunciar o pavor. A única coisa em que conseguia pensar era no perigo de começarem a discutir teologia católica comigo, já que eu não conhecia mais do que os ritos básicos. O instinto me levava a fugir de qualquer conversa com aqueles homens. Uma vez que o arcebispo havia se dirigido a mim em francês, procurei me esquivar da forma mais simples, mentindo. Respondi em latim:

– Desculpe, Senhor Arcebispo. Não compreendo o francês.

Ele sorriu, e repetiu em latim a saudação e a apresentação. Desta vez fui eu quem fez uma leve mesura com a cabeça.

O inquisidor geral, a essa altura já um pouco incomodado com a interrupção da visita, dirigiu-se ao arcebispo em francês, como se não fizesse nenhuma diferença minha participação naquele evento:

— Podemos tratar do assunto, arcebispo?

Palmier concordou, resignado. Voltando a mim, em latim, explicou que tinha alguns assuntos a discutir com Sua Eminência. Acrescentou que estaria comigo assim que possível, e ofereceu-me uma cadeira junto a uma pequena escrivaninha, no canto oposto da sala, para que esperasse. Percebi, pelos olhares, que os outros dois não gostaram desse oferecimento, pois desejavam apenas que eu desaparecesse. Mas, acredito, consideraram que não valeria a pena expulsar um emissário papal, o qual, aliás, não poderia compreender o que ali seria dito. Sentei-me no local designado e, graças à mentirosa ocultação do meu conhecimento de francês, pude ouvir tudo o que disseram, sempre mantendo os olhos cerrados e a cabeça baixa, simulando uma posição de oração. Tournon foi o primeiro a falar, dirigindo-se a Palmier:

— Sabemos que é seu protegido. Sabemos que vive em seu palácio, e que é seu médico pessoal. Mas as acusações contra ele são graves. Escreve e prega contra os dogmas da Santa Madre Igreja.

— Herético! — acrescentou Ory, com um brado. Levantei os olhos com cuidado e tive a coragem de olhar a face do inquisidor, de longe. Era calvo, com uma barba escura e rala, e seus lábios pareciam tremer como se contivesse, com muito esforço, a raiva.

— Nunca imaginei... — começou Palmier, em tom de desolação. — Chegou a Vienne como médico e erudito... Bom médico, e muito erudito. Fala muitas línguas. Colaborou com os impressores de Lion para a revisão da Geografia de Ptolomeu... Nunca soube de qualquer texto herético, estou surpreso. Vossa Eminência tem certeza de que ele escreveu contra nossos dogmas? Posso perguntar quais são as provas, e de onde vieram? Ao menos poderei saber como estas coisas se operam, dentro da minha casa, para evitar que se repitam...

O cardeal Tournon voltou o olhar para o inquisidor, com uma expressão interrogativa, como se pedisse permissão para atender ao pedido do arcebispo. Ory fez um leve aceno com a cabeça, num consentimento impaciente. O outro voltou-se para Palmier, e começou:

—Vive em Lion um homem temente a Deus e respeitoso das tradições, chamado Arneys. Antoine Arneys. Católico fervoroso, teve a desdita de ver um de seus primos abandonar nossa Igreja, seduzido pelo discurso protestante. Este, de tão influenciado pelo demônio, mudou-se para Genebra a fim de se juntar à seita de João Calvino.

A menção do nome de Calvino aumentou minha curiosidade, a ponto de quase aliviar a sensação de perigo. Todas as vezes em que alguém falava o nome de Villeneuve, ou Servet, aparecia também o do líder de Genebra, como se ambos fossem parte da mesma história. Perguntava a mim mesmo se o cardeal e o inquisidor conheciam a dupla identidade do prisioneiro.

Tournon continuou:

— Nosso bom Arneys mantém correspondência com o primo, regularmente, pois se empenha em convencê-lo a retornar à verdadeira fé. E o primo, por sua vez, lhe escreve com frequência. Quis o Senhor que algumas dessas cartas, vindas de Genebra, nos fossem trazidas pelo bom católico. Para que não fique dúvida sobre o nível de heresia praticado por seu protegido, Monsenhor Ory traz uma destas cartas, e assim você pode conhecer o conteúdo.

Dizendo isso, acenou para o outro, a fim de que mostrasse a prova. Matthieu Ory retirou-a de dentro da capa, desdobrando o papel com as mãos trêmulas. Mas o inquisidor era zeloso demais com suas evidências para passá-las às mãos de quem quer que fosse. Guardava cada prova como se fosse um pedaço do lenho sagrado. Assim, não estendeu a carta a Palmier, mas começou a lê-la ele mesmo. Talvez pretendesse colocar sua própria ênfase na leitura, a fim de poder melhor avaliar a reação do arcebispo a cada frase. E começou:

Meu primo. Dou graças efusivamente pelas belas exortações que me fizestes, e não duvido de que procedeis amigavelmente quando vos empenhais em me fazer retornar ao lugar de onde saí. Ainda que eu não seja um homem versado em letras, como vós, continuarei respondendo os pontos fundamentais das vossas alegações...

Parou a leitura por um momento, dizendo:

– Seguem várias opiniões sobre a fé cristã, levando a acreditar que o cordeiro não se desgarrou completamente do rebanho. Mas, no final, está o que interessa:

Quanto à doutrina, e no que concerne à religião, ainda que aqui exista mais liberdade do que entre vós, não se permite, assim mesmo, que o nome de Deus seja blasfemado, e que se difundam doutrinas e opiniões erradas sem que haja repressão. E vou dar um exemplo, que pode confundir-vos, mas que é necessário. Ganhou amparo entre vós um herege, que merece ser queimado onde for encontrado. Quando digo herege, falo de um homem que seria condenado tanto pelos católicos quanto por nós, protestantes. Ou, ao menos, deveria sê-lo. Porque, ainda que sejamos diferentes em muitas coisas, temos algo em comum: que em uma só essência de Deus há três pessoas, e que o Pai gerou o Filho, que é sua sabedoria eterna, e que possui sua virtude eterna, o Espírito Santo. Portanto, quando um homem diz que a nossa Trindade é um Cérbero e um monstro do inferno, e lança pela sua garganta todas as vilezas que contrariam as Escrituras, que lugar merece?

Ory levantou os olhos do papel até o rosto pálido de Palmier, como se estivesse antecipando o impacto do que viria, e prosseguiu a leitura:

O homem do qual vos falo foi condenado por todas as igrejas que vós reprovais. Entretanto, é tolerado entre vós, a ponto de poder imprimir seus livros, que estão cheios de blasfêmias. Trata-se de um espanhol chamado Miguel Servet, mas que se faz chamar atualmente por Michel de Villeneuve, médico. Viveu algum tempo em Lion, mas atualmente está em Vienne, onde o livro a que me refiro foi impresso, na prensa de um tal Batlhasar Arnoullet. E, a fim de que não creias que invento, envio o primeiro caderno como prova. Finalizando a presente, rogo a Deus que vos dê orelhas para escutar e coração para obedecer. Enquanto Ele nos tiver em suas boas graças, a vós e a este vosso primo fraterno.

Guillaume de Trie.

Afundei o rosto nas palmas das mãos, confuso. Como poderia um caderno de um livro, impresso secretamente em Vienne, chegar às mãos do cardeal de Lion, enviado a partir de Genebra, por um discípulo de Calvino? Lembrei-me do livreiro Frellon, quando disse que Servet havia enviado a Genebra um exemplar do *Christianismi Restitutio*. Então o próprio Calvino estava por trás da carta enviada por um primo a outro. Caso contrário, como poderia uma parte do livro acompanhar a carta? Era provável que ela nem houvesse sido escrita pelo tal De Trie, mas sim pela pena de João Calvino.

E eu, que via as disputas religiosas entre os cristãos como uma luta de facções rivais, acabava de testemunhar um ato de colaboração entre um lado e outro da guerra religiosa. O protestante, depois de haver acusado a Igreja Católica de todos os tipos de pecado, e de ter sido por ela considerado herege, enviava provas para acusação de outro herege àqueles que costumava atacar. Que tempo confuso! E que tipo de homem era Miguel Servet, para conseguir irritar os dois lados do cristianismo dividido? Estava claro que Calvino sabia detalhes sobre a impressão, além de conhecer sua dupla identidade, que agora conheciam também Tournon, Ory e Palmier. Porém, o livro não havia sido divulgado. E, ao que parecia, Servet não era um pregador, como dizia a carta de De Trie. Então, que perigo oferecia, além daquele de irritar um líder protestante? Não seria suficiente, simplesmente, impedir a divulgação do livro? Era necessário prendê-lo? Seria condenado pela Inquisição por ser unitário, ou por ser irritante?

O arcebispo Palmier deixou o corpo cair, exausto, em uma cadeira, enquanto os outros continuavam em pé. Limpou o suor do rosto com um lenço, e disse com voz fraca:

– Eu nunca poderia imaginar. Vossa Eminência tem meu apoio, assim como Monsenhor Ory. O que for necessário será feito.

– Sabíamos que você compreenderia – disse o cardeal. – Por isso viemos. Agora, deixe que a Santa Inquisição tome conta deste assunto. Pretendemos interrogar o prisioneiro ainda hoje.

Saíram, sem esperar que alguém os acompanhasse. Passaram por mim como se eu não existisse. Da porta, voltaram-se para o arcebispo afundado na cadeira, e saudaram-no:

– O Senhor esteja convosco. – Esta saudação veio em latim, e também a resposta. Pensei se deveria eu, também, responder, já que voltavam propositadamente à língua que poderia compreender. Mas fiquei calado.

Palmier ficou alguns instantes sentado, quieto. Depois, voltou-se para mim fazendo um aceno para que me aproximasse. Ofereceu-me uma cadeira, que aceitei. Com a voz cansada e baixa, pediu desculpas por estar numa situação delicada, a qual não permitia que me recebesse com a devida atenção.

Perguntei se havia algo em que pudesse ajudar. Era o que ele esperava. Começou a relatar, em latim, o que acabara de ouvir; suprimiu, porém, o detalhe de que as primeiras páginas do livro haviam sido enviadas com a carta. Ao final, acrescentou:

— Deus é testemunha de que eu jamais tive conhecimento de qualquer dessas coisas...

— Sim, Excelência. E, na Terra, sou também testemunha — acrescentei, para ganhar sua confiança.

Causei o efeito desejado. Ele sorriu, aparentemente mais calmo. Inclinou-se na minha direção, pousou a mão sobre meu joelho e disse:

— E em que posso ajudar a Biblioteca Papal, irmão?

Decidi avançar:

— A esta altura não sei se é possível, Excelência. Vim a Vienne em busca de textos sobre anatomia. Por enorme coincidência, o primeiro homem que eu desejava abordar era *monsieur* de Villeneuve.

— Servet, irmão. Miguel Servet.

— Sim. Parece que ele detém textos e informações importantes sobre a anatomia do coração, muito desejados pelo bibliotecário-chefe. Mas eu, como Vossa Excelência, não fazia ideia de que fosse um herege. Por Cristo! Qualquer conhecimento anatômico que tenha será perdido, se for condenado pela Santa Inquisição. Mas nada podemos fazer. A Biblioteca Papal pode ficar sem tais conhecimentos, desde que seja para o bem e a preservação da fé.

O arcebispo ficou quieto, pensativo. Achei que podia tentar algo mais:

— A não ser que... Talvez...

— Diga, irmão.

— Se eu puder assistir ao interrogatório e sugerir algumas perguntas... Talvez possa descobrir o que procuro. Depois, que Servet tenha o destino escrito por Deus.

— Isso não será possível, infelizmente. Do interrogatório só participam as autoridades da Inquisição, as locais, e eventuais testemunhas. E Monsenhor Ory tem enorme experiência nesses assuntos. Não aceitaria qualquer sugestão. A anatomia só fará parte desse interrogatório se ele decidir, por si.

– Mesmo assim, se eu puder, depois, ter acesso aos autos do interrogatório... – tentei.

– Isso é possível. Sendo enviado da biblioteca da Santa Sé, sem dúvida. Basta visitar-me no dia seguinte ao da inquisição. Posso até mesmo permitir que tome notas – baixou um pouco o tom de voz –, se o irmão acrescentar a essas notas sua convicção de que o arcebispo Palmier foi iludido nessa história, na melhor fé cristã.

– Decerto. Estou absolutamente convencido disso. Agora, se Vossa Excelência permite, vou procurar uma estalagem onde possa me hospedar em Vienne até o fim desse processo.

– De maneira alguma, frei Ibericus. Será meu convidado no palácio episcopal.

Não gostei da ideia. Pernoitar no meio do furacão... Preferia o território neutro de uma estalagem. Mas não encontrei uma boa desculpa para recusar. Além disso, pensei que, uma vez mergulhado, iria até o fundo. Aceitei. Ele fez menção de se levantar, mas interrompi, pois havia algo mais que precisava saber:

– Desculpe minha insistência, mas... Ao ser preso, Servet não teve seus aposentos revistados? Talvez ali se encontrassem textos sobre anatomia, que pudessem servir à Biblioteca Pontifícia.

– Não foi preso em seus aposentos, mas enquanto visitava uma paciente, a filha do conhecido *monsieur* de Maugiron, lugar-tenente do rei no Delfinado. Na verdade, alguns dias antes de prendê-lo já haviam revistado seus aposentos, sem nada encontrar. Achei que esse pesadelo havia terminado então, mas essas cartas vindas de Genebra ressuscitaram o caso.

– Nada encontraram? Nem os textos hereges? Cartas, nada?
– Nada.
– Como é possível?

— Provavelmente foi avisado antes.
— Por quem?
— Não sei. Não faço ideia — o arcebispo assumiu um tom defensivo. — Ele tem muitos amigos. É um médico dedicado, a despeito da heresia. Seus pacientes o querem bem, principalmente *monsieur* de Maugiron.

Eu estava aprendendo que, naquele tempo, as pessoas eram mestras em passar informações sem afirmar, ou, melhor, sem que se pudesse dizer que haviam afirmado. O arcebispo estava me informando que Servet tinha um grande amigo na pessoa do lugar-tenente do rei. Um amigo que o havia livrado, por um aviso, de ter suas obras encontradas numa revista a seus aposentos. Não consegui imaginar, naquele dia, por que me passava tal informação. Só muito tempo depois fiquei sabendo o quanto ele estava assustado: Palmier havia frequentado o curso sobre astrologia, ministrado por Servet em Paris, muitos anos antes. Conhecera desde sempre sua verdadeira identidade e temia que isso fosse revelado durante o interrogatório. Tudo o que o arcebispo desejava era que o pesadelo acabasse. Por isso, antes de mandar que me mostrassem os aposentos, acrescentou mais uma mensagem cifrada:

— Temo que um de seus pacientes e amigos tente resgatá-lo na prisão. O palácio Delfinal não é muito bem guardado. Servet é um fidalgo, apesar de tudo, e terá certas regalias no cárcere, como ter um criado e poder andar pelo jardim interno...

Eram muitas informações ao mesmo tempo. Eu precisava de um pouco de solidão para assimilar tudo aquilo. Pedi que me mostrasse os aposentos. Ele chamou um noviço, a quem fez todas as recomendações de boa hospedagem, e deixei a sala seguindo o jovem. Este me conduziu por corredores e arcadas até um cômodo amplo e bem arrumado, com uma cama enorme. Ser hóspede da Igreja, pensei, era melhor do que estar na melhor das estalagens. Ofereceu-se para mostrar o caminho até a sala de refeições, se eu estivesse com fome. Estava, mas disse que preferia ficar um pouco sozinho naquele momento, para rezar.

Pensei em escrever secretamente a Juan Valverde, dando a tarefa como terminada e fracassada. O homem estava preso, eu não teria acesso a ele, e nenhum texto tinha sido recuperado, exceto parte de um livro de teologia pretendendo restituir o cristianismo. Nada de informações sobre o coração. Era quase certo que nenhum conhecimento de anatomia viria do interrogatório. Afinal, a Inquisição não se interessava por ventrículos.

Mas ainda havia uma possibilidade de ver Miguel Servet pessoalmente. Perigosa, mas possível. Eu mesmo não acreditava no que estava pensando, mas a ideia me veio subitamente. Não percebi, de imediato, que já não se tratava apenas de conseguir informações para Realdo Colombo e preservar meu mestre e sua imagem. Isso era o mais importante, sem dúvida. Mas eu já começava a ficar curioso, ou mesmo determinado, a conhecer o funcionamento das câmaras cardíacas. Quando se persegue algo com muito afinco, nasce uma discreta obsessão pelo objeto da procura. Hoje sei que, naquele dia, meu espírito já não descansaria sem conhecer Miguel Servet.

Meia hora depois fui à sala de refeições. Comi rapidamente, decidido a visitar *monsieur* de Maugiron, lugar-tenente do rei no Delfinado, naquela mesma tarde.

XII

FALAR SEM DIZER

Deixei no palácio episcopal a carta de apresentação da Biblioteca Papal. De nada me serviria naquela visita. Toquei o sino da residência do lugar-tenente do rei com expressão de estudante de medicina.

O criado conduziu-me a uma sala com pouca mobília, logo acima da escadaria que saía do pátio interno. Ali fiquei por mais de uma hora e meia. Eu tinha dito que precisava ver *monsieur* de Maugiron para assunto relacionado à medicina, esperando que isso ligasse minha visita ao episódio da prisão de Servet, já que este era seu médico. O artifício deve ter tido pouco efeito, mas algum, visto que o lugar-tenente concedeu me receber depois dessa longa espera.

Era um homem forte, de feições um pouco rudes, mas trajado como um fidalgo. No início pareceu entediado por receber um estudante, mas seus olhos foram adquirindo uma expressão de curiosidade à medida que eu falava.

– Sou aluno do professor Guenther de Andernach em Estrasburgo – comecei – e fui por ele encarregado de estudar a circulação do sangue.

Maugiron escutava sem prestar atenção.

– Segundo o professor Andernach, o médico que mais conhece esse assunto é um antigo aluno seu, na Faculdade de Medicina de Paris, chamado Michel de Villeneuve.

Foi nesse momento que seus olhos mostraram algum brilho. Fez um aceno para que os criados saíssem, e ficou imóvel, olhando para mim, como se me esperasse dizer a que vinha. E eu disse:

– Ao chegar a Vienne, porém, soube que *monsieur* de Villeneuve está preso, sob a acusação de heresia. – Eu evitava o nome verdadeiro de Servet, porque não sabia o quanto era conhecido do lugar-tenente.

Maugiron continuou atento, com uma expressão de "e o que tenho com isso?".

– Sou um homem de fé, senhor lugar-tenente, mas não muito versado em teologia. Não cabe a mim discutir as razões da Santa Inquisição. Ela deve ter seus motivos, embora eu não os alcance. Mas, neste caso, o homem acusado de heresia é um médico que detém conhecimento muito importante para o estudo da anatomia. Seria lamentável se esse conhecimento se perdesse, caso ele seja...

– E o que quer de mim, senhor? – interrompeu Maugiron.

– Como disse, assuntos da Inquisição não nos dizem respeito.

– Pensei que Vossa Excelência talvez pudesse, na condição de representante de Sua Majestade no Delfinado...

Ele esperou, calado, que eu continuasse:

– Obter uma permissão para que eu o visite na prisão. É muito importante que o veja. Como disse, meus assuntos não são teológicos, e sim anatômicos. Mas são fundamentais para a Escola de Estrasburgo.

O homem permaneceu calado por um momento. Olhava-me de alto a baixo, tentando decifrar o enigma da minha presença ali, naquele dia, naquela circunstância. Depois começou, pausadamente:

– Impossível, senhor...
– Ibericus.

— Senhor Ibericus. Sua Majestade não se intromete nos assuntos da Igreja, mesmo que se trate de um grande médico como *monsieur* de Villeneuve.

A expressão "grande médico" parecia oferecer uma abertura. Tentei:

— Sim. Por onde ando, ouço as pessoas falarem bem dele e da sua medicina. Assim foi em Charlieu, em Lion, e aqui em Vienne. Mas parece que se perdeu em discussões teológicas... Agora está preso e, se condenado, ficarei sem poder conhecê-lo e aproveitar seus ensinamentos de anatomia. É triste...

— Sim. Mas tal é o destino. Se permanecer preso, o senhor terá que procurar conhecimento em outro lugar.

— Se permanecer preso, senhor lugar-tenente? Parece-me que desse cárcere, com as acusações que lhe fazem, não sairá vivo.

Maugiron continuou sua sondagem cuidadosa:

— Não. Se não conseguir escapar, será morto.

— E é possível escapar da prisão do palácio Delfinal?

— Tudo é possível, meu jovem senhor. Um médico tem muitos pacientes devotados, alguns deles bastante pobres. Acredito que o próprio carcereiro seja seu paciente. Mas isso não é assunto meu. Como disse, Sua Majestade não interfere nessa matéria. Se escapar será por sua própria conta, sem o auxílio da coroa da França. E, neste momento, não acredito que *monsieur* Villeneuve tenha dinheiro suficiente para isso.

— Dinheiro?

— Claro. Por mais que seja agradecido a seu médico, nenhum carcereiro correria esse risco por menos de duzentas libras. E não há ninguém que deseje libertá-lo a ponto de despender tal quantia.

Duzentas libras, pensei. Muito mais do que eu dispunha. Mas decidi ver que rumo a conversa tomaria. Àquela altura, eu também estava aprendendo a arte de falar sem dizer.

– Eu não faria isso, jamais. Embora precise muito ter com ele, e aprender o que sabe sobre nosso nobre ofício. Respeito a Santa Inquisição. E, mesmo que quisesse soltá-lo, não tenho essa quantia.

– Eu tenho, mas não desejo interferir. Deixemos que a Igreja faça seu trabalho.

– Sim – respondi –, ela sabe o que faz, em nome de Deus. Se Ele quiser que *monsieur* de Villeneuve seja libertado, encontrará um caminho, em sua onipotência. Quem sou eu para interferir? Nem sequer conheço o carcereiro...

– Um homem fácil de encontrar. Mas isso não me diz respeito, como já afirmei, e nem a Sua Majestade. Se me permite, tenho outros assuntos a tratar.

– Claro, senhor. Peço perdão pelo tempo que lhe tomei.

– Foi um prazer. Chamarei um criado para acompanhá-lo até a saída. Antes, porém, permita-me compensar sua visita. Tenho algo que talvez lhe possa interessar. Por favor, aguarde.

E, dizendo isso, saiu da sala. Fiquei só, e apavorado, por alguns minutos; não estava certo de que o representante do rei fosse alheio ao processo da Inquisição, pois disso eu entendia muito pouco. E a conversa havia tomado um rumo, no que não foi dito, bastante perigoso. Mas ele voltou como saíra, apenas trazendo uma bolsa.

– *Monsieur* de Villeneuve presenteou-me, uma vez, com um livro de sua autoria sobre xaropes. Não me serve, pois não sou médico. Guardei-o por cortesia. Mas acredito que sirva ao senhor, já que estuda medicina. Está dentro desta bolsa. Fique com ele.

– Já conheço, senhor, o tex...

– Fique com ele! – o homem empurrava a bolsa contra meu peito, empurrando-me também. Parecia não aceitar negativas. Peguei o presente, assustado. Ele se afastou um passo e, olhando-me bem nos olhos, disse em voz firme:

– Não quero o texto de um herege em minha casa, mesmo que seja um inocente tratado sobre xaropes. Guarde-o, se quiser, ou dê a ele o fim que desejar. Mas nunca revele que o recebeu como presente meu. Se o senhor vier a comprometer minha posição por conta desta dádiva, saiba que terá a cabeça cortada. Não pela Inquisição, mas pelo reino da França.

Sem que eu tivesse tempo de dizer algo, chamou um criado e ordenou que me mostrasse a saída. Deixamos a sala ao mesmo tempo, ele por uma porta interna e eu para o pátio. Ganhando a rua, apressei-me a tomar a maior distância possível do lugar.

A bolsa pesava. Quando cheguei à beira do rio, minha única preocupação era livrar-me dela. Também não queria a posse do livro, por mais inocente que fosse. Não retornaria ao palácio Episcopal com aquele presente. Procurei um local sossegado, no cais, assegurei-me de que ninguém passava, abri a bolsa, tirei o livro e lancei-o nas águas do Rhône. O papel foi-se embebendo aos poucos, até afundar. Quando ia jogar também a bolsa, percebi que ainda estava pesada. Havia algo mais dentro dela. Enfiei a mão e senti as moedas.

Duzentas libras de Tours.

Passei a alça da bolsa sobre a cabeça e parti, calmo, rumo ao palácio Delfinal.

A praça do palácio era o local mais movimentado da cidade. No centro ficava o templo de Augusto, um impressionante legado do império romano, construído sobre um patamar de pedra acima do qual as colunas se erguiam majestosas, obrigando o visitante a levantar o olhar para vê-las, experimentando uma sensação de pequenez. O palácio era uma construção que, em outro lugar, poderia parecer importante, mas frente ao templo romano ficava ofuscado, com seu muro alto, feito de pedras menores, e pequenas portas de madeira às quais se chegava subindo escadarias guardadas por homens armados. Quase em frente havia uma taverna, cuja entrada ficava um pouco abaixo do nível da rua, sendo preciso descer quatro degraus para chegar à porta.

O sino da catedral de Saint-Maurice já dava o toque do ângelus, e eu estava cansado daquele dia atribulado. Minha cabeça doía um pouco. Entrei na taverna e escolhi uma mesa bem no centro, de onde poderia ouvir o que se falava em qualquer outra. Pedi vinho, embora não estivesse disposto a tomá-lo; ninguém passa despercebido numa taverna sem um copo de vinho à sua frente.

Fiquei ali por mais de uma hora. A cabeça doía cada vez mais. Gente entrava e saía. Um grupo de homens permanecia, numa das mesas próximas; bebiam, falavam. O assunto era trivial: bravatas, piadas, um ou outro galanteio grosseiro à jovem que servia o vinho, todos por ela ignorados. Pedi mais um copo, e mais outro. Não seria prudente ficar com o mesmo, sem beber, todo aquele tempo.

Exatamente quando pensava se pediria ou não algo para comer, um homem que entrava foi saudado efusivamente pelo grupo:

– Aí vem o dono do palácio! – exclamou um deles.
– Dono da bosta que sai do palácio... – respondeu o que entrava.
– Mas agora está importante – disse o primeiro –, já que guarda o médico do arcebispo.

Percebi que a dor de cabeça, o cansaço, o vinho, tudo seria compensado. A sorte segue a coragem. O carcereiro sentou-se à mesa com os demais, pediu um copo e fez seu galanteio à jovem serviçal. Parecia cansado e disposto a relaxar. Foi logo dizendo que a prisão do palácio não era assunto que interessasse a ninguém ali, e que ele lamentava pelo prisioneiro, bom médico, mas que isso não era de sua conta. Fazia seu trabalho. Em seguida, mudou de assunto, falando do tempo, das mulheres da vila, de tudo o que fosse alheio ao palácio. Ficou ali cerca de uma hora, bebendo. Depois se levantou, parecendo um pouco tonto, disse a todos que ia para casa antes que a mulher saísse a procurá-lo e saiu sem pagar, como se isso fosse habitual. Deixei sobre a mesa dinheiro suficiente para a minha despesa e, discretamente, saí atrás dele.

Segui seus passos a alguma distância, enquanto ele caminhava na direção do cais. Chegando à margem do rio, passou a caminhar na direção sul, indo em direção às barcas vazias que os mercadores deixaram preparadas para os embarques do dia seguinte. Não havia mais ninguém, ali, àquela hora. Apertei o passo, aproximando-me. Quando percebeu minha presença, parou e voltou-se, enfiando a mão sob a capa, provavelmente à procura da faca.

– Espere, senhor! – pedi. – Não lhe quero fazer mal.

Ele ficou parado.

– Sou amigo de *monsieur* de Villeneuve – continuei.

O homem ainda parecia assustado. Mas deve ter percebido que eu também estava, pois tirou a mão de dentro da capa e se aproximou da mureta do cais, encostando-se nela.

– Você não é da cidade. O que quer?

– Justiça – respondi. – Venho em nome de todos os pacientes que ele curou em Charlieu e em Lion. Queremos vê-lo livre da prisão, para que possa continuar praticando a medicina em outro lugar.

– Não sei quem é, senhor, mas parece que não conhece bem a situação. *Monsieur* de Villeneuve é acusado de heresia pelo inquisidor da França, um homem poderoso. Não mexa com essa gente. Deixe que eu siga meu caminho.

Virou-se, já reiniciando a caminhada, mas voltei a chamá-lo:
— Espere. Há outros homens poderosos em Vienne.
Ele parou. Antes que voltasse a andar, continuei:
— *Monsieur* de Villeneuve tem muitos clientes poderosos. Há muitos interessados em tirá-lo da prisão. Se o senhor puder ajudar, será bem recompensado.

O carcereiro começava a ficar interessado.
— Que tipo de recompensa, senhor? Sabe que auxiliar a fuga de um herege pode custar-me a vida?
— Sim, mas posso garantir que o senhor não será molestado, desde que não deixe que percebam sua participação. Basta que esqueça uma porta aberta, por descuido... E estamos dispostos a recompensá-lo com cento e cinquenta libras de Tours.

Ele ficou calado. Provavelmente nunca havia visto tal quantia de uma só vez. Deixei que refletisse um pouco. Depois de alguns instantes, respondeu:
— Não tenho como fazer isso. Sou o responsável pela guarda do prisioneiro. Tenho família para cuidar. Passe bem, senhor.

E assim dizendo, afastou-se, deixando-me parado no meio do cais. Já tinha passado pela última barca quando se voltou:
— Encontre-me aqui amanhã, nesta mesma hora. Vou pensar em algo. Mas não conte com promessas.

E desapareceu na margem do Rhône.

XIII

A CHAVE DO JARDIM

O s pássaros, procurando as migalhas restantes do desjejum no palácio Episcopal, acordaram-me pela manhã. A cama macia e a exaustão do dia anterior me haviam feito dormir profundamente, e despertei descansado. Passei pela sala de refeições para um rápido pedaço de pão com um pouco de leite de cabra e fui à capela, certo de que ali encontraria o arcebispo.

No começo da noite anterior, enquanto eu me dedicava à tarefa de subornar um funcionário de Sua Majestade o rei da França, Miguel Servet havia sido interrogado no palácio Delfinal. O arcebispo Palmier declinara do direito de estar presente, para evitar constrangimento, fazendo-se representar por seu vigário-geral. Este conseguiu, não sei a que pretexto, trazer ao arcebispo o relatório do escrivão.

Palmier estava, de fato, na capela. Passava ali a maior parte do tempo desde a prisão de seu protegido. Naquela hora já havia lido o relato do interrogatório. Esperei que saísse por um momento e cumprimentei-o amavelmente. Não precisei lembrá-lo da promessa que fizera; ele mesmo se dispôs a dar-me acesso ao documento, pedindo que o acompanhasse até seu escritório. Ali, o texto repousava sobre a mesa. Ofereceu-me uma cadeira e saiu.

O relatório era relativamente curto. Comecei a ler com avidez:

No quinto dia do mês de abril do ano de mil quinhentos e cinquenta e três, nós, Frei Mathieu Ory, Doutor em Teologia, Penitenciário da Santa Sé Apostólica, Inquisidor-Geral da Fé no Reino da França e de todas as Gálias, Louis Arzelier, Doutor em Direito e Vigário-Geral do Reverendíssimo Senhor Monsenhor Pierre Palmier, Arcebispo de Vienne, e Antoine de la Court, Senhor do Castelo de Buys, Doutor em Direito, Vice-Procurador e Lugar-Tenente Geral na Procuradoria de Vienne, nos fizemos transportar à prisão do Palácio Delfinal em Vienne e até a sala criminal do local, e fizemos vir à nossa presença o Senhor Michel de Villeneuve, médico juramentado, feito prisioneiro por nossa ordem na prisão do dito Palácio Delfinal, e o interrogamos conforme segue:

Informamos o prisioneiro de que havíamos encontrado qualquer coisa que o incriminava e que, por dever de ofício, deveríamos interrogá-lo e ele nos responder, o que prometeu fazer. Depois de jurar sobre o Evangelho dizer a verdade, perguntamos seu nome. Disse chamar-se Michel de Villeneuve, Doutor em Medicina, ter cerca de quarenta anos, nascido no Reino de Navarra, que é uma cidade sob a obediência do Imperador, e que nos últimos doze anos, aproximadamente, viveu em Vienne. Interrogado sobre se havia feito imprimir algum livro, respondeu que, em Paris, fizera imprimir um livro intitulado *Razão Universal dos Xaropes ao Juízo de Galeno*, e também um pequeno livro sobre astrologia e uma apologia, além de anotações na Geografia de Ptolomeu. Disse não haver feito imprimir qualquer outro livro por ele escrito, mas confessou haver corrigido vários, sem, no entanto, haver adicionado qualquer coisa sua.

Servet omitiu os comentários que havia escrito na Bíblia de Pagnini. Fiquei pensando se fora esquecimento, ou deliberada omissão. Continuei a leitura:

Em seguida mostramos-lhe duas folhas de papel, impressas dos dois lados, contendo algumas notas nas margens, escritas à mão, ressaltando que havia nessas notas algo que escandalizava. Respondeu ele que não podia assegurar que as notas fossem de seu punho, pois haviam sido escritas há muito tempo, mas, depois de vê-las mais de perto, disse achar que as havia escrito, e que se elas fossem contra a fé, se submeteria às determinações da Santa Madre Igreja, a qual nunca desejou nem desejava abandonar. E que, se alguma coisa havia escrito, o fizera levianamente, por desejo de argumentar e sem muito pensar. Que, se houvesse qualquer outra coisa por ele escrita, que representasse má doutrina, estava pronto a corrigir.

O tal texto, pensei, devia ser o livro enviado por Calvino, *Institutio Christianae Religionis*, ao qual o livreiro Frellon se havia referido e que Servet devolvera a Genebra com diversas anotações, suas, nas margens. Como teria ido parar nas mãos dos inquisidores católicos de Vienne? Que estranhíssima conexão era essa, entre protestantes e papistas, trocando documentos para incriminar um homem que não pregava em público nem oferecia perigo a nenhuma das duas igrejas? Seguia o relatório:

> Sobre as ditas notas, perguntamos como interpretava a afirmação: *Justificantur ergo parvuli sine Christi fide, prodigium monstrum daemonum*, obrigando-o a responder se acreditava que os parvos não tinham a graça de Jesus Cristo, e se não participavam do pecado de Adão pela geração terrena, que ofendia Jesus. Respondeu que acreditava firmemente que a graça de Jesus Cristo, advinda da renovação do Batismo, supera o pecado de Adão, como disse São Paulo aos romanos, *ubi abundavit delictum superabundavit gratia*, que os infantes são salvos, pelo batismo, sem fé adquirida, tendo a fé infundida pelo Espírito Santo.

A alusão ao Espírito Santo teria sido proposital? Servet estava, claramente, assustado, ou mesmo apavorado. Dispunha-se à retratação do que fosse, e tentava escapar à pecha de unitário afirmando que as crianças recebiam a fé diretamente do Espírito Santo. Não pude deixar de ter pena do homem, nem de admirar sua astúcia.

Quanto a mim, via confirmada minha falta de esperança. Nada relacionado à anatomia viria daquele processo. Se ele conhecia o funcionamento do coração, do que eu começava a duvidar, só uma entrevista pessoal poderia fazer com que me revelasse.

Passei o resto do dia no palácio Episcopal. Não queria correr o risco de andar pela vila e ser reconhecido por um dos criados de Maugiron ou por alguém que me houvesse visto, na taverna, saindo atrás do carcereiro. Dentro do palácio eu ainda representava o papel de um emissário da Biblioteca Pontifícia, que não falava francês. Evitava conversar com qualquer pessoa, simulando estar sempre imerso em meus pensamentos. Fiquei no meu aposento o restante da manhã, almocei na sala de refeições procurando uma hora em que os demais já haviam comido e passei a maior parte da tarde na capela.

As capelas católicas são excelentes para meditar. A calma impera, e as pessoas rezam em silêncio, de forma que nunca se pode saber quem está rezando e quem está pensando em seus problemas terrenos. E, sobretudo, ninguém aborda ninguém ou inicia uma conversa. Ali fiquei, tentando em vão entender o que se passava naquele mundo insensato.

Lembrei-me da tarde que havia passado na biblioteca do Gymnasium, em Estrasburgo, debruçado sobre a obra de Calvino. Em *Institutio Christianae Religionis*, ele condenava a missa como sendo uma pretensão sacrílega de sacerdotes, que queriam transformar a matéria terrena no corpo e no sangue do Cristo. Dizia que o Cristo estava presente na eucaristia apenas espiritualmente, e não fisicamente, e que a adoração da hóstia consagrada não passava de mera idolatria. Eu nunca entendera isso de transformar pão em corpo e vinho em sangue; mas cada religião tem seus mistérios. Porém, me parecia que essas afirmações deveriam soar, aos católicos, muito mais hereges do que a discussão se a Trindade era ou não uma forma de politeísmo. Afinal, vários exemplares do livro de Calvino haviam sido queimados em praça pública, em Paris. Como entender, agora, que ele apontasse um herege à Igreja Católica, e que ela aceitasse sua acusação e as provas que enviara? Como passara de crítico feroz a aliado? Eu começava a perceber que as disputas religiosas daqueles anos não eram mais do que de brigas pelo poder. Uma vez que o herege deixava a cidade, e fundava uma seita noutro local, tornando-se inacessível à perseguição, passava a ser respeitado como se fosse um príncipe de outro país. Que exercesse seu poder em seu território, deixando que os demais tivessem domínio sobre os seus. Católicos e protestantes ajudavam-se mutuamente, se necessário, para manter essa territorialidade. Não havia ninguém interessado verdadeiramente na doutrina, nem na verdade.

Talvez houvesse. Alguém que não desejasse poder, governo ou palácio. Alguém que quisesse simplesmente colocar suas ideias no papel, para aprimorar o que acreditava estar errado. Talvez Miguel Servet fosse desse tipo. Um teólogo ingênuo, tentando argumentar com os príncipes de uma guerra entre iguais. Eu começava a admirá-lo, e a ter pena do pobre homem.

Às sete horas eu estava no cais de Vienne. Evitei ficar parado, para não chamar a atenção; andei pela margem do Rhône várias vezes, indo e vindo sem, entretanto, perder de vista o ponto de encontro. Tinha a tiracolo a bolsa com cento e cinquenta libras e, num pequeno saco sob a capa, outras cinquenta.

O carcereiro veio pela extremidade sul, caminhando depressa, como quem vai para casa. Ao passar por mim não parou, apenas diminuiu o passo. Comecei a acompanhá-lo, e esperei que iniciasse a conversa. Ele foi direto:

– Duzentas e cinquenta libras.

– Não estou autorizado a gastar tanto – respondi. – Posso dar as cento e cinquenta, metade agora e metade depois que o trabalho estiver feito.

– Duzentas e cinquenta, todas elas antecipadas. Acha que não corro riscos? Quem irá receber o resto, pela minha família, se algo der errado?

Seguiu-se uma negociação, passando por cento e sessenta, duzentas e vinte, e chegamos ao preço final de duzentas libras. O senhor de Maugiron conhecia, pensei, o preço do suborno em seu território. Não consegui, porém, reter parte do pagamento. Tive que passar a quantia toda, ali mesmo, às mãos daquele homem. Não tive escolha. Antes de pagá-lo, entretanto, coloquei meus termos:

– Depois de liberto, ele deverá vir a este ponto do cais, onde o estarei esperando. Terei algumas provisões, e encontrarei um barco onde possa se esconder, e depois descer o rio. Deverá ser feito amanhã, a esta hora.

– Assim será. Hoje passaram a tarde a interrogá-lo. Devem estar satisfeitos. Amanhã não deve haver mais interrogatório.

O homem começou a se distanciar, sem despedidas. Ainda pude dizer:

– Obrigado.

– Não agradeça – foi a resposta. – Não faço isto pelo senhor, e nem mesmo pelo dinheiro, apesar de que preciso dele para me salvar, se for pego. Faço por *monsieur* de Villeneuve, para que possa continuar curando.

    Senti uma ponta de orgulho pela minha profissão. Era difícil, mesmo para o poderoso inquisidor-geral, manter preso um médico dedicado, na cidade onde exercia seu ofício, cercado de seus pacientes.

No dia seguinte, saí do palácio Episcopal pela manhã. Precisava organizar as coisas: suprimentos, refúgio e transporte. Caminhei pela lateral da catedral na direção da praça do Palácio, que ficava a poucas quadras.

    Quando passei em frente ao palácio Delfinal, ouvi os gritos vindos do alto. Uma mulher, desesperada, urrava:

    – Não tivemos culpa! Deus todo-poderoso! Vamos encontrá-lo! Por Maria Santíssima! Faz pouco que escapou! Não deve estar longe! Deus é pai! Deus é pai! – do alto da amurada, ela olhava para os telhados em volta, um a um, procurando pelo fugitivo.

    No primeiro momento, pensei que fosse algum outro prisioneiro, pois havia combinado com o carcereiro libertar Servet à noite. Mas logo percebi que fora enganado. O homem cumpriu apenas parte do acordo, e decidiu não entregar a mim o médico da cidade. Fiquei muito irritado, embora pudesse compreender. O carcereiro não sabia quem eu era ou o que queria com o preso. Sendo seu paciente, devia querer bem a ele; preferiu soltá-lo pela manhã. Sabia que eu não teria como reaver o dinheiro, e provavelmente devia ter desculpas prontas: mudança de planos, surgiu uma oportunidade, e assim por diante.

    Passei pelo outro lado da praça, tentando ser o mais discreto possível, e deixando que as colunas romanas me ocultassem. Entrei na taverna. Procurei, desta vez, uma mesa de canto, onde pudesse passar despercebido, mas ouvir. Quando se deseja saber detalhes sobre um acontecimento recente, é onde se deve ficar. Não me enganei: o assunto de todos era a fuga, e a notícia se espalhava rapidamente, com minúcias.

No palácio havia um jardim suspenso, no qual era permitida a permanência do prisioneiro por algumas horas, todas as manhãs. Dele se podia ver o pátio, que ficava logo abaixo. Encostado à mureta que delimitava o jardim havia um telhado de caimento suave, o qual terminava a pouca altura do piso, de forma que era relativamente fácil pular do jardim para o telhado, e dali para o pátio. O carcereiro havia saído pela manhã, depois de entregar a chave do jardim ao prisioneiro. Mais tarde se defenderia, dizendo que o homem estava de pijamas e, assim, não podia sair à rua. Mas a roupa de dormir de Servet foi encontrada ao pé de um arbusto, indicando que ele já tinha, previamente, ali escondido seu traje para a fuga. A mulher que gritava histericamente era a esposa do carcereiro, o que justificava a atitude.

A fuga fora fácil demais. Os prisioneiros da Inquisição costumavam ser guardados com mais rigor. Estava óbvio, para mim, que Servet tinha muitos amigos na cidade, e mesmo dentro do palácio. Talvez estivesse recebendo ajuda de outros, além de mim, e é possível que houvesse escapado mesmo sem a minha interferência. Fui invadido por uma sensação de ter sido usado, seguida por cansaço e desilusão. Era provável que nunca mais conseguisse encontrar o médico; mudaria de cidade e de nome. A procura da descrição anatômica estava terminada, ou quase. Ainda restava a mínima esperança de que algo fosse revelado nos autos do segundo interrogatório, feito na véspera.

Voltei ao palácio Episcopal caminhando lentamente, com passos de perdedor. No fim da tarde, passado o entra-e-sai dos mensageiros e o rebuliço causado pela notícia, pude pedir ao arcebispo o acesso às anotações do escrivão.

A segunda sessão da Inquisição fora centrada na heresia de negar a existência da Trindade. O inquisidor mencionou o livro *De Trinitatis Erroribus*, escrito por Servet, provavelmente esperando que o prisioneiro se alarmasse com a menção de seu verdadeiro nome. O médico respondeu que teve conhecimento, vinte anos antes, de um livro de autoria de um espanhol chamado Servet, mas que não chamou sua atenção mais do que outros tratados. Que veio à França para estudar medicina e matemática, não trazendo consigo livro algum. Mais adiante, relata o escrivão que ele afirmou ter escrito a Calvino porque ouvira dizer que este era um sábio, e que o tinha feito pedindo segredo, na intenção de convencê-lo de suas ideias. Declarou que Calvino, numa das cartas, escreveu que suas ideias eram iguais às de Servet, e que acreditava ser ele o próprio Servet. Respondeu ao líder de Genebra que não se importaria de escrever como se fosse Servet, pois apoiava suas opiniões. A certa altura, mostraram-lhe todas as cartas escritas por ele a Calvino. Provavelmente exausto e confuso, não pôde deixar de reconhecer que era a sua grafia. Ressaltou, porém, insistentemente, que eram cartas pessoais, destinadas à discussão de ideias entre duas pessoas, e que jamais pretendia que elas fossem divulgadas. Certamente tentava basear sua defesa no conceito de que, para que haja heresia, é necessário haver um dano à Igreja através da pregação para as pessoas comuns, algo bem maior do que uma discussão pessoal restrita a pessoas cultas.

Difícil imaginar quanta pressão e quantas ameaças foram feitas, durante o interrogatório, para fazer com que o prisioneiro chegasse àquelas afirmações contraditórias. Pelo que constava no relatório, pude deduzir que Servet, no início, havia percebido que Calvino estava por trás de tudo aquilo, mas não tinha ideia de quantas e quais cartas haviam chegado às mãos dos inquisidores católicos. É uma tática conhecida, nos interrogatórios, os juízes esconderem o que sabem, revelando aos poucos para confundir o interrogado. A angústia de não saber quanto de sua vida é do conhecimento do outro, numa situação dessas, faz com que o preso caia em contradição; cada vez que isso acontece, o inquisidor revela mais um pouco do conhecimento que tem, aumentando a aflição. Servet, por certo, não imaginava que existisse a conexão Genebra-Vienne, e deve ter ficado bastante confuso. Quem imaginaria?

Minha procura terminava com aquele relatório. Mas eu não sabia o que fazer em seguida. Voltar a Ancona e escrever a Valverde, confessando o fracasso, e aguardar a reação de Colombo? Desaparecer, enviando uma carta a Amatus Lusitanus com a sugestão de que tentasse fazer o mesmo? Não conseguia pensar em nenhuma alternativa que não representasse a condenação de meu mestre ou a abdicação da vida que até então levávamos, ele e eu.

Decidi deixar a decisão para mais tarde, pois assim poderia pensar com mais calma. A notícia da fuga de Servet demoraria semanas para chegar a Roma, se chegasse. Por enquanto, todos acreditavam que eu estava tentando desempenhar a missão. Eu podia usufruir mais algum tempo da hospitalidade do arcebispo. Era a primeira vez que eu chegara tão perto de um tribunal da Inquisição, com um disfarce que se mostrava perfeito e discreto. A oportunidade de afastar, de uma vez por todas, aquele pavor que me tomava desde criança, conhecendo o monstro para deixar de temê-lo. Queria saber mais sobre o processo e sobre o método, e ali era o lugar para aprender.

XIV

TROMBETAS

A fuga de Servet causou enorme impacto no palácio Delfinal. A mulher do carcereiro representou uma tragédia durante vários dias: bateu nos empregados, em outros prisioneiros e nos próprios filhos, e terminou por arrancar os cabelos. O procurador do rei também se esmerou no disfarce; determinou que as portas da vila fossem fechadas, e rigorosamente guardadas, nas noites seguintes. Ao som de trombetas, a procura do fugitivo foi anunciada por arautos nas ruas. Casas foram revistadas e cartas enviadas às autoridades de Lion e de outras vilas vizinhas onde ele pudesse ter pedido asilo. Procuraram saber se tinha dinheiro em bancos e todos os seus móveis, utensílios e papéis foram postos à disposição da Justiça. Mas foi tudo o que dele restou; já não estava em Vienne.

No dia 2 de maio, mais de três semanas depois da evasão, os inquisidores receberam a informação de que haviam sido encontradas duas prensas clandestinas numa casa afastada, não mencionada no interrogatório. Prontamente, para lá se dirigiram Ory e Maugiron.

Três jovens, operadores de prensa, foram lá encontrados. Antes de interrogá-los, o inquisidor fez uma advertência dizendo que, depois de aberto o processo contra Michel de Villeneuve, qualquer pessoa que revelasse o teor do livro por ele escrito seria tratada como herética; e que tinha provas de que os três tinham trabalhado naquele livro. Exortou-os a falar a verdade e a dar graças a Deus, porque os juízes não queriam punir, mas corrigir. Posso imaginar o pavor que assolou os pobres jovens. Caíram de joelhos. O mais velho, falando pelos demais, apressou-se a revelar que haviam trabalhado na composição de um volume intitulado *Christianismi Restitutio*, que o médico Villeneuve havia feito imprimir às suas custas, tendo corrigido pessoalmente todas as provas. Em pranto, garantiu que não sabiam que o livro continha ideias heréticas até ouvirem falar da existência do processo e que, depois disso, não procuraram os juízes com medo de serem queimados vivos. Em seguida, os três se agarraram aos pés de Ory pedindo misericórdia. O inquisidor não os quis prender, pois não eram suficientemente letrados para compreender o que havia no livro. Além disso, foram bastante colaborativos, revelando o destino de toda a edição, que somava oitocentas cópias. Um lote foi enviado a Genebra, aos cuidados do impressor Robert Estienne; outro foi destinado à feira de Frankfurt e um terceiro foi encaminhado a um fundidor de tipos em Lion, chamado Pierre Merrin. Ory não se preocupou com os dois primeiros porque, estando em cidades protestantes, não eram de sua alçada. Pediria a Calvino que cuidasse deles. Quanto ao terceiro, ele se encarregaria pessoalmente de destruir.

No dia seguinte, o inquisidor, acompanhado do vigário-geral da arquidiocese, foi a Lion interrogar Merrin. Este alegou que, quatro meses antes, haviam chegado cinco pacotes, pela barca de Vienne, endereçados a ele por Michel de Villeneuve, doutor em medicina. Que, no mesmo dia, um homem chamado Jacques Charmier, vindo de Vienne, veio visitá-lo por parte de Villeneuve, dizendo que guardasse os pacotes até que os viessem retirar. Disse que nunca os abriu, e assim não soube se era papel em branco ou impresso, e que ninguém jamais apareceu para procurar a encomenda.

Ory preferiu acreditar naquela versão da história, e na ingenuidade do fundidor de tipos. Confiscou os cinco pacotes, levando-os a Vienne, onde foram guardados em uma sala trancada da arquidiocese. Em seguida, procurou Jacques Charmier para interrogatório. Também este alegou não saber o que continha a encomenda, e que apenas a havia recomendado a Merrin. Mas suas ligações com Servet foram consideradas suspeitas pelo inquisidor; foi condenado a três anos de prisão.

Eu ainda estava em Vienne no mês de junho, quando o processo foi completado e a sentença anunciada. Não pude deixar de admirar a criatividade dos juízes, naquela peça repleta de fantasias. Dizia:

> De um lado o Procurador-Geral do Rei no Delfinado, acusando de crime de heresia escandalosa, dogmatismo, composição de novas doutrinas e livros heréticos, sedição, cisma, perturbação da união e da ordem pública, rebelião e desobediência à ordem estabelecida contra heresias, arrombamento e evasão da prisão real do Delfinado, e de outro lado Michel de Villeneuve, médico, feito prisioneiro no Palácio Delfinal de Vienne, no presente fugitivo, acusado dos crimes mencionados.

Não era acusado pela Santa Madre Igreja, como nos processos que eu havia visto em Portugal. Na França, ao contrário do que me dissera Maugiron, a Inquisição operava através do poder secular, ou seja, do rei. Não queriam irritar Henrique II; o filho de Francisco I estava em guerra contra o imperador Carlos V, e a Igreja Católica tentava não interferir na contenda. Era um tempo de mudanças e de caminhos tortuosos. Mesmo assim, o exagero era flagrante. Heresia escandalosa? Por alguém que fizera imprimir um livro em segredo, nunca divulgado? Sedição, sem que tivesse havido uma só pregação pública? Obviamente, o texto da sentença havia sido composto para impressionar a população; citaram o réu pelo pseudônimo, apesar de já conhecerem seu verdadeiro nome, provavelmente com o intuito de denegrir a imagem do médico querido pelo povo da vila. E, talvez, receosos de que o rei ou o papa lhes viesse a cobrar a pouca segurança do palácio Delfinal, acrescentaram a palavra *arrombamento*, mesmo sabendo que o homem fugira pela porta da frente, depois que o carcereiro abriu o jardim com sua própria chave. Mais atônito fiquei ao ouvir a continuação da sentença:

> Tendo visto as peças que justificam as ditas heresias, especialmente as cartas escritas à mão pelo dito Villeneuve, e endereçadas ao senhor João Calvino, pregador em Genebra, e reconhecidas pelo próprio Villeneuve; as negativas, as respostas e outros depoimentos de Balthasar Arnoullet, impressor, e certos pacotes de um livro intitulado *Christianismi Restitutio*, impresso às custas de Villeneuve, conforme a declaração de testemunhas, e conforme a opinião de pessoas notáveis sobre os erros contidos naquele livro, condenamos o dito Villeneuve ao pagamento de multa ao Rei, no valor de mil libras de Tours.

O inquisidor não fazia nenhuma questão de ocultar a fonte dos documentos que incriminavam o médico. Pelo contrário, a contribuição de Calvino era citada como se fosse um bom aliado. Para pegar um herege tudo era possível, até a colaboração amigável de outro. O anúncio da multa foi recebido com certo alívio pelo povo da vila, que se juntara para ouvir o arauto pronunciar a sentença, acreditando por um momento que o médico escaparia apenas com essa pena pecuniária. Como cobrar uma pessoa desaparecida? Mas essa parte da sentença era apenas destinada a garantir que, se algum dinheiro fosse encontrado no nome do fugitivo, em qualquer banco, pudesse ser confiscado em nome do rei. A sentença continuava:

> E, além disso, deverá ser preso, e conduzido sobre um carro, juntamente com seus livros, em dia de feira, desde a porta do

Palácio Delfinal, através das encruzilhadas e lugares de costume, até o mercado desta cidade e, em seguida, até a praça chamada Charnève, onde será queimado vivo em fogo lento, até que seu corpo se reduza a cinzas. Por enquanto, esta sentença será executada em efígie, acompanhada da queima dos livros.

Mesmo sabendo que a execução se daria em efígie, ou seja, de forma simbólica, e que Servet estaria vivo em qualquer outro lugar, senti uma forte náusea vir desde meu estômago até a boca, que ficou seca. Teria meu pai passado por esse monstruoso desfile, antes de ser queimado? Ou só os hereges mais perigosos, cuja punição era exemplar, tinham seu suplício exposto em dia de feira?

Após anunciada, a sentença foi executada no mesmo dia. A efígie, previamente encomendada ao executor François Berode, consistia num tosco boneco de palha, em tamanho natural, cuja cabeça era representada por um painel de madeira com a pintura do rosto do condenado. Uma obra de extremo mau gosto; Servet não mereceu nem mesmo ser representado por um artista de algum valor. O boneco foi posto em pé numa carroça aberta, puxada por dois bois. Ao pé da efígie puseram os livros confiscados em Lion. A vontade de tomar um deles para ler, na esperança de que contivessem o que eu procurava, era enorme; mas faltou-me coragem para tanto. Consolei-me pensando que era uma obra de teologia, e não de medicina. Jamais poderia ter acesso a ela, de qualquer forma.

A carroça conduziu a estranha figura através do trajeto determinado, balançando a cada buraco da rua, e passou pelo mercado através de um espaço deixado propositalmente entre as barracas. O povo da vila olhava com curiosidade temerosa. Não houve uma só manifestação, quer fosse de revolta ou de apoio. Ninguém gritou, acenou ou brandiu qualquer coisa na direção do sinistro veículo. Tampouco vi pessoas chorando ou se descabelando; a vila parecia paralisada de espanto e resignação. Na praça Charnève tinham montado a fogueira. Era relativamente baixa, feita de lenha e feno seco. Não havendo carne humana para queimar, as autoridades não se dispuseram a gastar muita lenha, nem a erigir um grande patíbulo. Quando tiraram a efígie da carroça, para amarrá-la ao pequeno poste que marcava o centro do suplício, o quadro representando a cabeça soltou-se do boneco. O carrasco não se preocupou em repô-lo no lugar; simplesmente amarrou o corpo da efígie ao poste, prendendo o quadro na altura do peito. Parecia a condenação de um decapitado, que carregasse a própria cabeça nas mãos. O fogo pegou rápido, pois o verão estava muito seco. Uma grande nuvem de fumaça se formou por causa do feno, de forma que mal se podia ver a efígie queimando. De qualquer forma, depois de ateado o fogo, quase ninguém permaneceu ali, nem mesmo o procurador do rei ou o arcebispo. Miguel Servet foi consumido, simbolicamente, pela fogueira da Inquisição católica, tendo como testemunha apenas o carrasco e o inquisidor Matthieu Ory.

Depois da fuga de Servet, e mesmo antes da condenação, Maugiron informou o rei sobre os acontecimentos. Nessa ocasião, pediu a Henrique II que fossem atribuídos a seu filho, Gui, todos os despojos do herege. Assim, tentava recuperar o dinheiro que despendera.

Guéroult desapareceu logo após a execução da sentença, fugindo para Genebra. Sua fuga permitiu ao cunhado, Arnoullet, alegar que fora iludido por ele, que tinha a culpa toda. Arnoullet foi libertado.

No início do mês de julho, eu estava cansado daquela cidade pequena mas não sabia para onde ir. Nem mesmo sabia o que fazer. Conversei algumas vezes com o arcebispo Palmier sobre o assunto, mas ele sempre garantiu não ter a menor idéia do paradeiro de Servet. Numa tarde, porém, saindo da capela, acompanhei-o até o pátio para aproveitarmos o escurecer tardio do verão. Nesse dia ele parecia melancólico, e começou a falar sobre a inquietude da alma humana. Falou sobre os protestantes e sua vontade de reformar o que havia sido determinado pelo Senhor há muitos séculos, sobre as discussões teológicas inúteis e sobre como a razão substituía a fé. A certa altura mencionou o nome de Villeneuve, como exemplo de uma alma inquieta perseguindo ideias que deveriam ser objeto de fé, não de discussão. Aproveitei a oportunidade para novamente cogitar do paradeiro do médico herege. Ele reiterou não fazer nenhuma ideia, mas, depois de um breve silêncio, acrescentou:

— Michel foi atrás de suas ideias. No dia em que escapou, uma jovem do povo cruzou com ele no trajeto de fuga, reconhecendo-o. Você deve saber disso. Ela foi interrogada exaustivamente pelo inquisidor.

— Sim, sei — respondi. — E disse sempre que ele não revelou para onde ia. A jovem alegou que, ao vê-lo, acreditou que tivesse sido libertado.

O arcebispo tirou do bolso um lenço e enxugou pausadamente algumas gotas de suor que escorriam pela testa. Enquanto o fazia, foi dizendo em voz baixa:

— Ao seu confessor, entretanto, a jovem revelou que teve um pequeno diálogo com o fugitivo. Depois de saber que ele foi condenado pela Igreja, temia estar em pecado. Quando ela perguntou a Michel de Villeneuve aonde iria e se podia ajudá-lo, obteve uma resposta enigmática.

Palmier não esperou que eu perguntasse.

— "Vou recuperar minha obra e desfazer alguns mal-entendidos", disse ela ter ouvido. Os homens, hoje, estão sempre obcecados pelas ideias. Ninguém mais se contenta com uma vida de oração e penitência.

Frankfurt, pensei. Ou Genebra. O destino dos outros dois pacotes com os livros impressos. Servet não conseguiria viver sabendo que toda a edição do livro seria destruída. Minha cabeça começou a trabalhar rapidamente. Desfazer mal-entendidos... Será que ele... Não era possível. Ninguém defende ideias a tal ponto e com tal risco, indo para dentro da caverna do leão. No entanto... Não havia outra possibilidade.

No mesmo dia, escrevi a Juan Valverde. Relatei tudo o que havia ocorrido, dando ênfase ao fato de que Villeneuve estava vivo em algum lugar da Europa. Não revelei a conversa com o arcebispo, mas disse que tinha pistas vagas, as quais deveria seguir. Pedi mais algum tempo e algum dinheiro, dizendo que ia para Genebra.

O sistema de correio da Igreja Católica era o mais eficiente da Europa. Usava a rota terrestre até o sul da França, seguia pelo mar até Óstia, e dali para Roma. Em duas semanas chegou ao palácio um frade procurando por mim. Não quis entrar, insistindo com o porteiro que me chamasse até o portão, pois estava com pressa. Quando ali cheguei, olhou-me de alto a baixo, perguntando se eu era Marcus Ibericus.

– Sim, sou.

Era um homem enorme. Tinha as sobrancelhas unidas como se fossem só uma, e uma cicatriz que atravessava o queixo, desde a boca até o pescoço. Mesmo com o hábito de frade, podia-se ver que era muito forte.

– Venho de Roma, com uma mensagem da Biblioteca Pontifícia.

– Deve estar cansado, frei. Não quer entrar?

– Não, obrigado. A viagem foi rápida; tive sorte de não encontrar salteadores, e assim não precisei de muita coragem.

– *Animum fortuna sequitur* – respondi, adivinhando que era a frase esperada por ele para me passar a encomenda. De fato, o frade abriu a bolsa, tirou uma carta dobrada e lacrada com o selo papal, passando-a a mim. Assim que a peguei, ele fez o sinal da cruz, montou e desapareceu sem mais uma palavra.

Voltei ao meu aposento, fechei a porta e rompi o lacre. Não era uma carta dirigida a mim, mas uma ordem de pagamento.

À arquidiocese de Lion: Em nome de Sua Santidade, solicitamos fornecer ao portador desta a quantia de duzentos escudos pontifícios, ou seu equivalente em moeda reconhecida, valor que poderá ser deduzido do dízimo.

Extraordinário sistema de compensação. As arquidioceses deviam remeter a Roma um décimo do que era arrecadado; duzentos escudos seriam substituídos, na próxima remessa, por aquele pedaço de papel.

No dia seguinte, agradeci a hospitalidade ao arcebispo Palmier. Não revelei para onde ia, nem ele perguntou. Acho que imaginava.

Em Lion, não precisei ver o cardeal. O bispo encarregado das finanças da arquidiocese providenciou a quantia solicitada, rapidamente. Com parte dela pude comprar um cavalo magro e um pouco idoso, e provisões para a viagem até Genebra, que não seria longa. Acompanhando as caravanas até Saint-Genix, e dali subindo pela margem do Rhône, poderia fazê-la em dois dias.

XV

A CIDADE SEM TAVERNAS

Entre a majestade dos Alpes e a calma do lago de Lausanne, a cidade de Genebra é uma das mais belas de toda a Europa. Quem a ela chega não pode deixar de sentir a emoção que a paisagem natural provoca; se alguém deseja pensar sobre a existência de um criador onipotente, aquele é um ótimo lugar.

O dinheiro enviado por Valverde me permitia escolher uma hospedaria no centro da vila; mas era minha intenção circular sem chamar a atenção, e por isso escolhi uma mais simples, próxima da muralha. Era uma casa pequena, usada principalmente por viajantes, onde ninguém permanecia muito tempo nem fazia muitas perguntas. O proprietário, porém, era um homem falante e entusiasmado pela Reforma Protestante. Nascido em Genebra, acolhera com aprovação a nova Igreja e as regras por ela criadas. Foi com ele que aprendi, nos primeiros dias, sobre a vida na cidade de Calvino.

Genebra tinha então cerca de vinte mil habitantes, um terço dos quais vindos de outras terras onde se sentiam perseguidos ou prejudicados pela Igreja Católica. Os pastores constituíam a Venerável Companhia, que dirigia a igreja local. Ninguém podia pregar na cidade sem o consentimento dela; os reformistas eram extremamente intolerantes com qualquer possibilidade de reforma. O governo era exercido pelo *consistório*, uma espécie de parlamento formado por cinco pastores e doze leigos; os pastores eram membros enquanto fossem ministros da igreja, e os leigos por apenas um ano, o que fazia com que os primeiros conduzissem todas as decisões importantes. João Calvino era o chefe desse consistório.

Desde que havia sido empossado, Calvino estabelecera um estrito código de conduta. Todos os cidadãos deviam comparecer aos sermões de domingo, exceto aqueles que precisassem cuidar das crianças ou do gado. Se houvesse culto nos dias da semana, todos os que pudessem deveriam vir. E o próprio Calvino pregava três ou quatro vezes por semana. Quem chegasse depois de o sermão ter iniciado era advertido e, na reincidência, multado. Ninguém podia faltar, mesmo sob a alegação de que tinha outra religião; nesse caso, era convidado a se retirar da cidade. Judeus, por suposto, não havia. A heresia era punida com a morte ou com o desterro; nos dois anos antes da minha chegada, 18 pessoas haviam sido condenadas a morrer e 27 expulsas da cidade.

Todas as casas eram visitadas anualmente por um membro do governo, que entrevistava as famílias sobre suas condutas e decidia se estavam adequadas, perguntando sobre todos os aspectos da vida familiar. Eram proibidos o jogo, a vida extravagante, os trajes exagerados, a embriaguez e a frequência a tavernas. Pior para mim, porque a taverna costumava ser ótima fonte de informações, como acontecera em Vienne; aqui, teria que ouvir discretamente nas igrejas.

A lei regulava a vida dos genebrinos em detalhes. Determinava a cor permitida para as roupas e sua quantidade, assim como o número de pratos que era tolerado ao se servir uma refeição. O uso de jóias era censurado. Uma mulher havia sido presa, dias antes, por usar um penteado alto. Todas as crianças deviam receber nomes de santos, de acordo com o calendário, ou de personagens do Velho Testamento. O estalajadeiro contou que um de seus vizinhos passara quatro dias preso porque insistira em chamar o filho Claude, um nome romano, ao invés de Abraão, bíblico. Havia censura rigorosa sobre a palavra escrita e falada; era crime referir-se a Calvino ou a qualquer pastor de forma desrespeitosa, punível com advertência, seguida de multa e prisão, em caso de reincidência. A blasfêmia e o adultério eram punidos com a morte. A mendicância era rigorosamente proibida.

A economia local também era controlada com regras de conduta. Os juros eram regulados em cinco por cento, e nos empréstimos ao Estado ou a pessoas necessitadas eles não podiam ser cobrados. Os preços dos mantimentos e das roupas eram fixados, como também o de alguns serviços, como operações cirúrgicas. Liberdade era uma palavra pouco conhecida; não existia a de culto, nem a econômica, de costumes ou de expressão.

Foi a essa cidade que cheguei, naquele 17 de julho de 1553, movido apenas pela intuição, com pouca esperança de concluir minha tarefa. A organização local tornava fácil a escolha do caminho a seguir, pois só havia um: a igreja. Procurei saber onde pregava Calvino, pois sentia que só estando próximo a ele poderia encontrar Servet. Os inimigos se atraem, mais do que os amigos.

O déspota elegera a catedral de Genebra para seus sermões. Construída no século IV, e ampliada durante os seguintes, era um impressionante edifício gótico no centro da vila. Por coincidência era chamada de catedral de São Pedro, como sua congênere em Roma. Depois da Reforma, a decoração interior havia sido mudada: as imagens de santos retiradas, os afrescos coloridos cobertos. Só os vitrais, preservados para iluminação, revelavam a pujança de outros tempos. Na torre norte, a mais alta, ficavam três sinos destinados a chamar os fiéis para o culto; a precisão com que anunciavam a hora do sermão deu aos genebrinos a fama de exatidão na marcação do tempo. Por ironia, o maior desses sinos era chamado de Clemence, aludindo a uma virtude pouco praticada pela Igreja Protestante local.

    Fui à catedral logo no primeiro dia, assim que os sinos tocaram. Queria passar despercebido, seguindo todas as regras. Sentei-me em um dos bancos no fundo e fiquei observando o movimento até que começasse o culto. A igreja era uma espécie de local de encontro; na falta de tavernas, era ali que a vida social acontecia. Todos chegavam um pouco mais cedo para encontrar os amigos, conversar e fazer novas amizades; era proibido tratar de negócios. Ninguém falava ou ria muito alto, mas o ambiente era descontraído e alegre até que o sermão se iniciasse.

    Preocupado em observar as pessoas, não percebi quando João Calvino entrou por uma pequena porta, junto à posição onde um dia estivera o altar. Apenas notei que todos se calaram subitamente, ao mesmo tempo, sentando-se num movimento sincronizado. Quando voltei o olhar ele já subia ao púlpito. Era impressionantemente baixo, se comparado à imagem que eu tinha dele; teria ficado pequeno na tribuna, mas era óbvio que no piso havia um estrado para que pudesse parecer imponente. Usava uma túnica toda negra, e um capuz que lhe cobria os cabelos e as orelhas, alongando-se atrás até o pescoço, numa mistura de barrete e touca, também negro. Apenas o rosto ficava exposto, mostrando um bigode ralo, que se estendia por uma barba longa e escura em forma de cavanhaque, sob um nariz aquilino. As sobrancelhas finas e os olhos, também escuros, completavam a figura sombria, onde nenhuma cor existia. Abriu os braços e soltou uma voz mansa, mas forte:

    – Irmãos! Que o Senhor esteja entre nós!

    Ninguém respondeu, ao contrário do que acontecia nos cultos católicos. Ele começou a pregar, no início em tom calmo, passando à eloquência e depois alternando o papel de um cândido pastor com o de um pai severo. Durante uma hora falou sobre o pecado, a constrição e o castigo eterno. Ora falava como líder espiritual, ora como governante; reforçava as regras de conduta mostrando que os desvios ofendiam a Deus, mas sempre deixando claro que também irritavam o governo. Ao final, desejou a todos a graça do Senhor e saiu pela mesma porta por onde entrara. Os fiéis permaneceram imóveis por mais alguns segundos, como se cada um esperasse que o outro se levantasse primeiro. Depois se moveram, todos juntos, começando um burburinho alegre em que pareciam tentar relaxar após a tensão gerada pelo sermão. Meia hora depois, o rebanho deixou a catedral de forma ordeira e comportada.

O culto na catedral de São Pedro, no final da tarde, era a minha atividade principal em Genebra. Eu passava a maior parte do dia no quarto da estalagem, pois não queria chamar a atenção perambulando numa cidade onde isso era visto como pecado. Tampouco queria trabalhar, para não me desviar do objetivo que me trouxera ali. Saía apenas para almoçar, rapidamente.

Como o quarto era pequeno, a hora do culto passou a ser a mais esperada; era quando eu podia sair, ver a luz do dia, pessoas em movimento. Passei a chegar cada vez mais cedo à catedral. Conheci algumas pessoas, superficialmente, com as quais conversei sobre temas triviais. Calvino não pregava todos os dias; em alguns vinha Farel e, em outros, pastores menos conhecidos. Os dias pareciam muito longos, e as semanas intermináveis.

No início de agosto percebi a presença de um homem que não usava a entrada principal para assistir ao culto, como todos os demais. Quando a igreja já estava cheia, ele aparecia pela pequena porta usada pelos pregadores, e se sentava num banco da primeira fila, onde seu lugar parecia ter sido reservado. Observando melhor, notei que isso só acontecia nos dias em que

Calvino pregava; nos demais ele entrava pela porta principal e ficava num dos bancos ao fundo. Foi numa dessas ocasiões que decidi me aproximar:

— Boa-tarde, irmão. Que a paz o acompanhe.

— Ela está conosco — respondeu com um sorriso. —Você é de Genebra?

Tratar-me por *você*, ao invés de *o senhor*, sinalizava alguém que dava grande importância a si mesmo, pois não era muito mais velho que eu. Não usava a túnica escura como os pastores, mas um gibão preto ornado por uma gola alta, branca e plissada, em forma de colar. Um calção pregueado descia até abaixo do joelho, amarrado sobre as meias pretas de lã fina; por cima de tudo, uma capa escura aberta na frente. Parecia realmente ser uma pessoa da elite local.

— Sou espanhol — respondi. — Vim a Genebra em busca de paz e trabalho, pois me disseram que aqui todas as pessoas de boa vontade encontram essas duas coisas.

— De fato. E as tem encontrado?

— Paz, sim. Trabalho, ainda não.

— Que tipo de ofício você faz?

— Um pouco de tudo. Todo o trabalho é bom aos olhos de Deus, e eu não escolho. Desde que seja honesto...

— Vai encontrar, irmão. Vai encontrar.

— Sim. Por enquanto, aprendo na igreja a nova interpretação da doutrina cristã.

Ele pareceu interessado em continuar a conversa:

— Gosta dos sermões, irmão?

— Muito. São como uma luz para a alma. Especialmente os de mestre Calvino. Não que os demais não sejam bons, é claro, todos têm...

— Sem dúvida — disse ele, interrompendo. — Alguns homens são especialmente iluminados pelo Senhor. Não precisa se envergonhar por sentir mais emoção com a palavra dele do que com a dos outros. Eu também sinto. Por sorte, tenho a oportunidade de ouvi-lo também fora da igreja.

— Como assim?

— Sou seu secretário particular.

Senti que as coisas começavam a mudar. Minha intuição sobre aquele homem não estava enganada. Era alguém que eu precisava conhecer melhor.

— Sou Marcus Ibericus. É uma honra conhecê-lo.

— Um belo nome. Evangélico. Como é novo na cidade, provavelmente não me conhece. Sou Nicolas de La Fontaine.

Eu pensava em como prolongar aquela conversa, mas o pastor subiu ao púlpito e nos calamos. Fiquei a seu lado durante todo o sermão, que naquele dia foi sobre a amizade. A sorte parecia começar; quando seria a hora da coragem?

Ao final do culto, ele disse simplesmente:

— Fique em paz, irmão. — E saiu.

No dia seguinte, Calvino foi o pregador, e La Fontaine sentou-se na primeira fila. Eu não quis forçar a aproximação, e fiquei no fundo, como sempre. Mas procurei aproveitar um momento em que ele olhou para trás e cumprimentá-lo com um aceno de cabeça e um sorriso.

No terceiro dia, cheguei uma hora mais cedo, como de costume, e estava em pé junto à entrada quando ele chegou. Aproximou-se decidido, com a frase habitual sobre a paz, e pôs a mão em meu ombro, perguntando:

— Ainda procura emprego, Marcus?

— Sim. Se souber de algo, serei muito agradecido.

— Na verdade, estou procurando um criado... Um assistente — corrigiu logo. — Mas não posso pagar muito. Sou estudante de teologia, e vivo da bolsa que recebo da Igreja. Preciso de alguém para ajudar com minhas coisas pessoais, limpar a casa, ir ao mercado etc.

– Posso fazer isso. O que o senhor puder pagar será suficiente.

– Ótimo. Nesse caso, muda-se amanhã para minha casa. Pergunte o endereço junto à praça Bourg du Four. Todos conhecem.

– Combinado. Veja, estão todos entrando. Vamos. Quero me sentar um pouco mais à frente.

Ele fez menção de me acompanhar, mas foi abordado por uma senhora, com a qual começou uma conversa. Entrei só, sentei-me e passei todo o tempo do sermão pensando sobre Ancona, sobre Amatus Lusitanus, sobre a anatomia do coração e os médicos de Roma. Ao final, saí rapidamente, pois se alguém quisesse comentar comigo o assunto da pregação, eu não teria o que dizer. Não escutara uma só palavra.

Nicolas de La Fontaine ocupava o segundo andar de uma casa situada em uma pequena travessa da praça Bourg du Four, entre esta e a catedral. Consistia de uma sala e um quarto, ambos bastante amplos e iluminados, e um terceiro cômodo com uma pequena janela, que servia de depósito e passou a ser meu quarto, depois que abri espaço entre caixas empilhadas e pude colocar um colchão sobre alguns engradados de madeira unidos por cordas. Minha rotina consistia em limpar o local, levar os dejetos para despejar no lago – os genebrinos já não gostavam de lançá-los na rua – e, na volta, trazer água de uma fonte que ficava a meio caminho. Depois de ter passado mais de duas semanas dentro de um quarto da estalagem, esse caminho íngreme levando potes fétidos me parecia um passeio agradável. Além disso, eu era encarregado de ir à feira uma vez por semana e comprar suprimentos básicos como azeite, frutas e mel; não precisava pagar por eles, pois o próprio La Fontaine acertava as contas com os feirantes a cada mês. No final da tarde eu o acompanhava ao culto, caminhando um pouco atrás, a menos que ele iniciasse uma conversa, quando íamos lado a lado. Não fazíamos as refeições em casa, pois ele não dispunha de cozinha. Durante o dia eu comia em alguma das barracas de alimentos da praça. Não sei onde ele almoçava, nem mesmo se o fazia. À noite comíamos um pedaço de pão com o azeite ou o mel, e às vezes queijo. Não havia vinho.

Ao entardecer eu sempre voltava para casa, e La Fontaine chegava mais tarde. Conversávamos pouco. Às vezes, antes de dormir, ele fazia breves sermões de educação religiosa, tentando ser pastor de uma só ovelha; mas isso não era frequente. Durante todo o tempo em que trabalhei para o secretário de Calvino, ocultei toda e qualquer cultura ou erudição. Ele nunca soube que eu era médico, nem que falava outras línguas além do francês e do espanhol. Uma vez me perguntou por que deixara a Espanha. Dei a resposta clássica dos imigrantes em Genebra: havia ficado descontente com o luxo e a imoralidade da Igreja Católica e, tendo manifestado isso em algumas ocasiões, começara a ser visto com hostilidade; decidira deixar o país antes que os problemas aumentassem e alguém me havia falado sobre a liberdade de que os protestantes gozavam em Genebra. Ele ficou muito satisfeito com a explicação. Não sabia que eu era mestre na camuflagem desde pequeno. E precisava ser, pois a vida sob a ditadura calvinista era perigosa. Naquelas semanas, soube de vários casos de prisão por crimes como cochilar durante o sermão, conversar sobre negócios a caminho da igreja ou referir-se a Calvino como "o senhor Calvino" em vez de "o mestre Calvino".

O homem parecia gostar de mim e do meu trabalho. Gradativamente foi me passando tarefas mais pessoais, como entregar uma carta ou buscar e devolver um volume em alguma livraria. Nunca me levou à casa de Calvino ou a qualquer parte da catedral que não fosse pública.

Eu já estava começando a ficar cansado da rotina quando os acontecimentos se precipitaram.

XVI

LEX TALIONIS

Nas manhãs de domingo, a catedral de São Pedro ficava abarrotada. Durante a semana, a ocupação dos bancos era completa, mas muitos cidadãos frequentavam igrejas menores, próximas de suas casas. No domingo sempre havia gente em pé, e até mesmo aglomeração na porta para ouvir o pastor. Além disso, era o dia em que as famílias iam juntas à igreja, aproveitando a ocasião social para se trajarem melhor, sempre dentro do recato exigido pelos rígidos costumes. Assim foi o dia 13 de agosto daquele ano.

O sermão não foi feito por Calvino, mas por Guillaume Farel. Era um homem mais idoso, com barba espessa e grisalha, e que falava com mais veemência do que o líder. Seu olhar parecia invocar o inferno a todos os pecadores, sem piedade. Talvez por isso, na saída, a alegria de todos parecia um pouco maior, até mesmo festiva para os padrões comedidos de Genebra.

Foi em meio a essa atmosfera que vi uma figura cujo comportamento contrastava com o ambiente: movia-se rapidamente no meio dos fiéis, como se procurasse alguém. Subitamente, ao ver meu patrão, dirigiu-se diretamente a ele, um pouco afoito. Nicolas de La Fontaine conversava com dois casais a alguns metros de mim. O homem procurou afastá-lo do grupo e em seguida disse-lhe algo ao ouvido. La Fontaine acenava com a cabeça enquanto o outro sussurrava, sinalizando que compreendia; depois se despediu, rapidamente, e entrou na catedral, àquela altura já vazia.

Decidi esperar pelo patrão, mesmo sem saber se retornaria. Em meia hora o pátio já estava vazio e fiquei só, sentado num degrau. Outro período semelhante passou até que vi um homem se aproximar, andando rapidamente, pela rua que vinha da praça Bourg du Four. Chegou ofegante pela subida, passou sem me notar e entrou na catedral por uma das portas laterais. Poucos minutos depois saiu La Fontaine, pela mesma porta. Sério, foi direto a mim:

— Está dispensado por hoje, Marcus. Volte à noite.
— Algum problema, senhor? — arrisquei.
— Nada grave. Já está resolvido.

Percebi que ele precisaria de um estímulo para contar o que acontecera. Não existe melhor estímulo do que a vaidade.

— Se precisar de algo, senhor, é só pedir. Não deve ser fácil lidar com os inúmeros problemas desta cidade. Mas, como secretário pessoal de mestre Calvino, o senhor deve estar acostumado a lidar com eles. Este, com certeza, já resolveu. Mas, se eu puder ajudar, nem que seja para aprender...

— Não há o que aprender, Marcus, exceto a lição de seguir a boa doutrina. Há algum tempo estamos procurando um libertino vindo de Lion, chamado Guéroult. Alguns irmãos lioneses foram encarregados de observar as igrejas e ver se ele aparece.

— E apareceu?

— Não. Mas esses irmãos reconheceram hoje na igreja da Madeleine, durante o culto, outro homem. Um herege fugitivo de Lion. Aqui só se dão mal aqueles que se desviam do caminho de Deus.

Servet! O nome não saiu em voz alta, por milagre. Teria sido um desastre. Minha garganta secou e travou, enquanto o cérebro

girava tentando achar a melhor pergunta a fazer. Recuperei a calma em alguns segundos, o suficiente para exclamar:
— Um herege! Que audácia! Nesta cidade de Deus! Como se chama?
— Miguel Servet — disse, confirmando o que eu já deduzira.
— Foi condenado por heresia em Lion, e teve a coragem de aparecer por aqui, achando que passaria despercebido. Mas não vai pregar ideias diabólicas em Genebra. Será preso ainda hoje.
— Em nome de Jesus! — acrescentei, pedindo desculpas à memória de Jesus, que nada tinha com aquilo e decerto não aprovaria. — Mas, senhor... Será que já não fugiu?
— Não. Ele não percebeu que foi identificado. Saiu calmamente da igreja, achando-se invisível como Satã. Mas um de nossos irmãos o seguiu e descobriu onde se esconde.
— Dentro dos muros de Genebra?
— Numa hospedaria chamada Rose D'Or. Bem na rua Du Rhône, dentro da cidade. O demônio parece não temer a ira de Deus.

Fez um gesto com a mão direita no ar, encerrando a conversa:
— Deixe esses assuntos para o governo, Marcus. Vá aproveitar o resto do domingo, na graça do Senhor. — E partiu, a passos rápidos, sem olhar para trás.

Eu estava decidido, realmente, a aproveitar o resto daquele domingo. Desci até a rua Du Rhône e olhei para os dois lados, pensando em que sentido devia começar a procurar. Decidi ir para a esquerda até o início da rua, pois o percurso era mais curto. Se não encontrasse a hospedaria, seria mais fácil retornar e tomar o sentido contrário.

A sorte segue a coragem. Caminhei apenas duas quadras até encontrar, na esquina com a praça Du Molard, a casa com a inscrição "Rose D'Or". Meu coração batia forte, pela situação e pela caminhada. Afastei-me rapidamente da hospedaria, subindo pela praça até encontrar um banco de madeira, a cerca de cem metros do lugar. Dali poderia vigiar a entrada. Como era domingo, sentar-se num banco da praça não era pecado em Genebra. E eu trazia sempre na bolsa um exemplar do Novo Testamento em francês, meu seguro contra perseguidores de homens circuncidados. Abri em qualquer página e comecei a exercitar a arte de manter a cabeça baixa e os olhos no ambiente.

Três horas fiquei ali, na mesma posição. A fome começava a apertar, e a madeira do banco a incomodar. Algumas vezes me levantei, andei alguns passos e voltei ao lugar, quando tinha certeza de que ninguém passava. Os genebrinos estavam almoçando, em casa, e a praça ficara deserta. Em vários momentos pensei em ir para casa também, mas resisti a esse desejo. Havia perdido a oportunidade de ver Servet em Vienne, e não estava disposto a perdê-la em Genebra.

De repente, ouvi o ruído dos cavalos. Vinham trotando pela rua Du Rhône. Dois cavaleiros na frente, seguidos por uma carroça ruidosa, e outro homem a cavalo atrás dela. Não eram pastores; usavam botas de cano alto sobre as longas meias negras, e uma couraça de aço sobre o gibão. Além da faca, tinham espadas. O braço secular de um poder religioso, como nas terras dos católicos. Pararam em frente à Rose D'Or, segurando o trote dos animais. Os cavaleiros apearam e entraram sem anúncio, enquanto o carroceiro ficava em seu posto.

Levantei-me e comecei a caminhar naquela direção. O ruído tinha provocado a abertura de várias janelas na praça, e rostos curiosos apareciam. Aos poucos foram aparecendo pessoas a pé, como lebres saindo da toca, e em segundos havia uma pequena aglomeração em frente à hospedaria. Isso me permitiu chegar mais perto sem chamar a atenção. Quando os dois homens saíram, trazendo o prisioneiro, eu estava a poucos metros. Foi a primeira vez em que vi Miguel Servet.

Era alto, magro e altivo, apesar da situação humilhante. A barba longa e fina era semelhante à de Calvino, por ironia. Vestia-se como um fidalgo, com uma capa curta de gola alta sobre uma camisa branca de mangas bufantes, e um calção bordado que ia até acima dos joelhos. As longas meias brancas e os sapatos com fivelas de prata destoavam do ambiente da cidade. Não foi à toa descoberto, pensei. Os dois homens armados o acompanhavam, colados a seus ombros; não havia sido amarrado. Fizeram-no subir na carroça, o que ele cumpriu sem resistência. Uma vez ali, olhou em volta para a pequena multidão, sem expressão de medo ou preocupação. Achei que sustentou o olhar mais tempo sobre mim, mas hoje penso que isso foi uma falsa impressão causada pela emoção. Uma emoção estranha, a de estar mais perto do que nunca de um objetivo e, ao mesmo tempo, cada vez mais longe. Eu estava a menos de dez metros do anatomista e era quase certo que nunca mais o veria. A prisão de Genebra não seria como a de Vienne; ele não poderia escapar. E não sairia tão cedo; numa cidade em que dormir no sermão era motivo de prisão, a heresia seria certamente condenada com muitos anos de reclusão ou com a morte. E eu nunca poderia entrar naquele cárcere. Minha pesquisa chegava, mais uma vez, ao fim.

Servet estava em pé e olhava para o lago, no horizonte, quando a carroça partiu. O movimento fez com que caísse de joelhos sobre as tábuas.

Nicolas de La Fontaine estava sentado na poltrona da sala quando entrei em sua casa, naquela noite. Cumprimentei-o com uma pequena reverência e ele disse, sem nenhum preâmbulo:

– Amanhã serei preso. Você vai comigo. Continua a meu serviço, e a serviço de Deus.

Eu não estava preparado para aquele susto. Recuei um pouco, instintivamente, andando de costas na direção da porta. Preso? Vai comigo? Seria uma brincadeira? Ele nunca havia feito esse tipo de piada, e não era seu estilo. Fiquei parado, com os olhos arregalados. O susto dava lugar ao medo. Ao mesmo tempo, estava confuso; o homem parecia tranquilo, anunciando calmamente sua prisão marcada para o dia seguinte. O que significava aquilo?

– Calma – ele percebeu que eu estava apavorado. – Não há nada de errado. Apenas serei preso durante o processo contra o herege Servet.

Minha voz conseguiu sair, baixa e um pouco rouca:

– Como? Como assim?

– São as leis de Genebra. Pensei que você as conhecesse. Para que uma pessoa seja presa e julgada, é preciso que um cidadão a acuse de um crime. E a lei diz que o acusador deve ser preso com o acusado, enquanto durar o processo. Caso o réu seja condenado, o acusador é libertado; caso seja declarado inocente, a pena correspondente cai sobre aquele que fez a acusação.

Eu conhecia o sistema. Era antigo, e muitos rabinos diziam que o Torah recomendava, aos que acusassem seus vizinhos de conspiração sem motivo, a mesma punição pretendida pelo acusador. Chamava-se *Lex Talionis*, ou *Lei do Talião*. Mas manter o acusador preso durante o processo era levar a regra ao extremo. Além disso, eu nunca poderia imaginar que essa lei fosse aplicada com rigor sob o cristianismo, já que o próprio Cristo se havia posicionado contra a regra do *olho por olho*, recomendando dar a outra face.

– E, nesse caso, será o senhor a acusar o herege? – perguntei.

– A acusação será feita por mestre Calvino. Foi ele, pessoalmente, quem determinou a prisão, e faz questão de comandar todo o processo. Mas, obviamente, não pode ficar preso com o herege. Além de ter suas funções na direção espiritual da cidade, não quer dar ao caso uma importância que ultrapasse nossos muros. Imagine, o grande Calvino preso durante semanas, por causa de um diabólico espanhol...

— Nesse caso, ele pediu que o senhor...

— Eu me ofereci. Mas não tenha receio, caro Marcus. Ser preso junto com o acusado não significa na mesma cela, e sim no mesmo sistema. Terei meu próprio quarto, minhas refeições como de costume, e me será permitido ter um criado. Você não estará preso, terá a liberdade de entrar e sair quando quiser, mas preciso que continue a meu serviço durante esse tempo.

— Mas se, por acaso, o processo mostrar a inocência de...

— Isso não vai acontecer.

Aos poucos, eu começava a recuperar a calma. Ao mesmo tempo, começava a sentir uma mistura de esperança e excitação. Já estava resignado a não completar a missão que me trouxera até ali, e agora aparecia uma nova oportunidade. Livre acesso à prisão de Genebra. Isso, obviamente, não significava livre acesso ao prisioneiro acusado de heresia; mas era uma luz no fim do túnel.

Fui dormir, naquela noite, pensando em estratégias para chegar até Miguel Servet, dentro da prisão. Não consegui criar nenhuma. Mas pensaria nisso conforme as coisas fossem acontecendo. Precisaria de sorte, e provavelmente de alguma coragem.

XVII

OS SANTOS APAGADOS

A prisão de Genebra estava instalada no prédio que fora, antes da Reforma Protestante, o palácio Episcopal. Parecia minha sina, essa de ser hospedado em palácios de arcebispos, em diferentes circunstâncias. O quarto destinado a La Fontaine era amplo, maior até do que o da casa em que vivia, mas as paredes clamavam por limpeza e pintura. Isso foi motivo para que ele reclamasse, logo ao chegar, deixando claro o quanto se estava sacrificando pela causa calvinista. O meu quarto era contíguo, muito pequeno e com uma minúscula janela para a rua, enquanto o dele tinha uma sacada para o pátio interno. Imaginei que os dois cômodos tivessem servido, noutro tempo, para alguém do alto clero católico e seu secretário particular, o que parecia se repetir nessa nova versão. Mudam as pessoas, mas não os costumes.

Minha função não mudara: fazer pequenas compras de mantimentos, jogar os dejetos etc. Pela natureza do trabalho, eu podia sair e entrar do prédio quantas vezes precisasse. La Fontaine também poderia, pois não era trancado nem vigiado por guardas; mas o respeito à lei e à situação exigia que não o fizesse. Na primeira vez em que saí, os guardas do portão perguntaram-me aonde ia, e por quê; após a terceira vez já não se davam a esse trabalho, e eu passava por eles naturalmente, como um hóspede em uma estalagem.

No mesmo dia em que nos mudamos, poucas horas depois, foi iniciado o processo. Mal tivemos tempo de instalar os pertences pessoais de cada um, e já fomos para a sala de audiências. Esta também dava para o pátio, e estava bem mais conservada; tinha até uma certa suntuosidade. Alguns afrescos, ainda intactos nas paredes, mostravam cenas do Velho Testamento; outras áreas haviam sido pintadas de branco, provavelmente para apagar representações de santos católicos. Uma comprida e baixa divisória de madeira escura ficava ao longo da face que dava para o pátio, atrás da qual estavam duas fileiras de cadeiras de espaldar alto, cada uma com dez lugares. Nessa disposição, quem se sentava ficava de costas para a janela e para o pátio, olhando para a parede oposta, o que não parecia lógico. Do outro lado da divisória ficava uma cadeira comum, para o interrogado, que assim ficava de frente para a janela, podendo ver a luz atrás das duas fileiras de juízes. A composição era, certamente, proposital: o rosto do prisioneiro ficaria bem iluminado, permitindo que fosse observada sua expressão facial a cada resposta, ao passo que ele não poderia ver com clareza as faces dos inquisidores, ofuscadas contra a luz.

Nas paredes que formavam os lados menores da sala ficavam as portas. Por uma delas entravam os juízes, o acusador e os assistentes, e pela outra, no lado oposto, o prisioneiro. Junto à primeira ficava uma pequena mesa com cadeiras reservadas para La Fontaine e o notário. Um banco baixo, encostado à parede, servia para os secretários e criados, como eu.

Nessa primeira sessão, em 14 de agosto, a maioria das cadeiras estava vazia. Na sala estavam apenas o lugar-tenente, chamado Tissot, La Fontaine, o notário e eu. O preso foi trazido por um carcereiro quando os quatro já estavam em seus lugares.

Miguel Servet entrou na sala com a mesma postura de fidalgo que tinha quando foi preso. A camisa branca já tinha algumas manchas, mas estava bem composto. Sentou-se sem esperar que o mandassem, e ficou olhando para a sacada, como se no recinto não houvesse mais ninguém.

Foi o lugar-tenente quem abriu a sessão, tentando ser solene:
— Declaro aberto o processo que move Nicolas de La Fontaine, nascido na França e radicado nesta cidade, contra Miguel Servet, de Vilanova, Reino de Aragão, Espanha.

Em seguida, ergueu com a mão direita um maço de papéis, acrescentando:
— O senhor de La Fontaine apresenta questões por escrito, as quais tenho em mãos, pedindo que o preso responda a cada uma delas. Miguel Servet: jura dizer a verdade, sob pena de ser sumariamente condenado por perjúrio?

Servet respondeu que sim, mantendo os olhos fixos na sacada. O lugar-tenente passou a ler as perguntas, pedindo a resposta após cada uma delas. La Fontaine não disse uma só palavra durante quase toda a sessão.

— É verdade que o senhor, há 24 anos, começou a incomodar todas as igrejas da Alemanha com suas heresias, e que foi nessa época condenado, e que fugiu para escapar ao castigo?

— Escrevi, naquele tempo, uma obra. Mas não perturbei as igrejas, nem fui condenado. — Ao responder, Servet girou o olhar, da sacada para o inquisidor.

— Quer dizer que, naquele tempo, escreveu um livro que infectou muita gente?

— Sim, escrevi um livro. Mas ignoro que tenha infectado alguém.

— E, desde então, não parou de insuflar veneno, através de anotações na Bíblia e na Geografia de Ptolomeu?

— Redigi comentários nesses livros, mas nenhum que envenenasse qualquer pessoa.

— E, mais tarde, imprimiu às escondidas outro livro, que continha inúmeras blasfêmias?

— Escrevi uma obra, na qual não blasfemei. Se me mostrarem tais blasfêmias, estou disposto a retificar.

Esta resposta não foi dada em tom humilde de quem quer corrigir algo, mas com ar de desafio, convidando à polêmica. Não surtiu efeito; as perguntas estavam prontas e escritas, e o lugar-tenente não desviaria por um segundo do que estava no papel.

— É verdade que foi preso em Vienne e que, quando lhe iam dar a oportunidade de se retratar, preferiu fugir?

— Sim, estive preso em Vienne, por influência dos senhores Calvino e De Trie. Fugi porque falavam em me queimar vivo. Porém, pela maneira com que me mantinham preso, parecia que desejavam que eu fugisse.

Afundei a cabeça nos ombros, tentando desaparecer. Ao que parecia, Servet e eu éramos os únicos na sala que sabiam, até então, da armação feita para sua fuga. Cada um de nós conhecia um lado da história, sem que nunca nos tivéssemos visto. Teria o carcereiro de Vienne contado a ele sobre o suborno feito por um jovem chamado Marcus Ibericus? Provavelmente não. Os subornados sempre dizem estar agindo por convicção moral.

O lugar-tenente também não pareceu surpreso, e continuou com as perguntas. A partir desse ponto, o interrogatório passou ao campo da teologia. Durante mais uma hora, Tissot leu trinta perguntas, abordando o dogma da Trindade, a divindade de Jesus, a figura da Virgem Maria e a essência de Deus. Servet respondeu a cada uma com enorme erudição, enquanto eu estranhava que La Fontaine as tivesse formulado. Conhecia um pouco meu patrão e sabia que, mesmo estudando teologia, não tinha suficiente cultura para compor tais questões. O fato de tê-las trazido por escrito, e o de ter ficado calado frente às respostas, não deixava dúvida: todas as perguntas haviam sido entregues a ele por João Calvino.

Esperei pacientemente por alguma questão sobre medicina ou sobre anatomia. Em vão. Tudo ali era sobre Deus, Cristo, Maria, Espírito Santo. No estilo dos teólogos e dos religiosos: discutir, debater, combater por assuntos nos quais se deveria apenas crer ou não crer. Eu já estava me acostumando, embora não entendesse. Depois dessa hora inteira de debate estéril, o lugar-tenente voltou ao assunto pessoal:

– Confessa que, em um livro impresso, difamou a pessoa de mestre Calvino, Ministro de Deus nesta Igreja de Genebra, pronunciando contra nossa doutrina todas as injúrias e blasfêmias que se podem inventar?

Servet alterou, pela primeira vez, o tom da voz, deixando o estilo calmo pelo irritado:

– Calvino injuriou a mim, antes, em muitos livros impressos! Escrevi a ele contestando várias passagens em que estava errado, e ele apenas respondeu dizendo que eu estava ébrio. Ébrio estava ele, quando escreveu tantas coisas erradas!

Ele sabia que Calvino estava por trás da acusação. Mas, por esse comportamento, ficava claro que desconhecia a influência do pastor sobre a corte de Genebra. Pareceu-me que ele acreditava, nessa fase, estar sendo julgado por um poder independente. O inquisidor continuou:

– E este mesmo livro, que foi condenado até pelos católicos, o senhor escondeu de Guéroult, que era então o revisor das prensas? Não negue, porque foi ele mesmo quem nos contou isso.

– Ora, fui eu mesmo quem fez a revisão, em Vienne. Mas nunca me escondi de Guéroult. Ao contrário, nos víamos sempre.

Foi então que La Fontaine saiu do silêncio, levantou-se e levou até o prisioneiro um maço de páginas escritas à mão e alguns livros impressos, gritando:

– Reconhece estas páginas? Vai negar, sob juramento a Deus, que as escreveu?

Servet olhou cada um dos volumes. Recuperando a calma, disse que eram de seu punho os manuscritos, porém que nunca foram publicados. Quanto aos livros impressos, sim, eram obras suas. La Fontaine pediu que os livros fossem anexados como provas, entregando-os ao carcereiro. Nesse momento, o fidalgo espanhol acrescentou, com ar irônico:

– Deixe com ele os livros, assim como eu fui obrigado a deixar, com ele mesmo, noventa e sete escudos, uma corrente valiosa e seis anéis de ouro!

O lugar-tenente Tissot ficou em pé, num impulso, voltando-se para o carcereiro:

– É verdade, Grasset? Posso saber onde estão esses valores? Não os deveria ter entregue às autoridades?

– Eu ia entregar, senhor... – O homem estava pálido e suava.

– Mas não o encontrei desde ontem... Vou trazer tudo assim que possível.

Tissot deu um brado na direção do homenzinho assustado:

– Depois lidaremos com essa sua conduta. A sessão está encerrada. Agora leve o preso para a cela.

O carcereiro correu a cumprir a ordem. Parecia disposto a sair dali tão depressa que se adiantou para a porta, voltando para buscar Servet, como se o houvesse esquecido. O médico deixou a sala com a cabeça erguida, sem olhar para ninguém.

Acompanhei meu patrão de volta aos seus aposentos, e vi que estava cansado. Apesar disso tentei influenciá-lo, dizendo que o herege, sendo médico, podia também ter blasfemado em livros de medicina. Eu pretendia desviar um pouco o curso do interrogatório. Mas foi inútil. Ele respondeu que não estavam processando por heresia médica, e sim religiosa. Dizia sempre *nós estamos*, *nós* não vamos, como se me lembrasse de que era apenas uma peça naquele jogo. De nada adiantava influenciá-lo; não tinha poder de decisão sobre os temas abordados no processo. Calei-me, limpei o quarto e pedi licença para ir até o lago esvaziar o vaso.

No dia seguinte, Servet foi novamente interrogado. Desta vez, quase todas as cadeiras estavam ocupadas. A maioria era de membros do chamado Pequeno Conselho, formado pelas famílias mais antigas e influentes de Genebra. Naquela cidade, a distinção entre pastores e leigos não era bem definida; os dois lados tratavam das questões religiosas e práticas.

O interrogatório foi exatamente o mesmo. As questões foram repetidas, uma a uma, da mesma forma que no dia anterior, pedindo respostas. Estranho sistema, aquele: o prisioneiro é interrogado antes, por duas pessoas, e depois, na frente da corte, com as mesmas perguntas. Imaginei que o primeiro exame seria um ensaio; depois de observar a postura e ouvir as respostas, era mais fácil refazer o interrogatório na presença dos juízes. Mas as respostas não foram as mesmas. Naquele dia Servet parecia mais cansado, e não disposto à polêmica. Sobre muitas das perguntas respondeu que não havia dito ou escrito aquilo, em vez de apresentar sua versão sobre o assunto. Acho que também era parte da tática de inquisição, aquilo de repetir as questões. O acusado se cansava de dar as mesmas respostas e começava a argumentar de outra forma, o que era considerado contradição.

Ao final, o lugar-tenente Tissot enunciou sua estranha conclusão:

— Fica suspenso este julgamento até que as respostas do acusado sejam verificadas, e comparadas com a verdade. Uma vez que já ficou claro, por essas respostas, que ele é culpado, decido liberar o senhor Nicolas de La Fontaine da prisão, sendo que poderá comparecer a todas as futuras audiências, na qualidade de acusador.

A cada dia, uma surpresa. Se as respostas iam ser verificadas, como poderia um preso ser considerado culpado, antes do fim do processo? E o que acontecera com a lei? Bastava uma ou duas sessões para que o acusador fosse libertado?

Estava claro. João Calvino não podia dirigir o interrogatório enquanto La Fontaine estava preso. Como orientar seu preposto? Teria que ir todas as noites à prisão, ensaiar o dia seguinte, trazer novas perguntas. Assim, convenceu o tribunal a libertá-lo, permitindo que La Fontaine passasse a ser seu porta-voz com o adequado treinamento, em liberdade.

O mais estranho é que o prisioneiro já parecia condenado. Mas, ao contrário das ditaduras clássicas, em que a sentença era simplesmente proclamada e cumprida pelos déspotas, o sistema de Genebra consistia em cuidar de todos os detalhes processuais, de forma a que tudo ficasse documentado. Eram atores do despotismo, representando uma peça sobre justiça e liberdade de defesa.

Na mesma tarde meu patrão voltou para sua casa perto do Bourg du Four. Ansioso, perguntei qual seria meu papel dali em diante.

– Mudará um pouco, Marcus – disse ele, enquanto comia um pedaço de pão com azeite. – Continuaremos indo às audiências todos os dias. Você, entretanto, terá mais trabalho. A partir de agora vou contar com um advogado, para melhor conduzir a acusação. Chama-se Colladon, e é um dos melhores de Genebra. Você terá que assessorá-lo também.

– Em que, exatamente, senhor?

– No que for necessário. Especialmente carregar os documentos, mantê-los em ordem, garantir que estejam todos prontos para qualquer consulta dos juízes. Espero que você entenda a importância disso: será mais do que um criado, quase um secretário a meu serviço e ao do senhor Colladon. É claro que você cuidará dos documentos mais simples. Desde já, recomendo que não se aproxime das obras do herege, especialmente do livro inspirado por Satã.

Ele se referia ao *Christianismi Restitutio*. Por curiosidade, perguntei:

— Já não foi destruída, essa obra?

— Sim. Todos os exemplares que chegaram a Genebra foram destruídos. E também os que foram para Frankfurt, pois mestre Calvino é muito respeitado pela igreja de lá. Mas restou um, que está sendo usado como prova no processo; no final, será queimado. Não sobrará nada dessa obra diabólica.

Aquele teatro começava a ficar perigoso para mim. Entrava mais um ator. O tal Colladon era, por certo, indicado por Calvino. Era a oportunidade de ter acesso a todos os documentos, mas eu teria escolhido a simples posição de espectador, se pudesse.

A obsessão de Calvino por aquele processo aumentava a cada dia. Em 17 de agosto ele decidiu sair do bastidor para o palco; devia estar cansado de manobrar marionetes. Depois de três interrogatórios em que as mesmas perguntas eram feitas, decidiu comparecer em pessoa, arranjando para isso um convite de Tissot. Numa curta sessão discursou sobre as heresias do espanhol, garantiu que estava em concordância com La Fontaine em toda aquela acusação e que gostaria de participar, como se também fosse acusador. Os juízes, como bons cordeiros, declararam que, dali por diante, ele poderia ter acesso a todas as sessões, assistindo a La Fontaine no que fosse necessário.

Com a presença de Calvino e Colladon, o clima dos interrogatórios mudou. As questões eram as mesmas, mas começaram a ser discutidas com mais profundidade, de forma a que Servet ficasse cada vez mais acuado. Muitas vezes insistiam simplesmente em que confessasse algo, como haver anotado nas margens do livro de Calvino; o notário era avisado para escrever nos autos, a todo momento, que o prisioneiro confessava isso e aquilo, na maioria das vezes fatos conhecidos e muitas vezes acessórios. As discussões teológicas tornaram-se exaustivas, especialmente para mim, mas também para o réu, que a cada dia parecia mais cansado.

O advogado de La Fontaine era displicente com documentos. Na minha nova função eu estava sempre arrumando papéis e muitas vezes coletando-os no chão ao redor dele, que deixava caírem sem perceber. Apenas o livro profano era objeto de sua atenção; mantinha-o sobre a mesa à sua frente todo o tempo, muitas vezes apoiando a mão sobre ele. Sempre que se entusiasmava, brandia o volume desfechando perguntas. Lembro-me de um de seus ataques, quando, segurando a obra de Servet, gritava:

– Aqui, em minhas mãos, tenho a sua obra cheia de heresias! Vai negar que escreveu, neste livro, nas folhas 22 a 36, grandes heresias contra a Santíssima Trindade, comparando-a a Cérbero, o cão de três cabeças que vigia a porta do inferno? Chamando de politeísta aquele que nela acreditar? Com que propósito escreveu esta blasfêmia?

Servet respondeu em tom cansado:

– Não chamei de politeístas aqueles que acreditam na Trindade, pois eu mesmo nela creio. Chamo assim apenas aqueles que a veem como ela não é. Chamo assim os que põem uma distinção real entre as três pessoas, dividindo Deus em partes, tirando Sua essência divina. A esses, sim, chamo de trinitários e de ateus. Na verdadeira Trindade existe apenas uma distinção pessoal, não real. Os primeiros doutores da Igreja, discípulos dos apóstolos, já diziam isto. Santo Inácio, discípulo do apóstolo João, na carta aos tarsenses. Policarpo, que foi mártir e discípulo de João, na carta aos filipenses. Clemente, discípulo e sucessor de São Pedro. Irineu, mártir, discípulo de Policarpo, nos cinco livros em que trata do assunto, citados na minha obra. Tertuliano, doutor no tempo dos apóstolos, que também cito, além de Clemente de Alexandria, também daquele tempo.

– Então todos esses doutores usaram a palavra *Trindade*, em seus escritos?

– Essa palavra foi usada apenas depois do Concílio de Niceia. Os doutores de quem falo não usaram tal termo. Mas é óbvio que podemos entender o que queriam dizer quando escreviam que nas três pessoas não existia hipóstase. Entendo por hipóstase uma substância que é visível, concreta, aparente.

– Ora, senhor Servet! Não se refira a doutores como Clemente, Inácio e Policarpo! Os livros atribuídos a esses santos homens são apócrifos e representam loucuras completas. Além do mais, Tertuliano e Irineu estão totalmente contra suas ideias.

Por esse diálogo, mínima fração do que assisti naqueles dias, pode-se ter uma noção da loucura que acometia aqueles homens. Cada um tentava mostrar mais erudição, citando textos antigos para justificar ideias, chegando a duelar sobre o sentido exato de uma palavra. Discussões que talvez coubessem numa ceia universitária; mas ali não se tratava de deleite intelectual. Estavam decidindo o destino de um homem, que poderia terminar preso para sempre, ou morto, com base na interpretação de palavras como hipóstase. Não é de admirar que Servet estivesse ficando mais cansado a cada sessão. Uma semana depois de preso, ainda estava sendo submetido a provas sucessivas, quase sem descanso.

No dia 22 de agosto, ao final de uma sessão cansativa e cheia de discussões, Colladon me chamou, enquanto vestia a capa para deixar o recinto.

— Moço, cuide bem destes documentos. Quero tudo em ordem, na próxima sessão, e bem guardado aqui. Ainda hoje, você deve cumprir duas tarefas: a primeira é levar uma carta ao mensageiro oficial, que o espera em frente à catedral. Esta carta deverá seguir, esta noite, para Vienne. É muito importante, pois estamos pedindo cópia do processo instaurado naquela cidade contra o herege. Entendeu?

Sim, eu havia entendido a ordem, com clareza. O que eu continuava sem entender era essa estranha conexão entre duas igrejas rivais, sempre em colaboração. Mas isso já não me surpreendia. A surpresa daquele dia estava reservada para a segunda tarefa:

— Em seguida, dirija-se à cela do herege. Os guardas me disseram que ele deseja entregar uma petição, por escrito, a este tribunal. Quero essa petição aqui, bem cedo, sobre a mesa, para que possa lê-la antes da sessão. Vá à cela, receba a petição e deixe aqui.

Senti o estômago doer, e não era apenas a fome. Depois de peregrinar pela Europa por mais de quatro meses, estava perto de encontrar Miguel Servet pessoalmente. A ansiedade tomou conta da minha voz quando respondi, tentando aparentar calma:

— Sim, senhor.

Ele não percebeu o suor na minha testa. Estava concentrado em vestir a capa e ir para casa.

XVIII

O LIVRO QUINTO

Tive que esperar mais de uma hora e meia pelo mensageiro, em frente à catedral. Quando ele chegou, já começava a escurecer. Nem desceu do cavalo. Tomou a carta da minha mão e partiu, veloz.

Já era quase noite quando entrei na prisão de Genebra para cumprir a segunda tarefa. Meu coração batia forte e minhas mãos estavam geladas. Passei pelos guardas, sem ser parado, e fui direto para a sala das sessões. Não conhecia o caminho para as celas, pois sempre havia feito apenas o trajeto até aquela sala. Entrei pela porta por onde sempre entrava, atravessei o cômodo e passei pela outra porta, por onde sempre tinha visto trazerem o prisioneiro. Caí diretamente na escuridão, e parei.

Bati palmas, várias vezes, até que uma luz se aproximou. Era o carcereiro com uma lamparina. Cumprimentou-me com atenção, pois já me havia visto, nas sessões, em companhia de Colladon e de La Fontaine. Pedi que me levasse à cela do prisioneiro Servet, pois devia recolher uma petição, por ordem do advogado de acusação.

– Eu sei. Venha comigo. Pensei que não viria mais, hoje.

Conduziu-me através de três cômodos vazios até uma escada estreita, pela qual descemos dois lances. Em baixo, demos numa ampla sala de distribuição, com várias portas em cada parede. Dois lampiões estavam acesos, e eu podia enxergar um pouco mais. O carcereiro abriu uma das portas, que não estava trancada, e fez sinal para que eu entrasse.

— Consegue achar o caminho de volta? — perguntou.
— Sim. Mas não no escuro...
— Fique com esta lamparina. Quando sair, apague e deixe com o guarda do portão.

Aceitei, e ele saiu por outra porta, na direção oposta à de onde viéramos. Levantei a lâmpada sobre a cabeça para entrar na cela, mas ali já havia velas acesas. Ela era pequena, sem janelas, e toda a mobília consistia de uma cama, uma mesa e uma cadeira.

Miguel Servet estava sentado na cama. Tinha os cabelos desalinhados e a barba grisalha tocava o peito, pois o corpo estava curvado e as mãos apoiadas sobre os joelhos. Nada lembrava a nobreza da figura que eu conhecia dos interrogatórios. Levantou os olhos para mim e estendeu o papel com a petição, que segurava na mão direita, como se me esperasse. A luz das velas revelava o cansaço em seu rosto.

— Boa-noite, doutor Servet.

Ele não se impressionou com minha amabilidade. Voltou a olhar para os joelhos, em silêncio. Passei os olhos pela folha de papel, curioso, mas não consegui decidir se era apropriado ler o conteúdo, ou simplesmente sair. Servet pareceu adivinhar:

— Pode ler, se quiser. Depois leve para seu patrão, por favor.

Aproximei-me da mesa, puxei a cadeira e me sentei, usando a luz da vela que ficava sobre a mesa para ler, em silêncio. Lembro-me de cada palavra:

> A meus muito honoráveis Senhores Síndicos, e ao Conselho de Genebra:
> Suplica humildemente Miguel Servet, acusado, assinalando o fato de que é uma invenção nova, desconhecida dos apóstolos e discípulos da antiga Igreja, isto de acusar alguém criminalmente por causa de doutrinas ou questões procedentes das Escrituras. Assim mostram os Atos dos Apóstolos, capítulos 18 e 19, onde as acusações são relevadas e os acusadores

retornam à Igreja quando não há outro delito que não seja de religião. Do mesmo modo, no tempo do imperador Constantino, o Grande, quando ocorreram as grandes heresias dos arrianos e acusações criminais, tanto do lado de Atanasio quanto do de Arrio, o imperador, seguindo seu próprio entender e o de todas as igrejas, decidiu que, segundo a velha doutrina, tais acusações não teriam consequências, mesmo se tratando de um herético como era Arrio. Todas as questões seriam decididas pelas igrejas e aqueles que fossem condenados, se não se quisessem retratar, seriam excluídos. Este era o castigo sempre empregado pela primeira Igreja contra os hereges, como provam outras mil histórias e a autoridade dos doutores.

Por esse motivo, senhores, segundo a doutrina dos apóstolos e discípulos, que não permitiam tais acusações, e segundo a doutrina da primeira Igreja, o suplicante pede que se retire a acusação criminal. Em segundo lugar vos suplica, senhores, que considereis que ele não cometeu nenhum delito em vossa terra ou em qualquer lugar, e que não é, em absoluto, revoltoso ou perturbador, e que as questões que ele trata são difíceis e dirigidas somente aos homens sábios. E que, durante todo o tempo em que esteve na Alemanha, só falou sobre estas questões com Ecolampadio, Bucer e Capito. Na França, nunca falou sobre elas com ninguém. Além disso, sempre reprovou, e reprova, a atitude dos anabatistas que se insurgem contra os magistrados entrando em questões comuns. Conclui, assim, que por haver destacado certos pontos dos antigos doutores da Igreja, sem nenhum desejo de perturbar, não deve, de modo algum, estar preso e submetido a uma acusação criminal.

Em terceiro lugar, senhores, como é estrangeiro e não conhece os costumes deste país, nem sabe como falar e proceder em juízo, vos suplica humildemente que concedeis um

procurador que fale por ele. Assim faríeis bem e Nosso Senhor fará prosperar vossa república.
Escrito na vossa Cidade de Genebra, aos 22 de agosto de 1553.

Miguel, de Vilanova, em sua própria causa.

A carta era uma autêntica declaração de fé no bom senso dos juízes. Servet parecia acreditar que estava sendo julgado por um conselho de leigos, a partir de uma acusação feita pelos pastores. Comecei a entender o motivo que o trouxera a Genebra: parece que ele queria participar da polêmica, contribuir para a Reforma, mas não imaginou que pudesse ser preso e condenado por isso. Obviamente não conhecia a estranha mescla de autoridade que existia naquela cidade, onde não se sabia bem onde começava a Igreja e onde terminava o poder civil. Precisava, mesmo, de um procurador. Como poderia haver um julgamento em que o acusador tinha um advogado e o acusado não? Parecia até estar um pouco confuso, pois começara a petição com um nome e assinara com outro. Tive pena do homem.

– Doutor Servet, a petição é realmente muito pertinente. Vou levá-la aos juízes, e espero que sejam favoráveis a seus pedidos. Infelizmente, não tenho nenhum poder sobre...

– Eu sei – interrompeu ele. – Você é apenas um lacaio de Genebra, e serve a Calvino sem questionar nada.

Decidi que era hora de começar a sair do bastidor. Aproximei um pouco a cadeira até ficar mais próximo dele e disse, em voz baixa e mudando do francês para o espanhol:

– Não sou de Genebra, doutor. Não conheço Calvino, e não sigo seus preceitos.

Ele ergueu a cabeça, um pouco assustado. Olhou-me de alto a baixo, pela primeira vez, e ficou em silêncio por uns segundos. Depois, recuperado da surpresa, disse:

— E também não é espanhol, com esse acento português. O que faz em Genebra? Não trabalha para o tal La Fontaine?
— Sim. Mas não vim a Genebra buscar orientação religiosa. Sou médico em Ancona, ao norte dos Estados Papais, e discípulo do grande Amatus Lusitanus.

Ele não pareceu conhecer o nome. Mas estava atento. Continuei:

—Vim a esta cidade em busca de conhecimento sobre anatomia. Conheci La Fontaine na igreja, há cerca de um mês, pois não se pode viver em Genebra sem ir à igreja. Precisava de um emprego qualquer, já que não posso exercer a medicina aqui. Nunca imaginei que ele fosse se transformar em acusador num processo de heresia. Mas, hoje, cá estou. Não sei bem o que fazer, nem sequer se posso fazer algo. Deixo que os astros me indiquem o caminho a seguir. A única coisa que me interessa, doutor, é a anatomia.

—Veio ao lugar errado, meu jovem. Nesta cidade não se estuda nada que não seja a Bíblia.

— Eu sei. Mas, hoje, os astros parecem me indicar um bom caminho, pois há muito tempo ouço falar de seu conhecimento em medicina. Disseram-me que estudou com o grande Vesalius, e que conhece a forma pela qual o espírito vital se difunde ao sangue no coração.

Fui rápido demais para a alma cansada e perturbada de Miguel Servet. Ele começou a esfregar a face com as duas mãos abertas. Depois se levantou e começou a andar pela sala, olhando as paredes de alto a baixo, pôs as mãos na testa puxando a cabeça para trás, voltou a me ver e passou a discursar:

— O Espírito de Deus é único, e não pode ser dividido! É o sopro do Criador sobre Adão, que fez nascer a natureza divina no homem. O espírito vital, querem torná-lo uma pessoa de carne e osso, adorá-lo numa pomba! Hereges, esses sim! O sopro de Deus faz purificar o sangue, que o coração distribui para a vida do corpo. Está tudo lá, no livro quinto. Mas querem destruí-lo, e destruir-me! Não querem ver que as minhas ideias trazem a renovação!

Suava, e estava um pouco ofegante. Eu, a cada segundo mais confuso, tentava entender. Espírito vital. Livro quinto. Sopro de Deus. O que ele queria dizer? Fiquei ali calado, até que o homem foi se acalmando. Voltou a sentar-se na cama, abaixou a cabeça e disse, sem olhar para mim:

– Leve a petição, jovem médico. Estou cansado.

– Levo, senhor. Boa-noite.

A lâmpada do carcereiro se havia apagado. Usei a vela sobre a mesa para reacendê-la e saí, sem dizer mais nada. Subi os dois lances de escada cuidando da pequena chama, pois sem ela nunca conseguiria sair dali. Quando cheguei à sala de interrogatórios, parei por um instante, respirando rápido pela emoção e pela subida. Olhei em volta, enquanto tentava organizar as ideias. A sala vazia, à noite, tinha o ar sombrio de Inquisição que durante o dia as amplas janelas disfarçavam. As cadeiras esperavam os juízes para a próxima sessão. A mesa do advogado estava da forma como havia sido deixada, com os documentos arrumados em pilhas. No centro ainda estava o livro condenado.

Movido apenas pela intuição, fui me aproximando daquele livro. Era um volume de pouco menos de um palmo de comprimento por meio de largura, mas bastante espesso. Na capa estava escrito:

A RESTITUIÇÃO DO CRISTIANISMO. Toda a Igreja Apostólica é convocada a voltar a suas origens e a restaurar o conhecimento completo sobre Deus, a fé em Cristo, a nossa justificação, a regeneração pelo batismo e a participação na ceia do Senhor. E finalmente restituir-nos o reino do céu, encerrar o ímpio cativeiro da Babilônia e destruir o anticristo com todos os seus.

Não havia referência a impressor ou a local de impressão, como seria de costume. Nem aparecia o nome do autor. Abaixo do título, porém, figurava uma citação bíblica em hebraico e outra em grego. A primeira era do profeta Daniel: *E naquele tempo, Miguel, o grande príncipe que protege seu povo, surgirá.* A segunda era do apocalipse: *E uma guerra surgiu no céu.* Eu não conhecia a Bíblia o suficiente para interpretar esta última, mas hoje sei que também escondia o nome do autor; o texto bíblico completo diria: *E uma guerra surgiu no céu. Miguel e seus anjos lutaram contra o dragão.* Servet deixava oculta a autoria, em hebraico e grego, apenas para os mais perspicazes e cultos. Abaixo das citações estava o ano, em latim: MDLIII.

Apoiei a lâmpada sobre a mesa, olhei em volta e agucei os ouvidos. Nenhum som. O prédio parecia deserto. Sentei-me na cadeira do advogado e, criando coragem, abri o livro.

Era dividido em capítulos, denominados livros. Comecei a ler: Livro Primeiro. Pura teologia. Já ia virando a primeira página, quando o eco das palavras de Servet gritou na minha cabeça: "*Está tudo lá, no livro quinto!*" Afoito, fui passando rapidamente até chegar onde a voz mandava: Livro Quinto.

Mas ainda era teologia. Deus, Cristo, Espírito Santo. Meus olhos devoravam as linhas em latim, como se só desejassem parar onde interessasse. Quando virei a página 167, eles se arregalaram sem que eu quisesse. Aparecera a palavra *sangue*. O texto anatômico começava.

E estava tudo ali.

> O espírito divino está no sangue e o espírito divino é o mesmo que o sangue ou espírito sanguíneo, como está no livro do Gênesis.
>
> O espírito vital é gerado nos pulmões, pela mistura do ar inspirado com o sangue, e o ventrículo direito o transmite ao

ventrículo esquerdo. Entretanto, essa comunicação não se faz através da parede entre os dois, como se crê correntemente, mas por meio de um artifício magno: o sangue é impulsionado pelo ventrículo direito, através de um longo circuito, através dos pulmões. É elaborado pelos pulmões, transformando-se num vermelho claro, e conduzido desde a artéria pulmonar até as veias pulmonares, sendo misturado com o ar inspirado e, através da expiração, purificado dos vapores fuliginosos. Assim, finalmente, essa mescla de sangue e espírito vital é atraída para o ventrículo esquerdo do coração, pela diástole. As comunicações da artéria pulmonar com as veias pulmonares ensinam que a comunicação se faz por essa via, através dos pulmões. O tamanho notável da artéria pulmonar confirma isso: que ela não foi feita com esse tamanho simplesmente para nutrir os pulmões. A cor vermelha do sangue é dada pelos pulmões, e não pelo coração. A parede entre os ventrículos, que carece de vasos e mecanismos, não é apta para essa comunicação. Depois, o espírito vital se difunde a todas as artérias do corpo, impulsionado pelo ventrículo esquerdo. Se alguém comparar estes fatos com os descritos por Galeno nos livros VI e VII do *De Usu Partium*, poderá compreender cabalmente uma verdade que foi desconhecida de Galeno.

O gênio havia vislumbrado o que Galeno não enxergou. Não há comunicação entre os ventrículos, de fato. O sangue sai do coração, pelo ventrículo direito, para os pulmões, onde se mistura com o ar inspirado, ganhando o espírito vital e deixando os vapores fuliginosos para serem expirados. Dos pulmões retorna ao coração para o ventrículo esquerdo, que o impulsiona para todo o corpo. Duas circulações distintas, uma menor e outra maior. Uma só bomba, fazendo os dois trabalhos ao mesmo tempo. Simples e maravilhoso.

Pensei em Amatus Lusitanus, em Realdo Colombo e em Juan Valverde. Que expressão teriam no rosto ao ouvir esta explicação óbvia, simples e completa? Tudo se encaixava, inclusive os poros que ninguém conseguia encontrar. Li o texto mais três vezes, tentando memorizar as palavras, pois não havia tinta ou papel para que pudesse copiá-las. Sabia que jamais poderia ter aquele livro; aliás, ninguém poderia, pois era o último exemplar e seria destruído. Por que uma descrição anatômica daquela importância ficava no meio de um tratado de teologia, e não num livro de anatomia? Era a alma de Servet: acima de tudo, a religião.

Eu estava paralisado com a mão sobre a página, pensando em tudo isso, quando fui assustado pelo barulho da porta sendo aberta. A viagem pela anatomia foi subitamente interrompida pela voz do guarda que apareceu na soleira:

– O que está fazendo?

– Nada – respondi com um sussurro. – Arrumo as coisas na mesa, para que o advogado Colladon possa tê-las em ordem na próxima sessão. Pediu-me que recolhesse uma petição do preso, e aproveitei para deixar tudo em ordem.

– Não me pareceu arrumar nada, moço. Você estava lendo.

– Engano seu. Eu não leio latim. Estava tentando separar os documentos.

– Muito bem. Agora terá que sair, porque eu quero fechar tudo isto.

– Eu já estava de saída.

Fechei o livro e passei por ele com um "boa-noite" atencioso. Deixei a sala para a saída do prédio, atravessei o portão depressa e ganhei a rua, caminhando rápido para casa.

Custei a dormir, naquela noite. Havia conseguido a chave do problema, e completado a missão. Só precisava levar a resposta a Valverde, para que satisfizesse Colombo, e poderia novamente me juntar a meu mestre em Ancona. Precisava de uma boa desculpa para deixar La Fontaine e Genebra tranquilamente, em paz. Não consegui pensar em nenhuma, até que adormeci.

XIX
DEUS POR TESTEMUNHA

A petição de Servet foi negada sumariamente. Os juízes afirmaram que, uma vez que ele mentia tão bem, não precisava de advogado ou procurador.

No dia seguinte foi novamente interrogado. Dessa vez a sessão não foi sobre teologia, e o clima parecia mais jurídico. Começaram perguntando sobre Constantino e as leis antigas aplicadas aos hereges, mostrando que a petição, de qualquer forma, tivera algum impacto:

– Em primeiro lugar, por meio de quais histórias quer provar aquilo que alega sobre Constantino, o Grande, e sobre a Igreja antiga, no que toca ao castigo dos hereges?

– Provo com todas as histórias que tratam de Constantino, o Grande.

Incríveis juízes. Depois de negada sumariamente a petição, ainda a discutiam, como se precisassem justificar cada um de seus atos.

– Sabe que o crime de calúnia e falsa acusação é crime capital?

– Nunca acusei ninguém criminalmente. Mas sei bem que o falso acusador deve receber o castigo que se daria ao acusado, se é que isto se aplica.

– E, no entanto, acusa ministros da palavra de Deus de calúnia e de blasfêmia!

— Em matérias acadêmicas, sim, a acusação cabe. Nessas discussões é comum que cada um mantenha sua causa, ainda que a parte adversa saiba que corre perigo de ser condenada.
— Sabia que Capito e Ecolampadio são doutores e ministros da palavra de Deus, aprovados pelas igrejas cristãs? Como pôde acusá-los de estarem de acordo com suas heresias?
— São aprovados por uns, e não por outros. Até mesmo Lutero escreveu contra Ecolampadio em matéria de sacramentos e de livre arbítrio.
Estavam, pouco a pouco, tentando destruir os argumentos da petição. Passavam a acusá-lo de calúnia e difamação, deixando de lado a heresia, assim justificando a acusação criminal.
— Então não disse que Capito e Ecolampadio compartilhavam as suas opiniões?
— Disse que Capito estava de acordo comigo. Ecolampadio era da mesma opinião no início, mas depois mudou.
— Como sabe?
— Soube só recentemente que Ecolampadio mudou de opinião, pois vi aqui uma carta sua. Quanto a Capito, sei que concorda comigo porque falei com ele em Estrasburgo.
— Pode provar?
— Não, pois falamos a sós. Somente Deus foi testemunha.
— Que idade o senhor tinha quando esteve em Toulouse, França, e por quanto tempo estudou leis?
— Tinha catorze anos. Estive ali por uns três anos, estudando leis.
— Portanto, deve ter lido um livro de leis chamado *Código de Justiniano*...
— Li algumas partes. Mas há vinte e cinco anos não vejo esse livro.
— Bem. Nesse livro está escrito que as pessoas que escrevem contra a Santíssima Trindade são castigadas com a pena capital.

Como, então, o senhor se atreveu a mandar imprimir essas más doutrinas?

— Justiniano não é do tempo da primeira Igreja.

Era incrível. O homem fizera uma petição alegando que a manifestação de ideias teológicas não era crime, e pedira um advogado. Isso causava um enorme trabalho aos juízes, que criavam uma sessão inteira a fim de transformar o processo de heresia em outro, criminal por calúnia. Além disso, tentavam demonstrar que ele entendia de leis, não precisando de procurador. Para que tudo isso, se eram os donos da cidade? Por que todo esse cuidado, se pretendiam condená-lo de qualquer forma? O que temiam? A História, por certo. Estavam ditando as atas, para que o futuro não os acusasse. Tentavam deixar registrado que ele era um mentiroso. Mas Servet desviava-se de todas as investidas.

— Muito bem. Então, se o senhor afirma que seu primeiro livro, *De Trinitatis Erroribus*, nunca foi condenado, por que motivo não conservou nenhum exemplar?

— Não me atrevi a levar nenhum exemplar para a França, por medo de que pudesse causar minha morte.

A pressão do interrogatório começava a fazer efeito. Ele parecia cada vez mais cansado. O tribunal prosseguiu, sem trégua:

— Com quem estudou medicina? Que documentos tem para provar que é doutor nessa profissão?

— Estudei com Jacques Sylvius, Guenther de Andernach e Fernel. Mas as cartas assinadas por eles ficaram em Vienne.

Em seguida, mudando de assunto, começaram a perguntar sobre Guéroult. Achei que queriam condená-lo também, aproveitando o processo de heresia para livrarem-se de um libertino.

— É verdade que o homem a quem o senhor chama Guillaume, o qual era revisor em Vienne com Balthasar Arnoullet quando seu livro foi impresso, ficava encarregado de toda a gráfica quando Arnoullet se ausentava?

— Sim, quando Arnoullet se ausentava Guillaume dirigia. Mas, em relação a meu livro, Guillaume não mandava nada. Que eu saiba, nunca passou os olhos sobre ele.

— Mas, quando esse livro foi impresso, Arnoullet não estava viajando?

— Ele ia e vinha.

— E Arnoullet conhecia o conteúdo do livro?

— Não. Arnoullet não lê latim.

— Mas o senhor disse a ele que o livro era bom, e que venderia bem na Alemanha.

— Pode ser.

— E Guillaume, o revisor, também disse a ele o mesmo?

— Não sei sobre isso, pois o revisor nunca leu o livro.

— Nunca leu? Nem mesmo algumas provas, quando estava sendo impresso?

— Eu mesmo fiz as revisões. Se ele leu algo, não sei.

— Guillaume nunca pediu o original, para traduzir ao francês?

— Não havia original. A cada página que era impressa, eu queimava o manuscrito. Se ele quisesse traduzir, teria que pedir ao impressor uma cópia saída da prensa.

— Então está dizendo que Guillaume, que era encarregado de tudo, de pagar os funcionários, de rever os textos, se absteve sequer de ver a obra enquanto era impressa? Como isso é possível?

— Guillaume era apenas um empregado de Arnoullet.

— Se o senhor persistir negando, teremos que demonstrar que é um mentiroso. O que o senhor afirma é impossível.

— Pois eu afirmo que o impressor assinou contrato comigo na ausência de Guillaume. Eu mesmo corrigia as provas, de modo que Guillaume nunca teve nada com esse livro.

— Mas o senhor falou sobre essas coisas com Guillaume, e com Arnoullet. O que eles disseram?
— São gente de bem. Só dizem a verdade. O que eles disserem, podemos acreditar.
— O sobrenome desse Guillaume é Guéroult?
— Não sei. Sempre ouvi chamarem-no de mestre Guillaume.

A busca de motivos para condenar Guéroult parecia infrutífera. Servet desviava os golpes como um espadachim. Decidiram mudar de assunto:

— É verdade que, quando estava em Charlieu, teve intenção de casar-se com uma moça daquela cidade?

Lembrei-me da moça que me ajudara em Charlieu. Da ternura com que ela falara sobre aquele médico. A resposta de Servet foi surpreendente:

— Sim. Mas não me quis casar, porque não me sentia capaz de ser bom marido. Quando eu tinha cinco anos fui ferido em um dos testículos, e tive o outro operado. Não posso gerar filhos.

Isso explicava a expressão de ternura daquela jovem quando falava nele. Um amor impossível. Pensei no sofrimento de ambos, e como a vida de Miguel Servet teria sido diferente se fosse sadio para casar-se. Talvez estivesse em Charlieu, exercendo a medicina, com uma família, e não numa prisão de Genebra. Talvez fosse não apenas estéril, mas impotente. Também parecia mais clara aquela obsessão pela teologia e pela polêmica. Era a derivação da energia para as guerras intelectuais, já que os prazeres do corpo lhe haviam sido tirados. Mas o tribunal de Genebra não tinha sensibilidade para tanto. Continuaram:

— É verdade que, quando lhe falam de casamento, o senhor diz que alguém pode ter muitas mulheres sem ser casado? É verdade que viveu uma vida de pecado em Charlieu?

Servet olhou para o chão ao responder. Era a primeira resposta que dava sem olhar diretamente para quem perguntava.

– Não me lembro de ter dito isso. Mas posso, eventualmente, ter dito como brincadeira, para esconder o fato de que sou impotente.

A sinceridade chocou os juízes, pois houve um silêncio de alguns segundos. Depois, decidiram mudar de assunto. Perguntaram como ele havia chegado a Genebra, se a pé ou a cavalo, detalhes que realmente não poderiam fazer nenhuma diferença; mas serviam para dissolver o ambiente pesado das acusações de má conduta moral. Em seguida, dispensaram-no. O carcereiro conduziu-o pela porta que dava à prisão.

Os juízes se levantaram lentamente. Também pareciam cansados. O papel de acusador também cansa, especialmente quando se está cumprindo uma formalidade em nome de uma causa pessoal de outros. Saíram da sala em fila.

La Fontaine e Colladon não saíram. Ao contrário, esperaram que o local ficasse vazio, restando apenas eles, eu e um dos guardas. Pareciam ter algo mais a fazer ali. Depois de arrumarem alguns papéis sobre a mesa, os dois voltaram-se para mim com um olhar pesado, em silêncio. Senti algo estranho naqueles olhares, e uma gota de suor escorreu-me pela testa. Foi La Fontaine quem interrompeu o silêncio:

– Então, Marcus, você agora lê latim?

– Como assim, senhor?

– Não se faça de idiota. Não fui bastante claro quando disse para não se aproximar do livro satânico?

– Senhor, eu... Preciso arrumar as coisas, todos os dias...

– Arrumar? Não foi o que me disseram! Os guardas surpreenderam você lendo, isso sim! Sentado, calmamente, lendo! Um livro em latim, língua que você disse não conhecer! Nunca imaginei. Francamente, toda a confiança que depositei em você...

Colladon assistia, mudo. Tentei pedir desculpas:

– Perdão, senhor. Foi apenas a curiosidade. Folheei o volume, apenas. Tenho grande apreço pelo meu trabalho, e é uma honra servi-lo. Por favor, não me despeça. É verdade que não conheço o latim. Apenas algumas palavras mais rudimentares...
Ele me interrompeu:
– Pare! Chega de conversa. Não será despedido. Ao contrário, continuará nas suas funções aqui comigo. Mas não receberá salário até que tudo isso seja esclarecido.
Respirei aliviado. Não precisava mesmo do salário, embora ele não soubesse disso. Pensei se deveria protestar ou lamentar, fingindo desespero. Mas o pior veio em seguida. Deixei de sentir o chão sob os pés quando ele acrescentou:
– E não sairá destes muros, até que possamos decidir seu destino. Guarda! Este moço não deve sair até que o senhor Tissot decida o contrário. Entendeu? Leve-o para baixo.
Viraram as costas, ele e seu advogado, e deixaram a sala.
O guarda tomou-me pelo braço, e senti que estava preso. Minha cabeça doía, com os pensamentos girando entre a incerteza do meu destino e a de mestre Lusitanus. O que significava aquilo? Eu seria julgado? Seria acusado? Seria detido apenas durante aquele processo? Que risco estava correndo? Não sabia. Mas sentia que tudo havia mudado. O plano de sair da cidade no dia seguinte, de ir a Roma completar a missão, tudo por água abaixo. Eu tinha conseguido a informação que queriam, e agora estava detido. Maldita missão.
Desci a escada que levava às celas, pela segunda vez na vida. Desta vez, escoltado. Ao chegar à sala com várias portas, o carcereiro me recebeu. Abriu uma delas, exatamente vizinha da que levava ao cárcere de Miguel Servet, e praticamente me empurrou para dentro. A cela era idêntica à do médico herege, em tudo. Pensei na coincidência de também ser médico, e estar sendo preso por heresia. Mas procurei me acalmar, lembrando

que ainda não me haviam acusado. Apenas lera algumas páginas, e nunca escrevera nada. E eles não sabiam que eu era médico. A situação não estava tão ruim.

Mas, por dentro, a sina de Miguel Servet começava a me contaminar. Deitei naquela cama pensando nele, em meu pai, nos tempos da Inquisição em Portugal, na efigie queimada em Vienne, na confusão da Trindade, no Deus único. Tudo parecia um pesadelo; mas não era.

XX
VENTRÍCULOS E TRINDADE

Não sei se passei minutos ou horas deitado dentro da pequena cela, até que a porta se abriu. Como o palácio era fortemente guardado e as saídas bem vigiadas, as portas das celas não precisavam ser trancadas. Ninguém sairia dali. Ao ouvir o ruído da dobradiça, abri os olhos para encarar a realidade e vi uma figura alta e magra, em pé, na porta. Era Miguel Servet.

– Foi enviado para vigiar-me, jovem doutor? – perguntou. – Não é necessário. Não posso sair deste lugar, nem imprimir nada aqui.

– Também não posso sair – respondi. – Estou preso, tanto quanto o senhor, doutor Servet. A diferença é que fui preso por ler, e não por escrever.

Ele entendeu o que havia acontecido, sem que eu precisasse explicar mais. Afinal, ele próprio me havia dado a indicação do Livro Quinto de seu tratado. Sentou-se no chão, num canto da cela, pôs o rosto entre as mãos e, transtornado, ficou dizendo em voz baixa:

– Não! Não! Não! Por quê? Por que um livro pode causar tanto mal? Como pode? Não! Não! Cristo! Esse jovem procurava apenas a anatomia. Meu Deus! Meu Deus! Nunca escrevi para fazer mal às pessoas. Ao contrário, o livro deveria libertar as pessoas, não fazer com que as prendessem. Meu Deus! Meu Deus! Meu Deus!

Repetia essas palavras continuamente, alternando a sequência das frases. A certa altura, interrompi o lamento:

— Por quê? Por que, doutor Servet? Porque um importante conhecimento de anatomia foi incluído num livro de teologia. Por isso. Não poderia, doutor Servet, ter escrito um tratado sobre o coração? Um livro de anatomia, como o de Vesalius? Precisava misturar ventrículos com a Trindade?

Ele ergueu a cabeça, olhando para mim. Tinha uma expressão triste nos olhos, um pouco úmidos.

— Deus não me pôs no mundo para ensinar anatomia, meu jovem, e sim para reformar sua Igreja. O texto sobre a circulação nos pulmões serve para entendermos a essência do espírito vital. Que diferença faz a forma com que ele é difundido ao sangue, senão para mostrar a mágica da criação? Você procura descrições de anatomia, mas há coisas muito mais importantes a encontrar.

— Não para mim, senhor. Só me interessava isso. Se houvesse escrito num texto médico, como o dos xaropes, eu não estaria aqui.

— Leu meu tratado sobre os xaropes?

— Sim. E outros. E tenho andado à sua procura nos últimos meses. Atrás dessa descrição do funcionamento das câmaras do coração. Estive em Vienne, depois de passar por Paris, Estrasburgo, Charlieu...

A menção de Charlieu fez seus olhos recuperarem o brilho.

— Charlieu... Um lugar querido...

— Não para mim. Fui agredido apenas por dizer que sou médico e que procurava por Michel de Villeneuve.

Ele deu um sorriso fraco e amargo.

— Sei... Sei... Imagino quem tenha sido o agressor... Também a mim agrediram, quando lá estive.

Decidi não falar nada sobre a moça da estalagem. Fiquei calado, e ele também, cada um imerso em seus problemas. De repente, ele se levantou e perguntou:

— Está com fome? Tenho um pedaço de pão na minha cela. Mais do que consigo comer, e bastante duro. Mas...

Respondi que aceitava. Ele saiu e voltou com o pão, parecendo mais bem disposto. Enquanto comíamos, tentou me animar:

— Como se chama, jovem médico?

— Marcus.

— Não tenha medo, Marcus. Vou sair desta situação, e você também. Esses homens de Genebra são fracos. Pretendem saber das leis divinas e terrenas, mas nada sabem. Há semanas me interrogam, tentando condenar-me, em vão. Não conseguirão achar razões para me manter aqui, apesar do veneno instilado por Calvino e por seu preposto.

— Espero que esteja certo, senhor. Mas não tenho tanta esperança. Parece-me que o julgamento todo é apenas um teatro. Ao contrário dos católicos, estes precisam sempre estar convencidos de que tudo foi feito absolutamente de acordo com a lei. Mas suas intenções são as mesmas, e ao final serão tão violentos estes quanto foram aqueles.

— Então, por que me interrogam tantas vezes?

Não respondi. Estava cansado demais. Apenas acrescentei:

— Só quero sair daqui. Achei o que buscava, quero ir embora. Aliás, a sua visão sobre a circulação do sangue nos pulmões, adquirindo o espírito vital e retornando ao coração, é simplesmente brilhante. A descoberta poderia ter dado ao seu nome uma imensa projeção na medicina...

— Não fui eu, Marcus, quem criou isso. Foi Deus. E a descrição, também, não inventei. Os árabes já a conheciam séculos antes de nós. Simplesmente as cabeças europeias são muito pequenas para se valerem de qualquer conhecimento que não esteja em Galeno. Pobre tempo, esse nosso...

Paupérrimo tempo, aquele nosso. Pedi licença, pois estava exausto com tudo aquilo. Ele compreendeu e saiu para sua cela.

Deixou-me a confusão de ideias, o medo e a incerteza sobre o que fazer.

Nos dias seguintes não houve interrogatório. Fiquei confinado ao pequeno mundo da prisão de Genebra, onde só havia dois habitantes. O carcereiro trazia a comida, e nada mais. Limpávamos as celas nós mesmos, deixando os vasos do lado de fora; apareciam vazios a cada manhã. Ratos eram frequentadores assíduos, mas não incomodavam desde que não deixássemos as tigelas de comida sem as tampas.

Miguel Servet vinha à minha cela com mais frequência do que eu à sua. Estava lá há mais tempo, e precisava de companhia. Falava muito, a maior parte do tempo sobre religião. Mas também sobre medicina. Com ele aprendi a negar ou aceitar o conhecimento, que é independente da fonte ou da nacionalidade de quem o passa. Aprendi que Galeno pode estar certo ou errado, assim como os árabes, como Vesalius e como cada um de nós. O corpo humano, dizia, é uma obra divina que só nos será revelada aos poucos, através de muitos sábios de muitos povos.

Ele continuava acreditando na justiça de Genebra. Falava sobre as leis e suas razões. Insistia em que aquele era um tribunal preocupado com a verdade, apenas muito influenciado pela força moral de João Calvino. A razão prevalecerá, dizia.

Três dias depois, pela manhã, fui chamado à sala das sessões. Ao entrar, vi que estavam todos os juizes, o notário, o acusador, seu advogado, e também Calvino.

Agora começa o meu julgamento, pensei, aterrorizado. Mas La Fontaine veio a mim, severo, dizendo:

– O herege será interrogado mais uma vez. E você deve estar presente desde o início, para aprender o que acontece com os que envenenam as pessoas. Sente-se aí, nesse banco, e fique calado.

O banco não era o que eu usava habitualmente, mas outro, pequeno, ao lado da porta que dava para a prisão. Eu já não era parte da acusação, e sim testemunha de um processo. Aprendiz de herege. Sentei-me, e vi Tissot levantar-se, falando aos demais:

— Senhores, recebemos a resposta da cidade de Vienne, à qual pedimos os autos do processo ocorrido lá. Passo a lê-la.

E assim fez. A cada palavra lida aumentava minha surpresa. Nunca hei de entender completamente essa reforma religiosa, repleta de ódio e de mútua colaboração entre as partes.

Meus senhores:
No dia de ontem, aproximadamente uma hora depois do meio-dia, recebemos a carta que nos escrevestes, contendo a notícia da detenção em vossos cárceres de Miguel Servet, notícia que muito agradecemos; e com respeito a isso vos enviamos, além da presente carta através de seu mensageiro, também o carcereiro e o capitão do palácio real de Vienne, com cópias da condenação de Servet aqui em nossa cidade. Humildemente suplicamos que, uma vez que ele era habitante do país do rei, e que os crimes pelos quais foi condenado ocorreram aqui, e que fugiu de nosso cárcere, sendo assim ainda nosso preso, queiram devolvê-lo para que ouça a sentença, cuja execução o castigará de tal forma que não serão necessárias outras acusações contra ele. Solicitamos que escutais o dito carcereiro e que nos concedais o que uma justiça deve conceder a outra. E, se tivermos ocasião de prestar-vos igual serviço, fá-lo-emos de tão bom grado e tão bom coração como apresentamos aqui nossas humildes recomendações a vossas boas graças, rogando ao Criador que vos tenha em santa graça.

Assinados: Seus bons vizinhos, irmãos e amigos, o procurador e o vice-procurador do rei na sede de Vienne.

Não parava aí a irmandade entre católicos e protestantes. Além de toda essa colaboração entre vizinhos, Tissot anunciou ter recebido outra carta do Senhor de Maugiron, procurador do rei da França em Vienne, que dizia:

> Aos Senhores Síndicos e Cônsules de Genebra, meus bons vizinhos e amigos:
> Fiquei sabendo que tendes preso um tal Miguel Servet, apelidado de Villeneuve, e fiquei muito satisfeito, pois, graças a Deus, vós o guardareis melhor do que o fizeram os ministros da justiça em Vienne, e assim não poderá escrever e publicar doutrinas heréticas. E assim, senhores, como sempre vos reconheci como bons amigos, quero adverti-los de que o Rei deu a um de meus filhos todos os bens e o dinheiro pertencentes ao dito Servet. Como, porém, fugiu da prisão, não pudemos apurar quais as pessoas que a ele deviam dinheiro. Por isso peço, senhores, que interroguem o prisioneiro sobre todas as pessoas que lhe devem algo, obtendo, se possível, notas ou obrigações escritas que tenha em seu poder, a fim de que eu e meu filho possamos sacá-las aos devedores como é de direito. Dareis imensa alegria a este, que fica à inteira disposição se algum dia quiserdes algo. Vosso vizinho e bom amigo: Maugiron de La Tour.

O antigo paciente, o homem cuja filha havia sido curada, não vacilava em considerar o médico como perdido e em reivindicar seus bens para o próprio filho.

Depois de ler essa correspondência entre vizinhos, Tissot determinou aos guardas que trouxessem o prisioneiro. Assim que saíram para buscá-lo, Colladon fez um sinal a alguém que estava próximo à porta de entrada dos juízes; o homem saiu e voltou, em segundos, trazendo o carcereiro de Vienne.

Petrificado, tentei encolher a cabeça dentro da gola da capa. Meu desejo era sumir dali. Vi o carcereiro entrar, e tive a sensação de que me fitava bem nos olhos. Mas não disse nada, nem deu mostra de me reconhecer. Parecia bastante assustado.

Servet foi conduzido a sua cadeira habitual, em frente aos juízes. Tissot começou apontando o carcereiro, e perguntando ao preso:
— Conhece este homem?
— Sim — disse Servet. — De Vienne.
— Esteve preso, sob a guarda deste homem?
— Sim, por dois dias.
— E ele lhe prestou algum favor especial?
O carcereiro suava. Mas Servet foi firme ao responder:
— Nenhum. O vice-procurador do rei determinou que ele me deixasse livre para ir a qualquer lugar dentro do palácio, e que me desse a chave do jardim para que eu pudesse tomar ar, se quisesse.

Tissot decidiu testar a veracidade da história. Apontou o indicador diretamente para Servet e exclamou, quase gritando:
— O senhor prefere que o enviemos de volta a Vienne, com este carcereiro?

Servet caiu da cadeira, de joelhos. Nunca o havia visto tão desesperado. Gritava:
— Não, pelo amor de Deus! Pelo que é mais sagrado, não! Não me faça isso, senhor!

Sem dúvida, ele acreditava mais na justiça de Genebra do que nos olhos frios de Matthieu Ory, inquisidor católico de Vienne. Acalmou-se quando Tissot mandou sair o carcereiro. Este, antes de deixar a sala, perguntou se poderia levar a Vienne uma declaração escrita sobre a resposta dada pelo prisioneiro. Queria garantir sua liberdade.

Já novamente sentado, Servet foi interrogado sobre seus credores; quem eram, quais as quantias que lhe deviam. Recomposto, respondeu com a costumeira altivez:
— Essa questão não diz respeito às acusações que me fazem em Genebra. Se eu disser os nomes dos que me devem, poderão

ser molestados por causa de assuntos que não os afetam. Recuso-me a responder. Nada tem a ver com este processo.

Achei que iam devorá-lo ali mesmo, mas Tissot determinou que fosse levado de volta à cela. A pergunta havia sido feita para atender ao pedido de Maugiron; nunca cogitaram os genebrinos de entregar dinheiro a quem quer que fosse, e muito menos de devolver o prisioneiro a Vienne. Depois que Servet foi recolhido, Tissot disse aos juízes que responderia as duas cartas pedindo desculpas, mas alegando que a justiça de Genebra não permitia a devolução do preso. Diria a Maugiron que nenhum nome de credor havia sido arrancado do prisioneiro.

Antes de encerrar a sessão, anunciou uma mudança no sistema de interrogatório a partir daquele ponto. As perguntas passariam a ser feitas por mestre Calvino, por escrito, e respondidas da mesma forma pelo prisioneiro. Não haveria mais interrogatórios verbais.

Saíram todos por uma porta, para a rua, e eu por outra, para o cárcere.

XXI

O CASTIGO DO SILÊNCIO

Durante vinte dias, Servet escreveu sem parar. As acusações escritas por Calvino eram extensas, sempre sobre teologia. O médico respondia demoradamente, algumas vezes consultando a Bíblia mas, na maioria delas, de cabeça. Sua memória e erudição em teologia seriam admiráveis, se não tivessem me levado àquela situação.

O pior da prisão é o tédio. Os dias não passam, as noites não têm fim. Comecei a conhecer cada detalhe daquelas paredes, as rachaduras, as manchas. Passava horas observando-as, e muitas vezes imaginando figuras naquelas manchas de sujeira, inventando histórias, criando personagens. Num canto da cela havia uma pequena teia de aranha, que fiz questão de não destruir. A pequena habitante subia por ela e tecia mais fios, aumentando a área, e eu supervisionava o trabalho.

Não havia o que ler, exceto os livros de teologia do vizinho de cela, que não me interessavam. Ele não me fazia companhia, pois escrevia o tempo todo, respondendo as acusações. Não parecia triste; gastava as horas fazendo o que mais gostava: discutir ideias. Não fosse pelo desconforto da cela, poder-se-ia dizer que estava feliz. Às vezes eu o ouvia falando sozinho em voz alta, enquanto escrevia:

– Mentiroso! Hipócrita! Eu nunca disse isto! Está pondo em minha boca palavras que nunca pronunciei!

E escrevia, escrevia. Parecia um jovem defendendo uma tese na universidade. Numa ocasião, entrei em sua cela sem que percebesse minha presença, tão envolvido estava na escrita. Senteime e, por absoluta falta de algo melhor a fazer, peguei para ler uma página das tais perguntas e respostas. O absurdo saltava aos olhos: o homem estava preso, sendo julgado por crime, podendo ser condenado à prisão por muitos anos, por toda a vida, ou mesmo à morte, e a discussão era mais ou menos esta:

> *Acusação*: Segundo Servet, o Verbo de Deus que desce do céu é agora carne de Cristo, e a carne de Cristo é celestial (livro I, Sobre a Trindade, pp. 17 e 18, e livro II, p. 73). O corpo de Cristo é o corpo da divindade, sua carne é divina, carne de Deus, celeste, engendrada da substância de Deus. Segundo os Diálogos I, p. 231, a alma de Cristo é Deus, a carne de Cristo é Deus, e tanto a alma quanto a carne de Cristo estiveram, desde a eternidade, na substância de Deus.
>
> *Resposta*: O verbo é agora carne de Deus em união hipostática. E, assim digo abertamente: que a carne de Cristo é do céu, segundo a essência da divindade, tanto que a Bíblia a chama de maná enviado do céu. Concedo em tudo o mais, no sentido em que exponho. Mas tu, miserável, me corriges, e ignoras a verdade primeira, a fé pela qual deves salvar-te.

O absurdo chegara ao extremo. Eu já havia presenciado muitas discussões teológicas; quando era pequeno, em Portugal, lembro-me dos rabinos discutindo por horas e horas. Mas depois de sair, fugindo, da terra natal, passei a conviver com Amatus Lusitanus, um homem prático e avesso a discussões estéreis. Por isso nunca imaginei que a polêmica pudesse ter sido transformada, em qualquer lugar do mundo, num jogo tão perigoso. Calvino e Servet dedicavam vários dias a exercitar as técnicas de discussão, acrescentando ao torneio riscos como prisão e morte, para tornar a polêmica mais emocionante. Muitas vezes, perguntei a mim mesmo, naqueles dias, se os dois não teriam algo mais importante a fazer, algo que mudasse um pouco a vida e a felicidade das pessoas. Um era dirigente de uma cidade, e poderia gastar suas horas melhorando as condições do povo e o desenvolvimento da vida local; o outro era um brilhante médico e anatomista, que poderia contribuir para a ciência que aplaca os males do corpo. Em vez disso, ficavam discutindo sobre a essência divina da carne de Cristo. Até quando, neste mundo, as pessoas gastarão tempo em polêmica inútil? Se eu me lembrava da história, que havia lido nos evangelhos para manter a aparência de cristão, o próprio nazareno costumava fugir dessas polêmicas estéreis. O que pensaria ele sobre elas, se estivesse vivo e sabendo que as pessoas prendiam e matavam por tais dissidências?

Em 22 de setembro, Servet finalizou a defesa. Ao mesmo tempo, encaminhou uma nova petição à corte; nesta, invertia os papéis exigindo que Calvino respondesse a perguntas suas. Já não havia mais o disfarce: tudo se transformara em uma disputa entre os dois homens. Antes de enviar a petição, pediu que eu a lesse. Dizia:

> Meus Honoráveis Senhores:
> Estou detido por acusação criminal por parte de João Calvino, o qual me acusou falsamente, dizendo que eu escrevi: 1. Que as almas são mortais, e também 2. Que Jesus Cristo não tomou da Virgem Maria mais do que a quarta parte do seu corpo.
> São coisas horríveis e odiosas. De todas as heresias e de todos os crimes, não há outro maior do que fazer com que a alma seja mortal. Pois em todos os demais há esperança de salvação, mas não neste. Quem o afirma não crê que haja Deus, nem justiça, nem ressurreição, nem Jesus Cristo, nem a Sagrada Escritura, nem nada: senão que todo homem morre,

e ser homem ou besta é a mesma coisa. Se eu houvesse dito isto, e não só dito como escrito publicamente para infernizar o mundo, me condenaria eu mesmo à morte.

É por isto, senhores, que peço que meu enganoso acusador seja castigado pela lei do talião: que seja preso e encarcerado como eu até que a causa termine com sua morte ou com a minha, ou com outro castigo. E, para que isto seja assim, comprometo-me com ele na dita lei do talião. Estarei contente em morrer se ele não for convencido, tanto disso quanto de muitas outras coisas que apontarei. Peço justiça, senhores, justiça, justiça, justiça.

Dos vossos cárceres em Genebra, Miguel Servet em sua própria causa.

Tão grande era seu desejo de convencer Calvino, que punha a própria vida à disposição da polêmica. O exercício chegava ao ápice. Servet dizia: ele ou eu na arena final. Acrescentava à petição uma lista de perguntas que deveriam ser feitas a Calvino:

> 1. Se, no mês de março último, escreveu a Guillaume de Trie, em Lion, uma carta em que dizia diversas coisas sobre Michel de Villeneuve, chamado Servet. Qual era o conteúdo da carta, e por que o fez?
> 2. Se, junto a tal mensagem, enviou o primeiro caderno do livro do dito Servet, onde estava o título, o índice e o começo da obra intitulada *Restituição do Cristianismo*.
> 3. Se tudo isso não foi enviado para ser mostrado a funcionários de Lion, para acusar Servet, como de fato sucedeu.
> 4. Se, aproximadamente quinze dias depois da dita carta, foram encaminhadas pelo mesmo De Trie mais de vinte cartas em latim, que o dito Servet havia escrito: enviou-as quando os outros dali as pediram, com o fim de acusar Servet com maior segurança, como de fato sucedeu.

5. Se, depois disso, não ficou sabendo que Servet foi queimado em efígie, e seus bens confiscados, e que haveria sido queimado em pessoa se não tivesse fugido do cárcere.

6. Se não sabe perfeitamente que não é ofício de um ministro do Evangelho transformar-se em acusador criminal, nem perseguir judicialmente alguém até a morte.

Meus Senhores: há quatro grandes e infalíveis razões pelas quais Calvino deve ser condenado.

A primeira, porque as questões doutrinais não devem ser objeto de acusação criminal por parte dos doutores da igreja. Mas ele acusou de crime, contra sua condição de ministro do Evangelho.

A segunda, porque foi um falso acusador, como mostra a presente carta, e como se pode comprovar facilmente pela leitura do meu livro.

A terceira, porque com frívolas e caluniosas acusações quer oprimir a verdade de Jesus Cristo, conforme se manifestou a respeito de meus escritos. Pois introduziu grandes mentiras e maldades.

A quarta, porque segue a doutrina de Simão o Mago, contra todos os doutores que houve na Igreja. Como mago que é, deve ser não só condenado mas exterminado e expulso de vossa cidade. Seus bens devem ser adjudicados à minha pessoa, em recompensa pelo que me fez perder. Isto é o que vos peço, meus senhores.

Eu não conseguia compreender o que se passava naquele cérebro conturbado. Às vezes parecia que ele acreditava na justiça de Genebra, e desconhecia a força de Calvino sobre a corte. Tentava inverter o processo, transformando o acusador em acusado. Em outros momentos, achei que já se considerava próximo à perdição, e pretendia apenas deixar para a posteridade o seu clamor pela justiça, nos autos do processo.

Não houve resposta a essa petição, e nem qualquer outro interrogatório por escrito. A partir desse dia, houve apenas o silêncio.

★ ★ ★

O silêncio durou mais de quatro semanas. Nenhuma sessão de julgamento, nenhuma pergunta dos juízes, nenhuma resposta à petição do acusado. Apenas o carcereiro, todos os dias, trazendo a comida sem dizer uma palavra.

No início, Servet parecia animado. Esperava a resposta à petição, e acreditava na prisão de Calvino. Falava com entusiasmo sobre isso. Eu, que já estava exausto, procurava interrompê-lo, desviando o assunto para a causa de tudo aquilo:

– Que diferença faz, doutor Servet, se a carne de Cristo é do céu ou da terra? Não são as ideias dele que devem ser seguidas? Não é a doutrina o mais importante? Por que discutir tanto essas questões que nunca terão resposta?

– Você não compreende, meu jovem. Não é importante discutir de onde vem a carne de Cristo, porque eu estou certo que veio do céu. O importante é que estamos reformando a Igreja de Deus, e um dos responsáveis por essa Reforma está seguindo no caminho errado. Esta serpente de Genebra pode pôr a perder toda a reestruturação da fé! Alguém precisa orientá-lo para o verdadeiro caminho.

– O verdadeiro caminho seria estar ele cuidando de melhorar a cidade, e o senhor da saúde dos doentes – respondi, deixando sua cela em direção à minha.

Depois de duas semanas, porém, Servet perdeu esse entusiasmo. Começava para ele o pior dos martírios: o de não ter ninguém com quem discutir. Tudo o que acontecera até então ele havia tolerado com altivez; o silêncio, porém, lhe era insuportável. Genebra começava a puni-lo da forma mais cruel, privando-o de exercer o que mais gostava: a polêmica. E o destino lhe tinha dado um companheiro de cárcere que era avesso a discussões sem sentido.

Ao longo dos dias fui observando a deterioração de seu espírito. No início, ainda passava algumas horas lendo. Mas os textos de que dispunha, seus e de Calvino, já sabia de cor. Passou a definhar. Comia muito pouco, passava o tempo andando em círculos, sentado com a cabeça apoiada nas mãos ou deitado. Começava a exalar um odor fétido, o qual enchia a pequena cela, e que descobri ser proveniente de uma diarreia que lhe infectava a roupa.

Em 10 de outubro, escreveu uma nova petição. Essa era mais breve, e revelava seu cansaço e sofrimento:

Magníficos Senhores:
Há três semanas desejo e peço uma audiência, mas não pude obtê-la. Suplico-vos, por amor de Jesus Cristo, que não negueis o que negaríeis a um turco que vos pedisse justiça. Tenho coisas muito importantes a dizer-vos. Estou mais sujo do que nunca, e o frio me atormenta por causa de minha cólica e de minha hérnia, a qual me causa outras misérias que tenho vergonha de escrever. É uma grande crueldade que eu não possa sequer falar para remediar minhas necessidades. Pelo amor de Deus, meus senhores, dai a ordem, seja por dever ou por piedade.

O pobre homem queixava-se de frio e sujeira, mas, sobretudo, pedia para falar. Não suportava viver sem ser ouvido. A única resposta àquele clamor foi, porém, um cobertor e algumas roupas entregues no dia seguinte pelo carcereiro calado.

O silêncio dos juízes e o tédio causavam mudanças também em mim. A raiva de tudo e de todos os que me tinham levado até ali deu lugar à compaixão. Comecei a ter pena daquele homem, punido com o esquecimento na prisão. Passei a compreender que ele não era culpado da minha reclusão. Afinal, o gosto pela polêmica era como uma doença, ou como um vício; a pessoa não podia se livrar daquilo quando quisesse. E ele nunca quis que eu fosse envolvido, nem fez algo que me incluísse. Fui eu mesmo quem determinou o próprio destino.

Comecei a insistir para que comesse um pouco mais. Cheguei a ceder a parte melhor, ou menos horrível, da refeição que nos traziam, para que se animasse. Mas foi em vão. Ele já não se interessava por nada. Seu olhar ficava cada vez mais distante, num horizonte que só ele via sobre a parede suja.

Já não me lembro de como sobrevivi durante aquelas semanas. Não quero me lembrar do que senti ou em que pensava, dias e noites calado e só. Muitas vezes passava pela cela ao lado, e observava a figura daquele homem deitado, olhando o teto, ou sentado observando o horizonte que criara para si. Até que, numa manhã, a porta se abriu. E não era o carcereiro.

Acordei com o ruído das botas sobre o piso de pedra, e tentei decidir se deveria permanecer quieto ou ver o que estava acontecendo. Depois de tanto tempo mergulhado no tédio, a curiosidade suplantou o medo. Saí da minha cela a tempo de ver Tissot abrindo a porta da cela vizinha, com alguma violência, como se esperasse resistência. Ao contrário, encontrou ali um homem pálido e sem ânimo. Quatro guardas acompanhavam o lugar-tenente. De fora, pude ver através da porta o que ali se passava. Tissot apontou o prisioneiro com o indicador direito e disse:

– Miguel Servet, de Vilanova. Levante-se para ouvir sua sentença.

Ele saiu de baixo do cobertor e se levantou lentamente. Usando apenas as meias e a camisa branca, parecia um fantasma, tão pálido estava. Vestiu o calção, depois o gibão, a capa e os sapatos; as roupas, que antes representavam o fidalgo, agora exalavam um forte cheiro de bolor. Tissot, impaciente, tratava de apressá-lo.

Como ninguém se dirigiu a mim, acreditei que me deixariam ali, levando apenas o prisioneiro mais ilustre. Mas quando Servet chegou ao primeiro degrau da escada que deixava o cárcere, acompanhado por dois guardas e seguido por Tissot, outros dois me arrastaram pelos braços, quase me carregando como se eu fosse um utensílio do preso. Nada me foi dito ou explicado. Fui levado como um acessório.

Ao atravessar a sala onde os interrogatórios tinham ocorrido, agora vazia, Servet pareceu assustado. Eu estava apavorado. Ambos acreditávamos que seria ali a sessão de leitura da sentença. Mas continuaram conduzindo-nos, em direção à saída do antigo palácio, num séquito veloz que tinha Tissot à frente, seguido pela figura pálida de Servet ladeado por dois guardas, e eu alguns passos atrás, conduzido por outros dois.

A luz do dia ofuscou-me a vista, e tropecei num degrau à saída. O séquito não parou. Apenas um dos guardas levantou-me com violência, e segui atrasado, acompanhando aqueles homens sem entender o que fazia ali e sem imaginar qual seria o meu papel.

XXII

SE TIVESSE ME DADO RAZÃO...

Quando fomos levados para fora do antigo palácio Episcopal eu não tinha noção do dia ou da hora; o sol já ia um pouco alto e acreditei que deveria ser perto das dez da manhã. Hoje sei que o dia era 27 de outubro, sexta-feira.

Não havia ninguém na rua. Dois cães disputavam o lixo nos fundos da catedral de São Pedro. Fomos conduzidos contornando o templo e depois por uma pequena rua até a sede do governo de Genebra, um palácio cuja imponência contrastava com o abandono do prédio onde tínhamos ficado presos. O portão principal foi aberto quando nos aproximamos, pois éramos esperados. Fizeram-nos atravessar o pátio interno até uma rampa que dava acesso aos andares superiores; era tão larga que permitia que alguém subisse a cavalo, se quisesse. Mas fomos empurrados, a pé. No primeiro andar, vi a porta onde havia uma pequena placa: *Salle Des Pas Perdus*. A sala dos passos perdidos, assim se chamava o local onde se liam as sentenças. Em que passo me havia, eu, perdido?

A sala estava repleta. Todos os juízes que tinham participado dos interrogatórios, vários guardas e outras pessoas que não reconheci. A maioria estava em pé ao redor do cômodo, deixando um espaço vazio ao centro, para onde foi conduzido o prisioneiro mais importante. Deixaram-me num dos cantos, seguro pelos guardas, como um animal de estimação do sentenciado. Tissot foi se colocar atrás de uma mesa onde já estavam outras autoridades e, na posição central, Guillaume Farel. Meus olhos percorreram a sala à procura de João Calvino, mas custei a vê-lo; estava em pé num dos cantos, como se fosse um mero espectador.

Tissot pediu silêncio a todos, pois o murmúrio era intenso. Depois ordenou a D'Arlod, o síndico, que lesse a sentença. E assim foi lida:

– Senhores, chega ao final este processo conduzido, com todo o rigor da lei, pelos nossos síndicos e juízes criminais de Genebra. Concluíram que Miguel Servet, do Reino de Aragão, é culpado de ter escrito livros cheios de heresia contra nossa igreja; de ter condenado o batismo das crianças; de ter blasfemado contra a Santíssima Trindade, e de ter lançado seu veneno contra um dos pastores de nossa cidade.

Olhei discretamente para onde estava Calvino. Ele olhava para o chão, alisando a barba. O síndico continuou, agora falando diretamente ao prisioneiro:

– Te condenamos, Miguel Servet, a ser atado e conduzido ao monte de Champel, onde serás amarrado a uma estaca e queimado com o livro escrito por tuas mãos, até que sejas reduzido a cinzas. Assim terminam teus dias, para exemplo de outros que queiram cometer feitos semelhantes.

O silêncio que se seguiu parecia ocupar toda a Terra. Por alguns segundos, ninguém se moveu. A janela estava aberta, mas fora da sala nem um pássaro, nem um cão, nem mesmo o vento fez qualquer ruído. Apenas o brado de Miguel Servet cortou o ar:

– Não! Não! Meu Deus! Tenha piedade de mim! Senhores, senhores! Misericórdia! Misericórdia!

Estava transtornado. Caía de joelhos, levantava, tentava chegar próximo aos juízes e era impedido pelos guardas. Batia no peito, pedindo misericórdia. Apesar dos meses de cativeiro e de julgamento, percebi que até aquele momento ele acreditava numa pena mais branda, como o degredo ou mesmo a prisão.

Não esperava a pena máxima, com a morte lenta na fogueira. Eu sentia uma forte náusea, a ponto de quase vomitar. Minhas pernas tremiam. Naquele instante esqueci que também era prisioneiro, e só conseguia pensar em meu pai ardendo no fogo da Inquisição.

Servet começava a se conter, mas ainda suplicava:

— Misericórdia! Deixem-me morrer pela espada, se é vossa vontade! Não pela fogueira, vos suplico!

Os juízes nada mais disseram. Esperaram que ele parasse de gritar. Então, o síndico acrescentou:

— A sentença será executada de imediato. Guardas! Levem o prisioneiro até que a execução comece.

Ao ouvir isso, e sentindo que a morte não tardaria, Servet se recompôs. Não recobrou a antiga postura de fidalgo, mas conseguiu coibir os soluços para pedir:

— Senhores, tenho um último desejo.

Todos fizeram silêncio.

— Quero conversar com João Calvino. Em particular.

O síndico não soube o que responder. Não estava preparado para tal pedido. Disse apenas:

— Guardas! Levem-no.

Foi conduzido pela mesma porta por onde havíamos entrado. Os dois guardas que me vigiavam, ao verem o prisioneiro ser levado, olharam um para o outro como se não soubessem o que fazer. Um deles fez sinal com a cabeça, mostrando que deveríamos ir também; o outro concordou. Fui arrastado atrás dos que levavam o herege, até uma sala contígua, ampla, que parecia um escritório. Ali me jogaram sentado no chão, num dos cantos, como se fosse um criado ou o cachorro do condenado. Servet ficou em pé, no canto oposto, voltado para a parede. Respirava ruidosamente, e às vezes suspirava.

Alguns minutos depois um guarda surgiu na porta e anunciou em voz alta:

– Os senhores Bona e Coma. E o pastor Calvino.

Era a última rodada do jogo. O oponente, autoridade máxima de Genebra, se fazia acompanhar de outros dois cidadãos a fim de garantir que sua versão fosse depois confirmada. Aproximou-se de Servet com cuidado, mantendo certa distância e olhando para os guardas. Tentou manter o tom brando na voz:

– Aqui estou, Miguel Servet. Quer falar comigo?

O médico voltou-se para ele com os olhos ainda úmidos. Não havia nenhuma agressividade em sua voz quando disse:

– Quero lhe pedir perdão.

Calvino olhou para cada um de seus acompanhantes antes de responder. Representava seu papel de pastor.

– Perdão? A mim? Não é a mim que deve pedir perdão, e sim a Deus. A Deus, que você ofendeu com suas blasfêmias. Eu nunca tive nada pessoal contra você. Ao contrário, há dezesseis anos tento trazê-lo para o caminho de Nosso Senhor, enquanto você persistia me agredindo e me insultando. Se me tivesse dado a razão, eu de bom grado teria podido reconciliá-lo com a fé. Agora, não me peça perdão. Peça a Deus e à Santíssima Trindade, ao Pai, ao Filho e ao Espírito Santo.

E, voltando-se para seus acompanhantes, deu por encerrada aquela polêmica de dezesseis anos:

– Senhores, nada poderá fazer este herege mudar de ideia. Vamo-nos.

Em direção à saída, passou por mim. Achei que era o momento de reunir todas as forças que me restavam. Sem me levantar, olhando para cima, eu o chamei em voz de súplica.

– Mestre Calvino...

Ele parou, olhou-me com impaciência e disse, antes que eu continuasse:

—Você é o jovem estrangeiro que lê textos hereges em latim. Cuidamos de você depois.

Virou-se, deu dois passos para a porta, mas parou novamente, como se mudasse de ideia. Voltou-se para mim e inclinou um pouco o corpo, para que eu prestasse atenção ao que iria dizer:

— Mas, antes, você pode ser submetido a uma prova.

Fiquei petrificado, esperando.

—Vai conduzir o livro, pelo qual se interessou, até a fogueira. Será encarregado de lançá-lo às chamas, para queimar com seu autor. Assim saberemos qual o apreço que você tem pelas ideias hereges. Depois disso, será julgado. Estou lhe dando uma enorme oportunidade de amenizar suas penas futuras. Compreende?

Acenei com a cabeça, fazendo que sim.

— Guarda! — perguntou ele —, onde está o livro diabólico?

— Ficou na prisão, mestre — foi a resposta.

— Leve este prisioneiro até lá, escoltando-o. Faça com que ele o traga. Não o perca de vista.

— Sim, senhor.

Entrei, escoltado, na sala de interrogatórios vazia. A mesa ainda estava coberta de papéis com anotações. Ali estavam, além da Bíblia, o livro que causara a desgraça de seu autor: *Christianismi Restitutio*. Lembrei-me de que era o último exemplar de uma obra que continha a descrição do funcionamento do coração e de que seria eu a atirá-lo ao fogo; eu não precisava dele, pois já sabia de cor a parte que falava de anatomia. Mas, ao pegá-lo, senti pena do homem que dedicou a vida à defesa de suas ideias, e agora sabia que ambas seriam destruídas no mesmo dia, a vida e as idéias. Depois, disse ao guarda que precisava ir à minha cela para pegar a bolsa, pois não podia levar o livro nas mãos. Ele deu de ombros e esperou à porta da cela, do lado de fora. Ninguém gosta de entrar nesses lugares. Aproveitei para reunir os poucos objetos e algum dinheiro que ainda guardava. Em seguida, fui à cela vizinha. Vi que ainda estava sobre a mesa o livro de Calvino, *Institutio Christianae Religionis*. Tomei o volume e folheei rapidamente. O guarda, do lado de fora, esperava impaciente. O livro estava cheio de anotações feitas por Servet, tantas que se poderia compor uma nova obra apenas com as observações escritas nas margens. Não sei bem por que decidi levar também aquele livro. Talvez por compaixão. Era, afinal, o que restaria daquela polêmica sem sentido, mas as anotações eram também a última expressão de ideias de um homem que morreria por elas e que, ao final das contas, não havia envenenado ninguém exceto o seu oponente. Abri a bolsa e acondicionei o livro de Calvino junto ao de Servet. Um seria queimado, e o outro eu guardaria como lembrança daqueles dois gladiadores loucos. Não sabia o que me reservava a corte de Genebra, mas certamente a posse de um livro de João Calvino não seria pecado. Mesmo que comentado por seu inimigo, pois era a única cópia de que eu podia dispor.

Quando deixei a prisão, escoltado, não voltei à sede do governo. Logo depois de passar pela catedral comecei a ouvir as vozes dos que se aglomeravam na praça do Bourg de Four. Ali, Servet já era conduzido rumo ao martírio, e me fizeram juntar ao cortejo. Clemence, o grande sino, soava sobre o murmúrio das vozes.

XXIII

MEU DEUS! MEU DEUS!

Servet não estava acorrentado ou amarrado. À sua frente ia um guarda a cavalo; quatro arqueiros, também montados, o circundavam. Atrás ia um grupo de pastores, entre os quais reconheci alguns dos juízes. Guillaume Farel estava entre eles. Depois desse grupo eu era conduzido por dois guardas a pé. Também não fui acorrentado; o povo cercava o cortejo, de forma que fugir atravessando a multidão seria impossível.

João Calvino não estava presente. Delegou a Farel a tarefa de conduzir a execução da sentença.

O grupo saiu da praça pela rua Des Chaudronniers, deixando os limites da cidade em direção ao morro de Champel. Servet, no início, gritava, pedindo a Deus:

— Senhor, tem piedade! Deus, tenha compaixão de mim!

Depois calou-se, e caminhava olhando o chão. A certa altura, ainda dentro da cidade, um jovem pastor se aproximou dele dizendo:

— Por que não se retrata? Confesse suas faltas e seus erros! Ainda se pode fazer algo.

Farel se aproximou, para ouvir o que o sentenciado responderia. Mas a resposta foi apenas:

— Meu Deus! Meu Deus!

— Não tem nada a dizer além disso? — perguntou Farel.

— O que posso dizer que seja melhor do que o nome de Deus? — respondeu Servet.

Cerca de um quilômetro separa os muros da cidade da colina de Champel. Ao fundo, os Alpes nevados testemunham a história e a insensatez humana. Miguel Servet subiu devagar mas sem parar, apesar de enfraquecido pelos meses de prisão. Ao chegar ao topo, estava ainda mais exausto. Curvou-se, e ainda suplicava por perdão.

Farel aproveitou a oportunidade para pregar:

—Vejam, cidadãos de Genebra, a força que tem Satanás quando se apossa de um homem! Pois este é um homem culto, e talvez acreditava que fazia o que era certo. Mas agora está endemoniado, e o mesmo pode ocorrer a vós, se não tiverdes cuidado!

O discurso lembrava o da Inquisição Católica. Mudavam as pessoas e as seitas, mas não as palavras.

Servet foi acorrentado a uma estaca presa no solo, com os pés descalços no chão. A corrente dava várias voltas no pescoço, e depois descia até os joelhos, onde prenderam um livro junto ao seu corpo. Era um volume simbólico, pois o único exemplar do livro condenado estava em minha bolsa. Sobre sua cabeça colocaram uma coroa de palha misturada com enxofre. Ao redor da estaca estavam os feixes de lenha.

O carrasco tomou uma tocha para acender a fogueira da Inquisição Calvinista. Antes, porém, passou o fogo pela face do pobre condenado. Ao ver a chama perto dos olhos, Servet deu um grito que aterrorizou todos os que ali estavam.

Parte da lenha estava verde e o fogo não se alastrou rapidamente, porque um vento forte começou a soprar. A fogueira gerou grande quantidade de fumaça, mas uma chama branda. Assim, Miguel Servet foi queimado vivo em fogo lento. Depois de uma hora de suplício, exclamou:

— Ai de mim, que miserável sou, que não posso acabar meus dias nesta fogueira! Todo o dinheiro que me roubaram não foi suficiente para comprar mais lenha, e terminar meu sofrimento?

Foi então que alguém se lembrou do livro que eu levava. Um pastor, provavelmente instruído por Calvino, disse algo ao ouvido de Farel. Este assentiu com a cabeça, e fez um sinal para que prosseguisse. Ele, então, foi até onde eu estava, empurrou-me com um solavanco em direção à fogueira, fazendo-me cair a alguns passos dela, e gritou:

— Vamos! Vamos! Faça o que lhe mandaram! Jogue o livro! Jogue! Mostre sua devoção! Atire o livro diabólico! Vamos! Infiel! Quer que o empurre até o fogo?

A agressão das palavras e do empurrão causaram em mim uma verdadeira transformação. Até então eu estava apavorado, tentando me esconder daqueles homens todos, enxergando apenas o momento em que dali sairia. Tinha pena de Servet, e lamentava sua sorte, mas dizia a mim mesmo que ele poderia ter tido destino diferente se quisesse. Porém, presenciar a violência é uma coisa, e senti-la é outra. A voz daquele pastor trouxe à minha memória toda a história de perseguição do meu povo, o suplício de meu pai, os anos de disfarce em que fui obrigado a fingir o que não era, o medo da perseguição quando ainda criança. Meu rosto foi invadido por um calor que não vinha da fogueira, mas de uma revolta interna represada durante toda a vida. Quando me levantei, meus dentes rangiam e os punhos se cerravam sem que eu os comandasse. Desfechei um olhar de ódio ao agressor e avancei, altivo, em direção ao fogo. Ele se afastou, assustado pela minha expressão.

Levantei a aba da bolsa, enfiei a mão e de lá tirei o exemplar de *Institutio Christianae Religionis*. Com força, atirei-o à fogueira. Caiu na beirada, onde a lenha verde começava a queimar mais forte, e o vento virou as páginas como se fizesse a última leitura. O livro de Calvino queimou em fogo lento, escurecendo aos poucos, até tornar-se negro e irreconhecível. Enquanto o exemplar era destruído, minha mão, dentro da bolsa, segurava a lombada do livro de Miguel Servet.

A partir daquele momento, tudo passou muito depressa. Uma mulher do povo lançou ao fogo um galho seco, gritando:
— Pobre homem! Ajudem a terminar esse suplício!

Outros a seguiram, fazendo o mesmo. Subitamente, o povo de Genebra, não suportando mais assistir àquele sofrimento prolongado, começou a recolher todos os gravetos secos que encontrasse e jogá-los na fogueira. Alguns traziam pesados galhos, carregando com esforço. Outros juntavam folhas secas. Aos poucos, o fogo foi aumentando até se transformar numa verdadeira fogueira. Miguel Servet expirou, após duas horas de suplício.

Em meio àquela correria de homens e mulheres catando galhos, correndo em todas as direções, com as chamas cada vez mais fortes e a fumaça se alastrando pelo vento, senti uma mão forte puxar-me pelo braço esquerdo. Não parecia a mão de um guarda, mas a de alguém que me estivesse tirando dali. Eu estava ainda transtornado, e comecei a imaginar a figura de Amatus Lusitanus, a de meu pai, e mesmo a mão de Deus. Quando me voltei, quem me puxava era uma figura alta, com uma longa capa e um capuz que ocultava parte do rosto.

— Venha! — disse, de forma branda mas autoritária. — Vamos sair daqui.

Puxou-me para longe da fogueira, até o limite do morro de Champel. Olhei para o guarda que deveria estar me vigiando, mas ele parecia propositadamente não perceber que eu desaparecia. O homem alto sacudiu-me pelo braço, como se quisesse me acordar, e puxou um pouco o capuz para que eu visse seu rosto. Reconheci as sobrancelhas unidas e a cicatriz cortando o queixo. Era o frade que me levara o dinheiro em Vienne. O mensageiro de Roma.

O frade me conduziu na direção oposta à da cidade, através do planalto até a beirada de um desfiladeiro, de onde podíamos ver o rio Arve correndo muitos metros abaixo. Tentei parar para descansar, mas ele insistiu em continuar.

– Agora é a descida – disse. – É mais fácil.

Caminhamos pela beirada do desfiladeiro, que se atenuava até atingir a margem do Arve, onde havia uma canoa. O frade me fez entrar rapidamente, soltou a amarra e arregaçou as mangas do manto para pegar os remos, deixando ver uma musculatura incomum entre os religiosos. Passou a remar na direção da outra margem. Foi a primeira oportunidade que tive de falar.

– Aonde vamos, frei?

– Para a Igreja Católica. – respondeu, seco.

– Mas, por favor... Devem estar à minha procura. Vão me encontrar. Preciso voltar. Se me capturarem, vão...

– Não se preocupe. Tudo está combinado. Não vão procurá-lo.

E calou-se. Ao chegarmos à outra margem, vi dois cavalos arreados como se estivessem prontos para uma viagem. Fez-me montar no mais baixo, e tomou para si o maior.

– Vamos! – disse, enfiando os calcanhares na barriga do animal. E saiu a galope. Não precisei fazer nenhum movimento, pois o meu cavalo seguiu o dele com a mesma rapidez.

XXIV

O REFÚGIO CATÓLICO

O frade fez o cavalo passar do galope ao trote depois de alguns minutos, quando o planalto de Champel já não era mais visível. Só então pude emparelhar minha montaria com a dele e tentar novamente conversar.

— Obrigado, frei.
— Sigo instruções, senhor. Agradeça a seus amigos no Vaticano, quem quer que sejam.
— O senhor vem de Roma, frei?
— Não venho, nem vou. Apenas circulo.
— A que ordem pertence, se posso perguntar? — Eu tentava saber mais sobre aquela estranha figura.
— A nenhuma. Sirvo a Sua Santidade, e ao Serviço Diplomático da Santa Sé Apostólica.
— Fico feliz em estar consigo. Mais uma vez, obrigado. Arriscou a vida por mim.
— Não arrisquei nada. Tudo foi acertado. Fui enviado para buscá-lo. O senhor tem bons amigos.

Àquela altura, nenhum tipo de acerto me espantava. A colaboração entre a Igreja Católica e a Protestante já era evidente demais para que eu a estranhasse. Compreendi rapidamente que tinha sido monitorado durante toda a viagem. Eu mesmo havia escrito a Valverde dizendo que iria a Genebra; ele não perderia de vista o homem que lhe podia trazer informações preciosas. Nunca fiquei sabendo que acordo fez aquele frade, com os calvinistas, para me tirar dali. Provavelmente, fui a retribuição da Igreja de Genebra pela colaboração dos católicos no processo de Servet. A diplomacia de sempre: um cede ao outro o que não é importante, para preservar o que mais lhe vale. Eu não era, afinal, importante para João Calvino. Depois daquele processo e de seu desfecho, o que ele menos precisava era de um novo herege.

O sol já começava a descer quando paramos para comer. Nos alforjes havia mantimentos; o frade tinha preparado a viagem. Eu estava exausto, mas feliz por estar longe de Genebra, da prisão, de La Fontaine e de Calvino. Perguntei:

— Para onde vamos, frei?
— Annecy. Chegaremos ainda esta noite.
— Nunca estive lá. É seguro?
— Sim. Uma cidade católica. Os clérigos de Genebra se mudaram para lá quando Calvino os expulsou. Mas não teremos contato com eles; seremos recebidos pelos franciscanos.

A segurança é algo relativo. Naquele momento, uma cidade católica seria o lugar mais seguro para mim. Terminamos de comer o pão e ele tirou duas maçãs do alforje; estendeu-me uma, deu a primeira mordida na sua e levantou-se.

— Vamos.

Seguimos viagem ainda comendo as frutas. O sol descia ligeiro para o horizonte.

Chegamos a Annecy com a noite avançada. A vila estava deserta, e o único som era o dos cascos de nossos cavalos. O frade parecia conhecer todos os caminhos, pois não parava sequer para pensar ou decidir o rumo. Seguia como se toda a Europa fosse sua casa. Foi direto até a catedral, e apeamos. Uma porta lateral se abriu sem que precisássemos bater, apesar da hora avançada. Um padre franciscano saiu para ajudar-nos com os cavalos.

— Seja bem-vindo, irmão. Há mais de uma semana o esperamos.

– Tive alguns contratempos – respondeu o frade diplomata.
– Este é o jovem que foi buscar, irmão? – perguntou o franciscano.
– Sim.
– Entrem, entrem.

O convento era anexo à catedral. Entramos para uma cozinha, onde o padre nos serviu o que era possível àquela hora: pão, beringela, frutas e queijo. A fome era tal que aquilo me pareceu um banquete. Em seguida mostrou-nos os aposentos. Fiquei surpreso em ver que havia um quarto preparado para cada um de nós. Era um cômodo tão pequeno quanto a cela da prisão de Genebra, com mobília semelhante. Mas o cheiro era totalmente diferente, de limpeza.

– O Senhor esteja convosco – disse o padre.
– E convosco, também. – respondi.

Desabei sobre a cama, e em segundos dormi profundamente.

Acordei tarde, um pouco envergonhado por isso. Mas os franciscanos me esperavam com um desjejum farto, apesar da hora. Perguntei pelo frade de Roma, e me disseram que já havia partido.

– Deixou-lhe esta encomenda.

Era uma pequena bolsa de pano. Abri e encontrei, surpreso, cinquenta escudos pontifícios.

– Preciso ir a Roma – afirmei.
– Sabemos disso, senhor Ibericus – respondeu o padre, com candura. – Há uma caravana de peregrinos à qual se pode juntar. Mas só parte amanhã. Sugiro que passeie pela cidade, e descanse. Não é necessário apresentar-se aos clérigos, na catedral.

Naquele momento não compreendi bem a recomendação, apenas aceitei. Estava em território estranho, e a última coisa que desejava era entrar na política local. Hoje sei que aquela catedral havia sido construída para os franciscanos, e que eles foram obrigados a receber os prelados expulsos de Genebra. A convivência nunca foi fácil, mas a resignação vencera. Era óbvio que o frade diplomata me tinha deixado sob a custódia dos franciscanos com a recomendação de que me enviassem a Roma sem entrar em contato com os novos inquilinos da catedral.

– Fico feliz. Muito obrigado pela atenção.

Assim, fiquei mais um dia naquela cidade. Depois do que eu havia passado, sentia-me no paraíso. A vila de Annecy suplanta a de Genebra em beleza natural; o lago não é tão grande, mas é lindo, e as montanhas estão mais próximas. O dia estava radiante e pude caminhar solto, pela primeira vez em mais de um mês.

Levei a bolsa comigo durante todo o tempo. Os franciscanos são simples apenas nas vestes, e bastaria um olhar sobre o volume que eu carregava para perceberem a importância do que ali estava. Se descobrissem, provavelmente não o queimariam, mas seria confiscado para algum convento onde se guardam, a sete chaves, os textos hereges. Eu mesmo não sabia bem por que conservava aquela obra. O texto sobre anatomia, já o sabia de cor; o resto, a teologia, não me interessava. Podia simplesmente ir a Roma, contar a Juan Valverde o que havia descoberto, sem mostrar a fonte. A ideia em si, da circulação do sangue pelos pulmões, retornando ao coração, era uma dessas que, de tão simples e brilhantes, uma vez conhecidas não são mais discutidas. E, obviamente, nem Valverde nem Colombo pretendiam dar crédito a Servet. O livro era desnecessário. Apesar disso, eu não queria dele me desfazer. Não sabia por quê.

No dia seguinte, a caravana de peregrinos saiu ao raiar do dia. Eram três padres e cinco leigos. Contando comigo, nove cavalos, com os alforjes carregados pela generosidade franciscana; as carroças não seriam um bom meio de transporte para as estradas íngremes através dos Alpes. Além dos suprimentos, deram-me uma pesada capa com capuz, para a travessia das montanhas.

Uma quinzena levou a viagem, cruzando os Alpes até Turim, depois Gênova, com paradas no caminho. Quase sempre dormíamos em conventos ou mosteiros. Os peregrinos rezavam muito e falavam pouco, e eu procurei acompanhá-los nessa postura. Apesar do frio e da distância percorrida, foi uma viagem amena, onde aprendi algo sobre o que existe de bom na religião católica. É parecido com o que existe de bom em todas as religiões.

Duas semanas depois cheguei a Roma, mais de seis meses depois de ter partido.

XXV

VIA TRIUMPHALIS

Entrei em Roma numa manhã cinzenta, pela Via Triumphalis, o que dessa vez me pareceu mais adequado. Os peregrinos ficariam hospedados em um convento, mas eu preferi uma hospedaria. Despedi-me agradecendo a companhia, e me deixaram de presente um crucifixo de madeira entalhada. Boa gente, aquela.

Não conseguiria me lembrar do caminho até a oficina de Michelangelo, para encontrar João Valverde, apesar de saber o endereço de cor por ter escrito tantas vezes. E ele não estaria lá se não fosse um encontro marcado. Por isso, assim que cheguei escrevi dizendo que estava em Roma e o nome da hospedaria. Como o dinheiro deixado pelo frade diplomata ainda sobrava, paguei um mensageiro para entregar a carta no mesmo dia, em vez de usar o correio regular. Depois comprei uma folha de papel do hospedeiro, e pedi que me emprestasse um frasco de tinta. Com minha própria pena, aproveitando a hora em que o dormitório estava vazio, copiei cuidadosamente o trecho do livro onde estava a descrição da anatomia do coração. Depois que a tinta secou, amassei um pouco o papel e salpiquei uma camada fina de terra coletada na rua, para dar o aspecto de uma folha que tivesse viajado muitos quilômetros.

No final da tarde, o hospedeiro bateu na porta do quarto, dizendo que um homem procurava por mim. Saí para a rua, e reconheci o mensageiro, o mesmo que nos havia levado, a meu mestre e a mim, na primeira visita à oficina do artista. Mas desta vez não estava montado, e sim numa carruagem de dois lugares.

— Boa-tarde, senhor Ibericus. *Messere* Valverde gostaria de vê-lo imediatamente, se lhe for conveniente.

— Muito conveniente — respondi. — Aguarde só um momento, pois vou buscar a bolsa.

Pensei em deixar o livro na hospedaria; mas não havia como escondê-lo e, se fosse descoberto, causaria problemas. Qualquer pessoa, com um simples olhar, veria que se tratava de um texto herege. O título era claro demais. Além disso, talvez Valverde exigisse alguma prova da descrição anatômica, além do meu relato. Só nessa condição eu estaria disposto a entregar o último exemplar daquela obra que causara tanta tristeza.

A carruagem não foi para a oficina de artes, mas seguiu pela Via Triumphalis e virou à esquerda em direção ao Tevere. Parou em frente a uma casa imponente, de frente para o rio, onde o mensageiro desceu e eu o segui. A porta se abriu e ele deixou-me por conta de um criado, que me levou através do pátio até uma sala iluminada por vários castiçais de parede. Ali, sentado em uma poltrona de veludo vermelho, encontrei João Valverde. Estava só.

— Fico feliz em vê-lo, Benjamim.

Há meses eu não era chamado pelo nome verdadeiro. Ele continuou:

— Tive notícias dos percalços que você encontrou na viagem. Vejo que está bem, graças a Deus. E sei que encontrou Michel de Villeneuve.

— Encontrei. Na verdade, seu nome não é esse.

— Eu sei, eu sei. Fiquei sabendo da prisão de nosso colega em Genebra, e de seu trágico destino... Desde que ele foi preso em Vienne, a notícia de sua verdadeira identidade chegou a Roma. Mas fugiu e desapareceu, até ser preso em Genebra. Pensei que nunca poderíamos conhecer suas ideias sobre a anatomia das câmaras cardíacas, mas o destino fez com que você fosse para a mesma prisão.

— Não foi o destino, Senhor Valverde. Fui preso exatamente por procurar a informação que me pediu.

— Sei disso, também. Você foi muito corajoso, Benjamin. E teve sorte.

— *Animum fortuna sequitur* — respondi, sério, olhando firme para ele.

Ele sorriu, e passou ao que desejava:

— Tendo estado com ele na mesma cela, deve ter aprendido tudo sobre a descrição...

— Sim — interrompi. — Está aqui.

E tirei da bolsa o papel onde tinha transcrito o trecho, com cuidado para que ele não visse o livro. Valverde tomou a folha, desdobrou-a e começou a ler em silêncio. A cada linha seus olhos brilhavam mais. Tentava, em vão, dissimular a excitação e a surpresa. Demorou tanto na leitura, que deve ter lido várias vezes. Por fim, abaixou a folha e ficou calado por mais de um minuto, olhando para a parede em frente. Depois despertou, dizendo:

— É como imaginávamos.

Não entendi.

— Imaginávamos?

— Sim — disse ele. — Desde a sua partida, *messere* Colombo e eu fizemos novas dissecções de animais, e discutimos muito sobre o papel de cada um dos ventrículos. Chegamos à mesma conclusão a que Servet chegou. O sangue sai do coração para os pulmões, onde recebe o espírito vital, e retorna ao ventrículo esquerdo, sendo daí impulsionado para o restante do corpo. É a única explicação possível. Vejo que Servet teve a mesma ideia. Mas não se preocupe: isso não tira em nada o mérito de sua missão, e tudo o que lhe prometemos será cumprido. Você e Amatus Lusitanus poderão viver sempre em paz como cristãos. Afinal, você não tinha como saber que nos traria ideias semelhantes às que já tínhamos. Seis meses é muito tempo...

Algo me parecia errado. A expressão no rosto daquele homem, quando leu o manuscrito, não era a de alguém que encontrava ideias conhecidas; eu poderia jurar que era de surpresa e admiração. No entanto, ele se comportava como se houvesse lido algo sem importância. Colombo e ele haviam procurado a explicação anatômica durante anos e, de repente, em seis meses encontraram a resposta? Seria possível? Não havia como saber.

Ele dobrou a folha de papel com muito cuidado, levantou-se e guardou-a numa gaveta, tirando a chave. Voltou-se para mim e perguntou, tentando usar um tom ameno:

— Este papel, que você me entregou... É sua letra?

— Sim.

— Foi ditado por Servet?

— Não. Copiei rigorosamente de um de seus livros. É a transcrição completa da descrição anatômica. Todo o resto da obra versa sobre teologia, e achei que não interessaria. Tudo o que diz respeito à fisiologia está aí.

— Entendo — murmurou ele. — Mesmo assim, preciso que me traga o livro todo.

— Impossível — respondi secamente. — Foi queimado na fogueira de Genebra. Todos os exemplares foram destruídos. Não existe mais nenhum. Copiei esse trecho na prisão, antes que fosse destruído.

Ele sorriu. Foi até a escrivaninha, abriu uma gaveta distinta daquela onde guardara o manuscrito e tirou um pequeno saco de pano, estendendo para mim. Pelo ruído percebi que eram moedas.

— Gostaria que aceitasse esta ajuda adicional. A viagem de volta a Ancona custará dinheiro. Mais uma vez aceite meus agradecimentos. A carruagem o levará de volta à hospedaria.

Peguei a recompensa, agradecendo, e me levantei para sair. Ele me acompanhou até a porta da sala. Antes que o criado chegasse para me conduzir até a rua, pôs a mão direita em meu ombro e disse:

— O trato que fizemos inclui seu silêncio sobre essa missão, enquanto viver, Benjamim. Não só sobre a missão, mas sobre tudo o que a ela diz respeito. Incluindo o texto que acaba de me entregar. Você compreende isso?

— Sim.

— Quantas cópias você fez dessa descrição anatômica?

— Apenas uma, a que lhe dei.

— Boa-noite, Benjamim. E boa sorte.

— Boa-noite, senhor Valverde.

XXVI

EPÍLOGO

De Roma, escrevi a Amatus Lusitanus, tomando o cuidado de usar uma linguagem que só ele pudesse entender, pois temia que a carta pudesse ser interceptada:

Messere:
 Cheguei ontem da viagem de pesquisa a Paris. Além do aprendizado que essa viagem me proporcionou, fiquei feliz em encontrar, num antiquário, a peça, em puro marfim, que faltava ao jogo de xadrez de nosso grande amigo. Ele ficou bastante satisfeito com o presente, pois a peça, que representa o rei, era como o coração que faltava à sua coleção. Lamento que não possa ver essa magnífica peça, messere, pois sei que saberia admirá-la. Em breve, porém, estará em exposição, pois nossos amigos pretendem compartilhá-la com todos os que apreciam a arte.
 Estou bem, em ótima saúde. Devo, porém, pedir desculpas por não retornar a Ancona. A estrada me ensinou muito sobre a natureza humana, e sinto-me cansado de nossa medicina pragmática. Desejo voltar às origens, e exercer com plenitude a doutrina dos antigos; encontrarei um lugar onde realizar meu desejo de voltar a ser o que um dia fui. Assim que me estabelecer, escrevo dando o endereço.
 Acredite, messere, que minha admiração pela sua pessoa é hoje ainda maior do que sempre foi. Seus ensinamentos serão sempre o alicerce da minha personalidade. Sua opção de vida

permitiu que eu vivesse até hoje com alegria, e eu o respeito muito por isto. Compreenda que a minha nova opção não representa um descontentamento com a forma com que nos conduzimos durante todos esses anos, mas simplesmente o alvorecer de uma nova fase da minha vida.
Esteja sempre certo da minha gratidão e do meu amor.

Marcus Ibericus.

No fundo, sabia eu, ele também desejava voltar a ser judeu. Mas cada um faz sua opção, em seu momento. Aquele era o meu momento. Hoje vivo na comunidade judaica em Praga, e ainda sou médico.

Nunca mais vi Juan Valverde ou Realdo Colombo. O primeiro publicou seu próprio livro de anatomia três anos depois de nossa última conversa. Chama-se *História da composição do corpo humano*, foi escrito em espanhol e fez enorme sucesso na Europa. A descrição da circulação pulmonar é muito semelhante à de Servet. Não aparece nenhuma menção ao nome do homem que vi morrer na fogueira de Genebra. Todo o crédito é dado a Colombo, o qual, segundo ele, ensinou tudo o que ali está escrito.

Colombo morreu em 1559, coberto de glória. Um ano após sua morte, seus filhos fizeram publicar o tratado de anatomia que o imortalizou: *De Re Anatomica*, chama-se. Não foi ilustrado por Michelangelo. Mas inclui a mesma descrição da fisiologia do coração e da circulação do sangue pelos pulmões. E também não menciona qualquer outro autor dessa descrição.

Guardei o exemplar do *Christianismi Restitutio*, de Miguel Servet, durante muitos anos. Recentemente, quando fiquei sabendo do falecimento de Amatus Lusitanus, decidi presentear um de meus pacientes com aquele livro. É um nobre fascinado por livros raros, e tenho certeza de que encontrará uma forma de divulgar essa obra. Então, ficará conhecida a prioridade de Servet nessa descoberta; embora seu nome esteja oculto na capa, sob a citação das escrituras, as iniciais M.S.V. aparecem no final do texto, na última página. Miguel Servet de Vilanova. Será minha última homenagem a um gênio que morreu sem merecer, simplesmente porque adorava a polêmica.

Não há um só dia em que não me lembre dele. Acordo, abro a janela, olho para o céu e digo em voz alta:

– OUVE, Ó ISRAEL, O SENHOR É UNO!

CHRISTIANI-
SMI RESTITV-
TIO.

Totius ecclesiæ apostolicæ est ad sua limina vocatio, in integrum restituta cognitione Dei, fidei Christi, iustificationis nostræ, regenerationis baptismi, & coenæ domini manducationis. Restituto denique nobis regno cælesti, Babylonis impiæ captivitate soluta, & Antichristo cum suis penitus destructo.

בעת ההיא יעמוד מיכאל השר

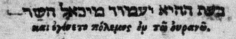
καὶ ἐγένετο πόλεμος ἐν τῷ οὐρανῷ.

M· D· LIII·

Folha de rosto de um dos três exemplares ainda existentes de *Christianismi Restitutio*
© The Granger Collection

NOTAS DO AUTOR

Romances sobre fatos históricos são sempre objeto de controvérsia. Alguns os consideram como uma forma de difundir a história, mais leve do que os ensaios. Outros veem neles um sacrilégio: como criar diálogos entre personagens da história? Napoleão pedindo a Josefina que se cale? Carlota Joaquina reclamando da qualidade da água que bebe?

Concordo com os primeiros. Revelar a história a partir de um romance é uma forma válida de difundi-la. Afinal, até o século passado não existiam a fotografia, o cinema, o vídeo ou mesmo a gravação da voz. A história era registrada por pessoas; como saber se elas não romanceavam?

Muitas foram as biografias de Miguel Servet até hoje; as mais completas são as de Alcalá, a de Fernandes e a de Dide. Nenhum deles foi seu contemporâneo. Todas as biografias retiraram os principais dados de quatro tipos de fontes:

- Cartas escritas por homens como Servet, Ecolampadio, Bucer, Calvino, Farel, em que os acontecimentos são mencionados, foram guardadas por seus seguidores.
- Os livros de Servet que revelam algo de sua vida, além das ideias.
- Calvino, em seu *Opera*, dedicou um capítulo à história da condenação de Servet.

- A citação no texto de Andernach, além de registros da Universidade de Paris, revela algo sobre sua estada ali e sobre o processo por prática de astrologia judiciária.
- Os autos do processo da Inquisição católica em Vienne foram queimados pelo povo durante a Revolução Francesa, junto com vários outros documentos oficiais. Porém, cerca de quarenta anos antes dessa destruição, o abade e historiador D'Artigny relatou o processo. O livro faz parte das coleções de livros raros, mas o texto integral referente ao processo de Servet pode ser lido na internet.
- Os autos do processo de Genebra foram guardados. A íntegra pode ser lida na obra de Alcalá, sem dúvida o maior biógrafo do médico mártir.

Os livros de Servet e de Calvino por certo trazem o viés da interpretação histórica dos dois contendores. As cartas, o de seus autores. Os autos dos processos foram registrados por notários. Como saber se não estavam influenciados pelo ambiente do seu tempo, ou mesmo pressionados? Teriam esses autos sido revistos e corrigidos, antes de serem transcritos? Não sabemos.

Em meio a tanta incerteza, nossa interpretação de romancista é também permitida.

Para os leitores que desejem saber mais sobre os fatos históricos e onde encontrá-los, incluímos a seguir algumas notas e referências bibliográficas.

Os nomes de Servet

Servet nasceu em Vilanova de Sijena, na Espanha. Assim, a maneira mais correta de chamá-lo é em espanhol: Miguel Serveto. Na França e na atual Suíça (cantões de língua francesa), costuma-se escrever Michel Servet. Na capa de seu livro *Diálogos sobre a Trindade* aparece o nome como Michaelem Serveto, provável adaptação ao latim. A literatura americana refere-se a ele como Michael Servetus. A forma mais usada hoje, mesmo nos livros editados na Espanha, é a mescla do espanhol com o francês: Miguel Servet; foi esta a nossa opção.

Colombo, Valverde e Michelangelo

Matteo Realdo Colombo nasceu em 1516 e faleceu em 1559. Sua trajetória pelas universidades européias está descrita no capítulo 2. Sua relação com Michelangelo era de amizade, derivada de ter tratado o grande artista de uma calculose renal. De fato, há relatos de que os dois dissecassem juntos. A dissecção de cadáveres não era proibida em meados do século XVI; podia ser praticada sob licença das autoridades, geralmente em corpos de criminosos submetidos a enforcamento. Vários autores afirmam que Michelangelo pretendia ilustrar o tratado de anatomia de Colombo; provavelmente seria uma obra de imensurável valor. Não se sabe por que isso não ocorreu.

Juan Valverde de Hamusco foi discípulo de Colombo. Seu tratado de anatomia foi publicado antes do livro de seu mestre, mas ele ressalta na introdução a dívida que tem com Colombo, de quem teria aprendido a maior parte do que sabia. O livro fez muito sucesso na Europa de então por ser escrito em espanhol e não em latim, como era de costume. Até hoje, Juan Valverde é considerado um expoente do estudo da anatomia.

O descobrimento da circulação sanguínea

Hipócrates (470-370 a.C.) acreditava que o fígado e o baço produziam sangue constantemente, e que esse sangue era levado ao coração para ser aquecido pelo ar que passava na traqueia. Aristóteles identificou as câmaras cardíacas (ventrículos) e a artéria que sai do coração, a qual ele chamou *aorta*. Até o século XVI, o conhecimento anatômico e fisiológico era baseado em Galeno. Os árabes tinham sido expulsos da Península Ibérica, e embora tenham deixado muitos traços de sua cultura, a Igreja repudiava seus conhecimentos médicos, confiando nos textos gregos.

Galeno nasceu no ano 129, e por séculos foi considerado como o maior médico depois de Hipócrates. Ele identificou dois tipos de sangue: o vermelho-claro e o vermelho-escuro; o primeiro transitava nas artérias (contradizendo Aristóteles, que acreditava que as artérias conduziam ar), e era impulsionado pela contração desses vasos; o segundo transitava pelas veias. Na sua visão, o sangue vermelho-claro era produzido pelo coração e distribuído pelas artérias, contendo o que chamou de espírito vital (o oxigênio não era conhecido). O vermelho-escuro era produzido pelo fígado, e se difundia pela veia cava a todo o corpo; no ventrículo direito saía um ramo que levava esse sangue para a nutrição dos pulmões. Ambos eram distribuídos para o corpo – incluindo os pulmões – uma só vez, ou seja, eram continuamente produzidos e consumidos. Embora Galeno houvesse vislumbrado a função do coração como bomba, reconhecia duas circulações distintas, de dois sangues diferentes. A única conexão entre elas era feita por poros na parede que separava os ventrículos.

O conhecimento sobre uma circulação menor e outra maior, ou seja, de que o sangue sai do coração para os pulmões, retorna ao coração, e daí é distribuído aos tecidos, era desconhecido na Europa do século XVI, ou, pelo menos, não difundido. Hoje sabemos que esse sistema havia sido descrito com detalhes em 1242, três séculos antes de Servet, pelo médico e filósofo árabe Ala ad-Din Abu al-Hassan Ali Ibn Abi-Hazm al-Qarshi, conhecido como Ibn Nafis. Seus textos, porém, só chegaram à Europa em 1924, quando foram descobertos em Berlim e traduzidos. Hoje, ninguém discute o fato de que Ibn Nafis foi o descobridor da circulação pulmonar, ou seja, de que o sangue vai ao pulmão para ser oxigenado (ou purificado, pois o oxigênio não era conhecido), e retorna ao coração, de onde é distribuído.

Portanto, essa importantíssima descoberta da fisiologia foi revelada na ordem inversa de seu descobrimento: Valverde publicou em 1556, portanto, a primeira referência no ocidente. Mas em 1559 aparece o livro de Colombo, do qual Valverde reconhece ter aprendido seus conhecimentos; Colombo passa a ser o pioneiro. Em 1694, William Wotton descobre o livro de Servet, dando crédito a ele como o descobridor, três anos antes de Valverde; a partir daí, a grande descoberta passa a ser de Servet. Em 1924 é descoberto o livro de Ibn Nafis, escrito três séculos antes de Servet.

Teria cada um desses autores tido acesso aos demais? Servet conhecia as ideias de Ibn Nafis? E Colombo, as de Servet? Naquele século, as citações não eram comuns e obrigatórias como são hoje. Muitos acreditam que todos chegaram à mesma descoberta por raciocínios independentes. Outros especulam sobre essa independência.

Servet conhecia os escritos de Ibn Nafis? As ideias do árabe podem ter chegado ao ocidente antes do que sabemos. Andrea Alpago, um erudito e tradutor italiano, viveu no oriente por trinta anos no final do século XV; sabe-se que ele traduziu diversos textos de Ibn Nafis, e poderia também ter traduzido aquele sobre a circulação pulmonar. Esse conhecimento pode ter circulado pela Europa, chegando até Servet. Naquele tempo, citar árabes não era uma boa política.

Colombo teria tido acesso ao texto de Servet? Talvez. O *Cristianismi Restitutio* foi impresso em 1553, mas na Biblioteca de Paris existe um manuscrito datado de 1546, contendo a parte desse livro que traz a descrição da circulação pulmonar. A letra não é a de Servet, e imagina-se que tenha sido copiado por alguém. Portanto, ele já tinha esse conhecimento sete anos antes, e pode tê-lo difundido oralmente a ponto de chegar aos ouvidos de Colombo. Há notícia de que Servet tenha encaminhado uma parte do livro, contendo a descrição anatômica, a um homem chamado Curio, na Universidade de Pádua, em 1546.

O primeiro a defender a tese de que Colombo plagiou Servet foi Michael Foster, professor de fisiologia em Cambridge. Baseou-se nas seguintes premissas:

1. A análise da biografia de Colombo revela uma personalidade disposta a perseguir a fama a qualquer custo. Foi acusado por Fallopio de ter plagiado a descoberta do clitóris, e por Ingrassia de plágio na descoberta do estribo, um pequeno osso do ouvido
2. Colombo usou palavras muito semelhantes às de Servet, e não acrescentou nenhum conceito.
3. As ideias de Servet poderiam ter sido transmitidas verbalmente até chegarem a Colombo.

Se naquele século as citações não eram frequentes, Colombo fez o inverso, ou seja, insistiu em ressaltar, no texto, que as ideias eram suas e inéditas.

Depois de Foster, vários autores defenderam Colombo, ressaltando que seu conhecimento seria suficiente para chegar a conclusões semelhantes à de Servet. Juan Valverde, em seu tratado, permite supor que Colombo já ensinava sobre a circulação pulmonar em Pisa, por volta de 1545; portanto, Servet poderia ter acessado esse conhecimento através de Colombo, e não o inverso. Mas, se isso era ensinado e difundido, por que Vesalius não incluiu na segunda edição de seu tratado de anatomia em 1555?

Talvez nunca venhamos a saber a verdade sobre quem leu quem. A bibliografia a seguir pode ajudar o leitor que deseje entrar nessa polêmica.

Foi só em 1628 que William Harvey descreveu o conceito da circulação do sangue, ou seja, de que não é continuamente produzido e consumido totalmente, mas que circula pelos tecidos voltando ao coração.

Os exemplares do *Cristianismi Restitutio*

Existem hoje apenas três exemplares da impressão original do *Christianismi Restitutio*.

Um deles está na Biblioteca Nacional da Áustria, em Viena (não confundir com Vienne, no Delfinado francês). Pertenceu a Szent-Ivanyi, um unitário, que entregou o exemplar à comunidade unitariana em Claudiópolis, na atual Romênia. Esta ofereceu-o ao conde húngaro Samuel Telecki, que, por sua vez, deu o livro como presente, em 1786, ao imperador do Sacro Império Romano-Germânico, José II, tendo sido recompensado com um valioso brilhante. O imperador fez com que passasse a pertencer ao acervo da Biblioteca Nacional da Áustria.

Outro exemplar está na Biblioteca Nacional de Paris, que o adquiriu em 1783 do duque de Valliere por 4.120 libras. O duque o havia comprado por 3.180 libras de um bibliófilo chamado Gaignot, o qual, por sua vez, adquirira de um colecionador chamado Cottes. Este último, em meados do século XVIII, havia comprado toda a biblioteca de um amigo, Claudio Gross, que incluía o livro de Servet. Gross recebera o exemplar como presente de um tal Ricardo Mead. Acredita-se que este era o exemplar de Colladon, já que tem seu nome escrito nele. As primeiras 64 páginas têm as bordas amareladas, e por isso acreditou-se que tinha sido recuperado das chamas. Estudos de especialistas mostraram, porém, que se tratava de amarelamento pelo tempo, já que passou muitos anos escondido. O terceiro está na Universidade de Edimburgo. A este faltam as primeiras 16 páginas, além da capa. Durante algum tempo acreditou-se que era o exemplar de Calvino, sendo as páginas faltantes aquelas que foram enviadas a Vienne pelas mãos de De Trie; mas isso também não foi confirmado.

Além desses exemplares impressos existe um manuscrito, incompleto, na Biblioteca Nacional de Paris. Este data de 1546, sete anos antes da impressão, e traz na contracapa o nome de Caelio Horacio Curio. Embora incompleto, traz a descrição completa da circulação pulmonar. Caelio Horacio era filho de Caelio Secondo Curio, um erudito protestante também conhecido como Alphonsus Lyncurius, que foi professor em Pavia, Lucca e Pisa entre 1540 e 1542. Os defensores de Servet no pioneirismo das descrições anatômicas alegam que esse texto pode ter se tornado conhecido na Itália antes de sua publicação, tendo eventualmente sido mostrado a Vesalius e a Colombo. Não há provas disso, mas é possível.

BIBLIOGRAFIA

Alcalá, Angel. *Miguel Servet. Obras completas I – Vida, Muerte y Obra. La lucha por la libertad de consciencia.* Zaragoza: Prensas Universitarias de Zaragoza, 2003.
Andrés Romero-y Huesca, Andrés, et al. "La Catedra de Cirugía y Anatomia en el Renascimiento". *Cirugía y Cirujanos*, vol. 73, 2005, pp. 151-8.
Ariès, Philippe e Duby, Georges. *História da vida privada – da Renascença ao Século das Luzes.* São Paulo: Companhia das Letras, 1991.
Azizi, Mohammad-Hossein, Nayernouri, Touraj e Azizi, Farzaneh. "A Brief History of the Discovery of the Circulation of Blood in the Human Body". *Archives of Iranian Medicine*, vol. 11(3), 2008, pp. 345-50.
Bainton, Roland H. "Michael Servetus and the pulmonary transit of blood". *Bulletin of History of Medicine*, vol. 25(1), 1951, pp. 1-7.
Bayon, H.P. "The Significance, of the Demonstration of the Harveyan Circulation by Experimental Tests". *Isis*, vol. 33(4), 1941, pp. 443-53.
Berlitz, Charles. *As línguas do mundo.* Rio de Janeiro: Nova Fronteira, 1988. 316pp.
Bertin, Claude. *Os grandes julgamentos da história.* Rio de Janeiro: Otto Pierre Editores, 1978.
Bethencourt, Francisco. *História das inquisições, Portugal, Espanha e Itália séculos XV-XIX.* São Paulo: Companhia das Letras, 2004.
Canale, D.J. "Michael Servetus, theologian, physician and heretic: a reappraisal of his contribution to physiology and medicine". *Journal of Medical Biography*, vol. 9, 2001, pp. 137-42.
Cattermole, G.N. "Michael Servetus: Physician, Socinian and Victim". *Journal of the Royal Society of Medicine*, vol. 90, 1997, pp. 640-4.
Cuthbertson, David. *A tragedy of the reformation, being the authentic narrative of the theological controversy between Michael Servetus, its author, and the reformer, John Calvin.* Edimburg: Oliphant, Anderson & Ferrier, 1912.
D'Artigny, Antoine Gachet. *Nouveaux mémoires d'histoire, de critique et de litérature.* Paris: s.n., 1749.
Dide, Auguste. *Michel Servet et Calvin.* Paris: Flammarion, 1907.
Durant, Will. *A história da civilização IV – A Reforma.* Rio de Janeiro: Record, 1957.
Eknoyan, Garabed. "Michelangelo: Art, Anatomy and the Kidney". *Kidney International.*, vol. 57, 2000, pp. 1190-1201.
Eknoyan, Garabed e De Santo, Natale G. "Realdo Colombo (1516-1559) – A Reappraisal". *American Journal of Nephrology*, vols. 17(3-4), 1997, pp. 261-8.
Fernandes, Jose Baron. *Miguel Servet – Su vida y su obra.* Madrid: Espase – Calpe, 1970.
Flandrin, Jean-Louis e Montanari, Massimo. *História da alimentação.* São Paulo: Estação Liberdade, 1998.

Foster, Michael. *Lectures on the History of Phisiology during the Sixteenth, Seventeenth and Eighteenth Centuries.* Cambridge: University Press, 1901.

Fye, W. Bruce. "Realdo Colombo". *Clinical Cardiology*, vol. 25, 2002, pp. 135-7.

Grosgogeat, Yves. "Harvey fut-il le vrai découvreur de la circulation sanguine?" *Histoire des Sciences Medicales*, vol. 41(2), 2007, pp. 169-77.

Hillar, Marian e Allen, Claire S. *Michael Servetus. Intellectual Giant, Humanist and Martyr.* Lanham: University Press of America, 2002.

Khan, Ijaz A., Samantapudi, K. Daya e Gowda, Ramesh M. "Evolution of the theory of circulation". *International Journal of Cardiology*, vol. 98, 2005, pp. 519-21.

Kohler, Carl. *História do vestuário.* São Paulo: Martins Fontes, 2005.

Kriwaczek, Paul. *Yiddish Civilisation. The Rise and Fall of a Forgotten Nation.* Nova York: Alfred A. Knopf, 2005.

Leventon, Melissa. *What people wore when. A completed illustrated history of costume from ancient times to the nineteenth century for every level of society.* Nova York: Ivy Press, 2008.

Martín-Araguz, A., et al. "La neuroanatomia de Juan Valverde de Amusco y la medicina renascentista española". *Rev Neurol.*, vol. 32, 2001, pp. 788-97.

Persaud, T.V.N. "Historical development of the concept of a pulmonary circulation". *Canadian Journal of Cardiology*, vol. 5(1), 1989, pp. 12-6.

Sill, Geoffrey M. "The authorship of An Impartial History of Michael Servetus". *The Papers of the Biographical Society of America*, vol. 87(3), 1993, pp. 303-18.

Sastre, Alfonso. *Flores rojas para Miguel Servet.* Madri: Editorial Sucessores de Rivadeneyra, 1967.

The Times Atlas of World History. Londres: Times Books Ltd., 1988.

Tubbs, R. Shane, Linganna, Sanjay e Loukas, Marios. "Matteo Realdo Colombo (c.1516-1559): The anatomist and surgeon". *The American Surgeon*, vol. 74, 2008, pp. 84-6.

Weiditz, Christophe. *Authentic everyday dress of the Renaissance.* Nova York: Dover Publications, 1994.

Wendel, Theodore Otto. *Astrology in the middle ages.* Mineola: Dover Publications Inc., 2005.

Wilson, L.G. *Journal of the History of Medicine.* 1962, pp. 229-44.

Referências em sites da internet:
Michael Servetus Institute. http://www.miguelservet.org
Servetus International Society. http://www.servetus.org

AGRADECIMENTOS

Algumas pessoas ajudaram a finalização desta obra, e a elas devo meu profundo agradecimento. Ao escritor Pedro Bandeira, pelo entusiasmo estimulante e pelas sugestões valiosas. Ao professor Pedro Carlos Piantino Lemos, estudioso da obra de Servet, pelo acesso a fontes bibliográficas e por ajudar-me a compreender melhor o pensamento do médico mártir. Ao historiador Antonio Fernando Costella, pelas sugestões ao texto. À Biblioteca Nacional da França, na pessoa da sra. Catherine Allix, pela detalhada informação sobre as dimensões físicas do livro raro. Ao professor Sidney Glina, pelas sugestões oportunas.

À Editora Rocco, por acreditar no valor da obra, e a Natalie Araújo Lima, pela revisão cuidadosa do texto e dos dados históricos.

Este livro foi impresso na Editora JPA Ltda.
Av. Brasil, 10.600 – Rio de Janeiro – RJ
para a Editora Rocco Ltda.